Kalte Nächte
Warme Herzen

Sarina Bowen

Übersetzt Von
Michael Decker

Lob für Sarina Bowens Bücher

„Ein perfektes Zusammenspiel aus aufwühlendem Drama, gemischt mit einer sinnlichen Liebesgeschichte. Ein fünf Sterne Leseerlebnis."

~ **Audrey Carlan,**
#1 *New York Times* **Bestseller Autorin**

„Ich habe nicht nur dieses Buch gekauft und verschlungen, ich habe diese gesamte New Adult Serie (The Ivy Years) in einer WOCHE gelesen. Das ist einfach absolut beste NA Unterhaltung."

~ **Tammara Webber,**
New York Times **Bestseller Autorin**

„Bowen schreibt großartige Dialoge und wundervoll realistische Charaktere."

~ **Kirkus Reviews**

„Nach diesem Pageturner werden die Leser bestimmt schon gespannt auf Bowens nächstes Buch warten."

~ **Publishers Weekly**

Eins

Willow musste den alten Pick-up Truck nur noch eine weitere Meile auf der Straße und aus dem zugeschneiten Graben halten.

Es war sechs Uhr an einem Dezemberabend und der Himmel über Vermont bereits seit zwei Stunden dunkel. Sie hatte die Heizung voll aufgedreht, doch trotzdem bildete sich Eis auf der Windschutzscheibe und der schwere Schnee deckte ihr Sichtfeld von oben immer weiter zu. Willow zog den Kopf ein, um eine bessere Sicht auf die Straße zu haben. Wenn sie weiter mit fünfzehn Meilen die Stunde vorwärts kroch, war sie in etwa fünf Minuten zu Hause.

Sie hatte eigentlich nicht vorgehabt, während dieses Blizzards zu fahren. Alle Sturmvorbereitungen waren bereits getroffen – sie hatte ihre alte Löwenfußbadewanne mit Wasser gefüllt und sich auf den unausweichlichen Stromausfall eingestellt. Dazu hatte sie Eisblöcke in ihrer Gefriertruhe verstaut und Kerzen auf den Küchentisch gestellt, mit der Streichholzschachtel direkt daneben.

Sie hatte an *fast* alles gedacht.

Doch als sie in die Scheune ging, um ihre Hühner für die

Nachtruhe vorzubereiten, musste sie feststellen, dass deren Futterkasten leer war. Falls sie für zwei Tage eingeschneit sein sollte, wie es der Wetterkanal vorhersagte, hätte sie nichts, womit sie die Hühner füttern konnte.

„Verdammt!", entfuhr es Willow und die meisten ihrer Buff Orpington Hennen suchten nervös flatternd das Weite. Nur ein paar unerschütterliche blieben bei ihren Füßen, in der Hoffnung, dass Willow doch noch eine Handvoll Rosinen für sie hatte.

Stattdessen drehte sie sich auf dem Absatz herum und verriegelte die Scheunentür hinter sich. Nur weil Willow nie vorgehabt hatte, Hühnerfarmerin zu werden, hieß das nicht, dass sie ihren Bestand leichtfertig umbringen wollte. Sie und ihre Mädels hatten eine Abmachung – sauberes Futter für Bio-Eier. Sie hatte vor, ihren Teil dieser Vereinbarung einzuhalten.

Der alte Pick-up war direkt angesprungen und sie hatte ihn ihre langgezogene Auffahrt herab und dann nach links gelenkt, weg von der Zivilisation, in Richtung des Ladens für Stall- und Hofbedarf. Doch der Schnee hatte sich erschreckend schnell angesammelt, seitdem sie vor einer halben Stunde den Hinweg angetreten hatte. Das Lenkrad fest umklammert, sah Willow einen weiteren Wagen vor sich in ihrem Scheinwerferlicht – einen grünen Jeep, der noch langsamer fuhr als sie. Willow trat auf die Bremse. Doch anstatt anzuhalten, spürte sie zu ihrem Entsetzen, wie mehrere Tonnen Metall nach rechts rutschten.

Die Zeit schien sich zu verlangsamen, während ihr Truck sowohl auf den Jeep als auch auf den Straßengraben zuschlitterte. Die Rücklichter des Jeeps wurden heller als sie näher kam und Willow hielt den Atem an. In letzter Sekunde schien der Jeep nach links zu springen und Willow war kurzzeitig verwirrt, wer von ihnen sich so schnell bewegt hatte – der Truck oder der Jeep. War sie noch auf der Straße?

Die Fahrerkabine kippte abrupt nach rechts und Willow spürte einen Schrei ihre Kehle emporsteigen. Doch plötzlich stoppte der Truck und ihr Torso wurde in den Sitzgurt geworfen. Die Wucht presste ihr die Luft aus den Lungen, dann prallte sie zurück in ihren Sitz.

Und dann war es still.

Während ihr das Herz noch in der Brust hämmerte, erfasste Willow ihre Situation. Die Fahrerkabine neigte sich nach rechts. Ihre Reifen mussten in den Abflusskanal neben der Straße geraten sein. Durch den jähen Halt waren Willows Füße von den Pedalen gerutscht – der Truck erbebte kurz und verstummte dann, als der Motor abgewürgt wurde.

Sofort legte sich eine weiße Decke aus Schnee über die Windschutzscheibe.

Sie atmete tief durch. *Dir ist nichts passiert. Es geht dir gut.* Zum Glück war sie so langsam unterwegs, als sie die Kontrolle über den Wagen verlor.

Ein Klopfen an ihrer Tür ließ Willow zusammenfahren. Jemand stand da draußen. Sie griff nach der Fensterkurbel – ein Zeichen dafür, dass ihr Pick-up noch aus der vormodernen Ära stammte – und ließ das Fenster herab. Ihr Blick fiel auf ein männliches Gesicht – rau, mit einem kantigen Kinn. Er sah sie mit besorgtem Stirnrunzeln an. „Alles in Ordnung?"

„Ja?", antwortete sie, immer noch benommen.

„Tja, jetzt sitzen wir beide fest", sagte er. „Ich habe versucht, auf die andere Straßenseite auszuscheren, um dir aus dem Weg zu gehen, und bin über einen Baumstumpf gefahren." Selbst im Dunkeln konnte sie sehen, wie sich sein Kiefer vor Verärgerung anspannte.

„Ist es meine Schuld, dass du einen Baumstumpf auf der anderen Straßenseite gerammt hast?" Willow wusste, dass sie sich auf das aktuelle Problem konzentrieren sollte, aber der gutaussehende Fremde vor ihr beschäftigte sie genauso sehr wie ihr Autounfall. Sie konnte nicht anders, als seine schnittige weiße Jacke zu bewundern, die aus einer Art Hightech-Gewebe zu bestehen schien, wie man es in den noblen Skigeschäften in der Stadt fand. Er hatte eine Mütze aus Silberwolle über den Kopf gezogen, aber braune Locken sprossen darunter hervor und rahmten seine Augen ein. Er erinnerte sie an einen Schneegott. Einen leicht verärgerten Schneegott.

Er warf die Arme hoch. „Ich weiß nicht", schnaubte er. „Ist ja auch egal." Er ging von ihr weg. Der Schnee fiel so dicht, der Blizzard hatte ihn nach fünf Schritten schon wieder verschluckt. Ihr fiel auf, wie groß der Mann war — hochgewachsen, mit langen Beinen und knackigem Hintern.

Gute Arbeit, Willow. Sie hatte gerade den attraktivsten Mann im ganzen Landkreis von der Straße gerammt.

Schnee blies in ihr Auto, also kurbelte sie das Fenster wieder hoch. Dann trat sie auf Bremse und Kupplung und drehte den Zündschlüssel um.

Nichts.

Verdammt.

Willow pumpte ein paar Mal mit dem Gaspedal und versuchte es nochmal mit dem Schlüssel. Und nochmal. Aber der Motor wollte nicht anspringen.

„Oh nein", sagte Willow laut. „Oh nein, oh nein, oh nein." Sie musste einen Abschleppdienst anrufen. Willow kramte ihr Handy aus der Handtasche und schaltete es ein. Sie wusste bereits, was es anzeigen würde, aber sie sah trotzdem nach.

Suche.

Sie starrte. „Komm schon."

Kein Signal.

Das war so typisch für ihre ganzen Schwierigkeiten in letzter Zeit. Hilfe rufen zu können war wie so vieles andere in ihrem Leben: ein Ausweg, der für alle anderen Leute funktionierte, die nicht Willow waren. Andere Mädchen hatten vielleicht eine Familie, die sie auffangen konnte, oder zumindest keine finanziellen Probleme, aber sie musste sich ja Hals über Kopf in einen Typen verlieben, der so ungeeignet und so wenig an ihrem dauerhaften Glück interessiert war, dass er alle Ausgänge abgeschottet hatte. Willows Geld steckte in ihrem alten

Bauernhaus, ihr Kreditlimit war durch seine Pläne bis ans Maximum ausgelastet. Doch er war mit einer anderen Frau nach Kalifornien abgehauen und Willow saß hier fest, in einem fünfzehn Jahre alten Pick-up, mit Hühnerfutter auf der Ladefläche.

Sie konnte nicht einmal den Notruf erreichen, das hatte er ihr auch genommen. Es war *sein* Traum gewesen, mitten ins Nirgendwo zu ziehen.

Und dann hatte er sich aus dem Staub gemacht und sie mit dem Futtereimer in der Hand zurückgelassen.

Verdammtes Vermont. Verdammter Schnee. Verdammter Truck. Verdammter, betrügerischer Exfreund, der nach Kalifornien geflohen war. Verdammt. Verdammt. Verdammt.

Zurück in seinem Jeep schlug Dane Hollister wütend aufs Lenkrad. Dann legte er den Rückwärtsgang ein und versuchte es erneut. Doch die Reifen drehten durch, ohne Halt zu bekommen. Was immer ihn daran hinderte, auf den Boden zu kommen, musste ziemlich massig sein, denn der Jeep hatte großen Bodenabstand, Allradantrieb und solide Schneereifen. Nur mit sehr viel Pech konnte er so in einer Schneeverwehung landen.

Aber Dane war daran gewöhnt, Pech zu haben.

Beruhig dich, befahl er sich.

Er hatte das Mädchen angeblafft. Es stimmte zwar, dass er ohne sie wohl immer noch in Richtung Hamilton unterwegs wäre, aber der Blizzard war ja nicht ihre Schuld.

Dane legte die Hände in den Schoß und analysierte die letzten Minuten. Er hatte gesehen, wie der Truck zu schnell auf ihn zukam. Er hatte etwas zu heftig am Lenkrad gedreht und der neue Schnee hatte die gestreute Straße so glatt gemacht, dass der Jeep ins Schleudern geraten war.

Er untersuchte den Vorfall wie der Arzt des Ski-Teams, wenn dieser Sehnen nach Verletzungen abtastete. Aber in diesem Fall hätte es wirklich jedem passieren können. Er hatte keine ungewöhnlichen Muskelreflexe wahrgenommen. Der Unfall war einfach nur Pech.

Er war nicht durch ein *Symptom* ausgelöst worden.

Dane atmete tief durch und konzentrierte sich auf das wahre Problem, das vor ihm lag. Er saß fest, ungefähr acht Meilen von dem miesen, kleinen Zimmer entfernt, das er an der Hauptstraße gemietet hatte. Es lag fast ein halber Meter Schnee und laut Wettervorhersage sollte noch einiges hinzukommen.

Und er musste sich bei dem hübschen Mädchen in diesem hässlichen, schwarzen Pick-up entschuldigen.

Dane zog seine Handschuhe an. Er ließ den Motor laufen und stieg aus. Du liebe Zeit. Das Schneetreiben war noch dichter und wilder geworden. Seine Scheinwerfer schafften es nicht mehr, die Straße zu beleuchten, aber er wusste wo das Mädchen war – schräg gegenüber von ihm. Die Scheinwerfer im Rücken ging er in einer diagonalen Linie über die Straße und fand sie. Wieder klopfte er an ihr Fenster. Die Fahrerkabine war dunkel und er konnte nicht ins Innere sehen.

„Hallo?", rief er.

Keine Antwort.

„Alles in Ordnung?", fragte er erneut. Nur Stille. War sie verschwunden? Das wurde jetzt ein bisschen gruselig. Doch es gab nur eine Sache auf der Welt, vor der Dane Hollister Angst hatte, und die stand nicht auf dieser Straße.

Er legte eine Hand auf den Türgriff und öffnete die Fahrertür. Sie saß immer noch dort, nur jetzt mit getrockneten Tränen auf ihrem Gesicht.

Klasse, Dane. Sauber hinbekommen, Arschloch.

Beschämt wischte sich das Mädchen rasch das Gesicht ab.

„Hey!", sagte er in einem wesentlich wärmeren Tonfall als zuvor. „Hey, tut mir leid. Ich wollte dich nicht anschreien. Kann ich irgendwie helfen?"

Sie versuchte sich zusammenzureißen und räusperte sich. „Der Wagen springt nicht an."

„Willst du, dass ich es mal versuche?"

Sie sah ihn mit einer zynisch hochgezogenen Augenbraue an. „Weil ich vielleicht vergessen habe, wie man ihn anmacht?"

Er lachte. „Okay, verstanden. Aber ich weiß nicht, was ich sonst anbieten könnte."

Sie schwang die Beine über die Mittelkonsole und glitt auf den Beifahrersitz. „Okay, versuch's mal. Und wenn die Karre bei dir anspringt, werde ich nicht mal nachtragend sein."

Er schwang sich auf den Fahrersitz und schloss die Tür. Dann versuchte er, den Motor anzulassen. Da der Sitz auf ihre zierliche Figur eingestellt war, musste er die Knie so weit anziehen, dass er damit gegen die Lenksäule stieß. Nicht, dass das einen Unterschied machte. Als er den Schlüssel umdrehte, herrschte nur Stille. „Er springt gar nicht mehr an? Noch nicht mal ein Mucks?"

„Kein einziger."

Er lehnte sich zurück oder versuchte es zumindest. „Sorry. Unsere Chancen hier raus zu kommen sind nicht besonders gut."

„Ich gehe einfach zu Fuß", sagte sie. „Mein Haus ist nur eine Meile entfernt."

„Hmm", sagte er nachdenklich. Er wollte sie nicht wieder beleidigen, aber solange sie kein Schneemobil mit Flutlichtern darauf hatte, würde sie sich im Schneetreiben verirren, bevor sie *Weihnachten* sagen konnte. „Ich bin mir nicht sicher, ob das eine so gute Idee ist." Er schaltete das Fernlicht ein. „Siehst du, die Straße ist fort." Die Scheinwerfer erleuchteten gerade mal die ersten zwei Meter vor dem Truck, ein tiefes Gestöber dicker Schneeflocken, nur gelegentlich durchbrochen von der Dunkelheit dahinter.

„Wow", flüsterte sie.

„Kennst du jemanden von deinen Nachbarn? Ich habe

keine Lichter gesehen…“

Sie schüttelte den Kopf, ihr seidiges Haar glitt über ihre Schultern. „Hier draußen gibt es nicht viele Häuser, das ist ein Naturschutzgebiet.“

„Okayyy…“, sagte er. „Mir gehen die Ideen aus. Ich schätze, wir müssen die Polizei rufen.“

Sie legte den Kopf in den Nacken und ließ ein helles Lachen hören.

„Was ist daran so witzig?“

„Du bist nicht von hier, oder?“

„Seit Jahren nicht mehr“, gab Dane zu. Er war zwei Städte entfernt aufgewachsen, aber das fühlte sich an, als wäre es eine Ewigkeit her.

Widerwillig schaltete er ihre Scheinwerfer aus, um die Batterie zu schonen, wodurch er die Kabine in Dunkelheit hüllte. Er hatte den Anblick des hübschen, lachenden Mädchens genossen – die roten Wangen, die perfekten rosa Lippen, die zum Wagendach empor lächelten. Nur weil Dane nicht vorhatte, sich jemals auf eine Frau einzulassen, hieß das nicht, dass er sie nicht gerne ansah. (Besonders nicht, wenn es sich um nackte Frauen zwischen seinen Beinen handelte.) Und diese hier war in der Tat außergewöhnlich. Ende zwanzig, schlank, mit einem langen, anmutigen Hals. Selbst unter ihrer dicken Daunenjacke erkannte er einen vollen Busen, der sich hob und senkte, während sie lachte.

„Man hat hier auf der ganzen Straße keinen Empfang, erst wieder wenn man schon fast in Hamilton ist“, sagte sie.

„Stimmt“, sagte er. „Hatte ich vergessen. Die Mobilfunkanbieter interessieren sich nicht besonders für den Bundesstaat mit der zweitniedrigsten Bevölkerungsdichte.“

Dane war die letzten zehn Jahre als Fahrer im Alpinen Skiweltcup um die Welt gereist. Er war das erste Mal seit Jahren wieder in Vermont. Profiskifahrer trainierten normalerweise nicht in Vermont – die Berge waren nicht hoch genug und der Schneefall zu unbeständig. Stattdessen hatte er in den großen Gebirgen im Westen trainiert, in Colorado oder Utah.

Aber dieses Jahr hatten Dane und sein Trainer Karl eine Ausnahme gemacht. In dieser Saison hatten sie ihr Lager hier aufgeschlagen, um zwischen den Rennen näher bei Danes aktueller Familientragödie zu sein. In Vermont konnte er seinen kranken Bruder jede Woche sehen und trotzdem seine Probleme von den neugierigen Augen des Skiverbands fernhalten.

„Also…", das Mädchen atmete tief durch. „Jetzt bleibt uns nur noch, auf den Straßenpflug zu warten. Der Fahrer hat ein Funkgerät und kann Hilfe holen."

Dane schob sich auf die unbequeme Rückbank. Da sich die Fahrzeugkabine nach rechts neigte, musste er sich dabei mit den Hacken seiner Stiefel abstützen, um nicht auf das Mädchen zu rutschen. „Okay", sagte er. „Ich heiße Dane und ich möchte mich nochmal dafür entschuldigen, dass ich dich vorhin so angeblafft habe."

Ihr Kopf drehte sich im Dunkeln zu ihm. „Ist schon okay. Ins Schleudern zu geraten ist ganz schön beängstigend, da bin ich auch ein bisschen durchgedreht – einen Moment lang habe ich mich sogar gefühlt, als wäre ich betrunken."

„Magst du mir deinen Namen verraten?"

„Ach, Entschuldigung. Ich bin Willow Reade."

Willow. Er räusperte sich. „Willow, dein Truck ist unglaublich ungemütlich. Macht es dir was aus, wenn wir in meinem Jeep auf den Pflug warten? Ich habe den Motor laufen lassen."

„Oh!", sagte sie. „Ehm, klar. Wenn dir das nichts ausmacht. Ich hänge hier ziemlich unbequem an der Tür."

Er stemmte die Fahrertür auf. „Ich weiß nicht, wie lange wir warten werden. Hast du irgendwelche Notfallvorräte in deinem Handschuhfach… Whiskey? Schokolade?"

Sie lachte. „Sorry. Ich bin ein komplett nutzloses menschliches Wesen."

Ihr Tonfall klang bitter. Als wäre sie wirklich überzeugt davon.

Gleichwohl folgte Willow ihm zu seinem Jeep, der von den Scheinwerfern erleuchtet wurde. Abseits des Wagens war es in jeder Himmelsrichtung stockdunkel. „Ladies first", sagte er. „Macht es dir was aus, auf den Beifahrersitz zu klettern? Du könntest zwar um den Wagen herum zur Tür gehen, aber ich weiß nicht, ob du dann vielleicht in der Schneeverwehung versinkst."

Er hielt ihr die Tür auf und sie schlüpfte ins Innere und kletterte vorsichtig über die Automatikschaltung.

Dane schloss die Tür hinter ihr, ging zum Kofferraum und öffnete die Heckklappe. Er sah, wie sie sich im Sitz umdrehte, um ihn zu beobachten. Schnell, um nicht zu viel Wärme aus dem Auto zu lassen, zog er ein halbes Dutzend Skier aus dem Kofferraum und schlug dann die Klappe zu. Er lehnte die Ski dicht nebeneinander an die Rückseite des Jeeps.

Als er die Fahrertür wieder öffnete, sah sie ihn mit besorgter Miene an. Er schloss die Tür und ließ sich ins Dunkel plumpsen. „Ich habe den Schnee vom Auspuff entfernt und Skier darüber gestellt", erklärte er. „Jetzt sollten wir den Motor eine Weile lang laufen lassen können, ohne dass der Auspuff zuschneit und verstopft."

„Oh!" Er konnte hören, wie sie neben ihm fröstelte. „Danke dir, du Pfadfinder. Ich dachte kurz, du würdest Platz für meine zerstückelte Leiche schaffen, aber ich habe vergessen, mir Gedanken über einen unbeabsichtigten Erstickungstod zu machen."

„Du meine Güte", lachte er auf eine Art, die sie, wie er hoffte, nicht verängstigte. „Das einzige, was ich jetzt gerne zerstückeln würde, ist ein Cheeseburger, medium gebraten. Und eine Portion Zwiebelringe."

„Gut", sagte sie. „Denn mein Tag war schon beschissen

genug.“

„War er?“ Er lehnte sich gegen die Kopfstütze. „Dann lass uns doch mal alle beschissenen Dinge von heute aufzählen. Du fängst an.“

„Also, na gut“, sagte sie zögerlich. Er wünschte sich, ihr Gesicht sehen zu können. Ihr Tonfall ließ vermuten, dass sie diese rosa Kusslippen, die er vorhin erblickt hatte, leicht nach unten zog. „Mein Wagen scheint endgültig den Geist aufgegeben zu haben. Und ich kann mir keinen neuen leisten.“

„Das tut mir leid“, sagte er.

„Jetzt du“, drängte Willow.

„Klar. Ich sollte heute Abend nach Keene fahren und habe morgen einen Flug nach Boston. Aber die Straßen sind dicht und der Jeep steckt fest. Du bist dran.“

„Das ist *echt* ungünstig. Ich hätte überhaupt nicht auf der Straße sein sollen. Ich bin losgefahren, weil ich Hühnerfutter brauchte und mir das wichtig erschien. Aber jetzt wird mir klar, dass ich vergessen habe, ihr Wasser zu kontrollieren und die Hühner wohl eher verdursten statt verhungern werden. Du.“

„*Wir* könnten noch vor ihnen verdursten. Du.“

Er spürte, wie sie sich ihm zuwandte. „Da muss ich Einspruch einlegen, Mister“, sagte sie. „Im Gegensatz zu ihnen sind wir nicht in einer Scheune gefangen und von Wasser umgeben. Wie wär's hiermit: Ich habe einen Topf Chili auf dem Herd köcheln lassen und jetzt brennt es mir bestimmt an. Du.“

„Neue Regel“, verkündete er. „Lass uns nicht über Essen reden. Ich habe heute Morgen um halb sechs angefangen zu trainieren und das Mittagessen ist fünf Stunden her. Du bist dran.“

„Na gut...“ Willow klang, als gingen ihr die Beschwerden aus – zumindest die, die sie bereit war einem Fremden zu erzählen. „Ich werde morgen den halben Tag mit Schneeschippen beschäftigt sein.“

„Also, da muss ich jetzt Einspruch erheben", sagte Dane. „Denn wenn du Schnee schippen musst, bedeutet das, dass eine Menge von dem Zeug liegt. Und ich lebe für Schnee! Hier ist das *wahre* Drama: Wir bekommen einen Meter feinsten Neuschnee und ich kann morgen nicht Ski fahren, weil ich reisen muss."

„Der Schnee wird noch da sein, wenn du zurück kommst", meinte Willow.

„Du fährst kein Ski, oder? Es gibt nichts Besseres, als die ersten Spuren durch frischen Schnee zu ziehen. Eine Piste mit unberührtem Pulverschnee runter zu fliegen ist das Beste, was es gibt. Besser als Sex."

Ein lautes Lachen platzte aus Willow heraus. „Das hast du gerade nicht *ernsthaft* gesagt."

„Was?"

„Deine Freundin tut mir leid", kicherte sie.

„Ich habe keine."

Das brachte sie noch mehr zum Lachen. „Sorry, ich bin keine Ski-Expertin, also könntest du da wirklich etwas wissen, von dem ich keine Ahnung habe. Eine andere Möglichkeit wäre natürlich, dass du die falschen Mädels triffst."

Er grinste im Dunkeln. „Na gut. Ich glaube, du bist dran."

„Ah." Sie atmete tief durch. „Okay, mein Ex hat heute angerufen und mich darum gebeten, sein Motorrad zu verkaufen und ihm das Geld zu überweisen. Als ob das kein Aufwand für mich wäre. Und obwohl er mich auf unseren Schulden hat sitzen lassen." Bei den letzten Worten zitterte ihre Stimme leicht. Ihr kleines Spielchen hatte sich zu einer eigenartigen Beichte entwickelt. „Du bist dran."

„Mein Bruder liegt im Sterben", stieß Dane hervor. „Und ich sollte gerade auf dem Weg zu ihm sein."

Himmel. Er hatte keine Ahnung, was ihn dazu gebracht hatte, ihr das zu erzählen. Er war normalerweise nicht besonders mitteilungsbedürftig und das war noch milde ausgedrückt. Aber der dunkle und warme Klang ihrer Stimme hatte seine Stimmbänder gelöst.

„Das tut mir leid", flüsterte sie.

Er schüttelte den Kopf im Dunkeln. „Es war eine langwierige Krankheit. Ich weiß schon seit einer ganzen Weile, dass es darauf hinausläuft."

„Wie heißt er?", fragte sie.

Durch die Art ihrer Frage mochte er sie noch lieber. Es war kein neugieriges *Was fehlt ihm denn?*, stattdessen fragte sie etwas viel Relevanteres, was seinen Bruder auf die Weise ehrte, wie auch Dane ihn sah – als einen fröhlichen, lachenden Mann. Der Vater, den Dane niemals hatte.

„Er heißt Finn", antwortete er. „Wir sind Finn und Dane. Meine Mutter hatte eine Schwäche für Skandinavien."

Armer Finn.

Seit beinahe fünfzehn Jahren wusste Dane, dass Finn sterben würde. Als Dane noch ein Teenager war setzte sich sein Bruder mit ihm hin und klärte ihn über die Krankheit auf. „Es hat Mom umgebracht und es wird auch mich irgendwann umbringen. Doch dich vielleicht nicht, Danger-Man, fahr du einfach weiterhin mit Vollgas Ski und vielleicht kannst du ihm entwischen."

Er und Finn lagen zehn Jahre auseinander. Sein Bruder war fünfundzwanzig, als er die Diagnose erhielt. Der arme Finn zeigte bereits zehn Jahre früher Symptome, als die meisten anderen Menschen mit dieser Krankheit. Jetzt war Finn fast vierzig und Dane kurz davor, dreißig zu werden.

Und irgendwann würden sich die Symptome auch bei ihm zeigen.

Egal was sein Bruder sagte, Dane war davon felsenfest überzeugt. Er hatte die letzten fünfzehn Jahre versucht, dies zu akzeptieren. Und das war Danes wahres Geheimnis. Die Tatsache, dass sein Bruder krank war, konnte ihm rausrutschen, wenn er in einem dunklen Auto neben einem Mädchen mit seidig glänzendem Haar saß... das war nicht so schlimm. Aber nichts auf der Welt brachte ihm diese andere Wahrheit über die Lippen. Wenn irgendjemand über die genetische Zeitbombe Bescheid wüsste, die ihn erwartete, würde Dane seinen Platz im Ski-Team und all seine Sponsoren verlieren. Einfach alles.

„Das kann nicht leicht sein", sagte Willow mit gesenkter Stimme. „Jemandem beim Sterben zuzusehen."

Er legte die Arme hinter den Kopf und hielt sich mit beiden Händen an der Kopfstütze fest. „Wir müssen alle irgendwann gehen, nicht wahr?" Wie oft hatte sich Dane diesen Satz schon laut vorgesagt – eine Million Mal? Und immer mit dem unseligen Wissen, dass – obwohl es viele Wege zu gehen gab – er einen der hässlichsten gesehen hatte. Erst bei seiner Mutter, jetzt bei Finn.

„Das stimmt", sagte sie sanft.

„Deine Hühner auch?"

Sie lachte. „Sag sowas nicht. Wahrscheinlich geht es ihnen gut. Ich bin nur sauer auf mich selbst, dass ich durch diesen Sturm gefahren bin. Ich habe versucht ein Mädel vom Land zu werden, aber es hat irgendwie nicht hingehauen."

„Also bist *du* auch nicht von hier, wie du mir vorhin so schön vorgeworfen hast..."

Sie lachte wieder und es klang wie Musik. Er entschied, dass er dieses Lachen noch ein paar Mal hören wollte, bevor der Straßenpflug auftauchte. „Nein, bevor ich hierher gezogen bin habe ich sieben Jahre in Manhattan gewohnt. Ich habe an der NYU studiert und dort den Großteil meiner Promotion gemacht."

„Und... dann hast du dich entschieden, in die Karpaten zu ziehen und Hühner zu züchten?"

„Urgh. Muss ich den Teil auch erzählen?"

„Nein", sagte er schnell. „Nicht, wenn es schmerzhaft ist."

„Es ist nur so *dumm*, dass es weh tut", seufzte sie. „Vor zwei Jahren bin ich einem Typen hierhin gefolgt. Er fand diese ganze Zurück-aufs-Land-Bewegung interessant. Leider hat er sich auch sehr für diese einundzwanzigjährige Folksängerin interessiert. Und jetzt besitze ich ein hundert Jahre altes Bauernhaus auf fünfzehn Morgen Land, das ich nicht verkaufen kann. Ich finde keinen anständigen Job und ich kann meine Doktorarbeit nicht beenden. Ich sitze hier fest und kann niemandem die Schuld dafür geben."

„Außer dem Arschloch."

„Außer dem, ja. Aber wenn ich etwas schlauer gewesen wäre, wäre das nicht passiert. Jetzt ist er in Kalifornien und auch schlauer geworden, wie es scheint. Sie ist ziemlich reich."

„Scheiße", sagte er. „Tut mir leid."

„Mir auch."

Stille breitete sich zwischen ihnen aus. „Entschuldige mich kurz, ich sehe mal eben nach dem Auspuff", sagte er. Er öffnete die Tür und die Innenbeleuchtung schaltete sich wieder ein. So erhaschte er einen weiteren Blick auf Willows Gesicht. Dieses Mal lächelte sie ihn an und ihre großen, haselnussbraunen Augen glänzten. Gott, sie war hübsch. In einer perfekten Welt könnte er mit seinen Fingern durch diese Haare fahren und diese perfekten Lippen schmecken. Hey, wenn er schon träumte – in einer perfekten Welt würde er jeden Abend zu so einer Frau nach Hause kommen.

Aber nicht in dieser Welt. Nie im Leben. Er schloss die Tür.

Der Wind schlug Dane ins Gesicht, als er zur Rückseite des Wagens ging. Einen Augenblick lang sah er überhaupt nichts. Die Böen drückten so stark gegen seine Brust, dass er eine Hand ausstrecken und sich damit an der Karosserie des Jeeps festhalten musste. Langsam tastete er sich daran bis zum Heck entlang, wo seine Rücklichter offenbarten, dass der Schnee überall hin wehte und sich trotz der Windblockade, die er mit den Skiern gebaut hatte, vor dem Auspuff ansammelte. Er trat so viel Schnee wie er konnte von der Rückseite seines Jeeps weg, doch der Schnee fiel unglaublich schnell. So viel zum Komfort einer Heizung.

Zwei

Willow war nur für ein paar Minuten alleine, aber die machten ihr zu schaffen. Als er die Tür öffnete, konnte sie das wilde Heulen des Sturms hören. Wie hatte sie es nur geschafft, hier draußen festzusitzen? Ein weiterer dämlicher Fehler auf ihrer langen Liste.

Sie fühlte sich direkt besser, als sich die Tür wieder öffnete und Danes herzliches Lächeln auftauchte. Jetzt wo die Innenbeleuchtung an war, konnte sie sehen, wie blau seine Augen waren und was für lange Wimpern er hatte. Und sein lockiges Haar war hinreißend.

„Okay", sagte er, als er zurück in den Wagen stieg und die Tür schloss. „Keine Panik."

„Wieso?" Willow gefiel nicht, wie das klang.

„Ich habe in New England noch nie solche Schneeverwehungen gesehen."

„Wo *hast* du sie denn gesehen?" Sie ließ die Frage frech klingen, um ihre Angst zu überspielen.

„Am Tahoe See einmal. Und in Zermatt." Eine Minute lang drehte er die Heizung voll auf, damit die Wärme ins Wageninnere zurückkehrte. Dann drehte er den Schlüssel um und der Motor des Jeeps verstummte. Er stellte die Scheinwerfer ab und tauchte sie wieder in komplette Finsternis.

„Bist du sowas wie ein Meteorologe?"

„Nur während der Skisaison", sagte er.

Sie atmete tief durch. Würden sie erfrieren? „Und was ist dein *richtiger* Job?"

„Ich bin Skifahrer."

„Das ist ein Job?"

Er lachte. „Ist es, wenn es dir nichts ausmacht, mit hundertdreißig Sachen einen Berg runter zu fahren."

Ihr Kopf wirbelte zu ihm herum. „Ernsthaft? Du fährst Rennen?" Kein Wunder, dass er so viele Paar Ski und keine Rücksitze in seinem Wagen hatte.

„Ja, Ma'am."

„Das klingt cool." Und ehrlich gesagt ziemlich sexy.

„Das ist es. Außer, wenn es das nicht ist."

„Und wann ist das?"

„Wenn ich verliere. Oder einen Unfall baue. Meistens passieren diese Dinge zusammen."

Sie lachte. „Du verlierst nie einfach so?"

„Ich bin berühmt für meinen riskanten Fahrstil. Ganz oder gar nicht, wie es so schön heißt."

„Warte mal… Dane. Wie lautet dein Nachname?"

„Hollister."

„Ich glaub's nicht! Danger Hollister. Das bist du? Der… Olympiasieger?"

„Das bin ich. Mit dem dummen Namen und allem Drum und Dran."

„Hat deine Mutter dich wirklich Danger genannt?"

„Nein. Ich habe den Namen vom langweiligen Dane zu Danger geändert, als ich Profi geworden bin.“

„Warum?“, lachte sie.

„Weil ich einundzwanzig war… damals schien mir das eine gute Idee.“

„Welcher Name steht auf deinem Führerschein?“

Im Dunkeln fummelte er nach etwas in seiner Hosentasche. Dann schaltete er mit dem Daumen die Innenbeleuchtung an und beugte sich zu ihr rüber. „Zieh's dir rein.“

Sie lachte schallend los. DANGER HOLLISTER stand dort. Sie sah zu ihm hoch und seine blauen Augen blitzten amüsiert auf. Willow entspannte sich ein wenig. Sie saß inmitten eines Blizzards in einem Jeep ohne Heizung fest. Aber zusammen mit ihm machte es beinahe Spaß.

Er schaltete das Licht wieder aus. „Der Pflug lässt sich aber Zeit.“

„Normalerweise arbeiten sie auf dieser Straße recht gründlich“, sagte sie. „Der einzige Grund dafür ist das Skigebiet. Die reichen Leute müssen ja in ihre Ferienwohnungen kommen.“ Da bemerkte sie ihren Ausrutscher. „So, ich steige mal wieder aus dem Fettnäpfchen.“

„Quatsch, ich finde du hast das ziemlich gut getroffen“, sagte er. „Aber diese reichen Leute halten mich im Geschäft. Skirennen bringen den kleineren Skigebieten kein Geld. Aber wir brauchen die kleinen Gebiete, damit der Sport lebendig bleibt.“

„Was machst du hier in Hamilton?“, fragte sie ihn.

„Ich trainiere für eine Weile alleine“, sagte er. „Zumindest zwischen den Rennen. Daher bin ich bis zum Frühling immer mal wieder hier.“

Willow rieb sich mit den Händen über die Arme. Jetzt wo der Motor aus war, wurde es rasch kalt im Wagen. Sie griff nach der Kapuze ihrer Jacke, konnte sie jedoch nicht finden. Willow hatte sie letzte Woche abgetrennt und bei sich im

Hausflur liegen lassen. „Natürlich."

„Wie bitte?"

„Ach, nichts", seufzte sie. „Ich staune nur mal wieder über meine eigene Dummheit. Das mache ich praktisch jede halbe Stunde."

„Ist dir kalt?", fragte er. „Warte…" Er griff nach hinten zwischen die Sitze. „Ich komm nicht dran…" Er drehte seine breiten Schultern, um sich weiter zwischen den Sitzen hindurch zwängen zu können und förderte schließlich etwas Klobiges hervor. Sie hörte ein Kunststoff-Klicken und dann entfaltete sich ein Bausch von etwas, das sich wie eine Daunendecke anfühlte.

„Du bewahrst einen Schlafsack in deinem Auto auf?", fragte sie.

„Für Notfälle", sagte er. „Ich bin oft bei schlechtem Wetter unterwegs. Aber meistens nutze ich ihn, wenn ich bei anderen Leuten im Hotelzimmer auf dem Boden penne." Sie hörte das Geräusch eines Reißverschlusses. „Hier", sagte er. „Halt diese Ecke."

Sie ertastete seine Hände im Dunkeln und hielt die Ecke der Daunendecke. Er zog den Reißverschluss des Schlafsacks komplett auf. „So", sagte er und schob sein Ende unter das Lenkrad. Dann griff er unter seinen Sitz, um ihn ganz nach hinten zu schieben. „Wir können genauso gut gemütlich auf den Pflug warten."

„Das stimmt. Und danke, übrigens. Ich würde sonst gerade zitternd in meinem Truck sitzen."

„Keine Ursache", sagte er.

Ihr Herz schlug schneller und sie wusste nicht einmal, warum. Irgendwie hatte es etwas Intimes, so mit ihm unter dem Schlafsack zu sitzen. Nach nur einer Stunde in seiner Gesellschaft war sie bereits in ihn verknallt. Sie griff nach dem Hebel unter ihrem Sitz, um ihn ebenfalls ein Stück zurück zu schieben. „Wenn wir jetzt noch einen Film und Popcorn

hätten, wäre es wie ein normaler Abend bei mir zu Hause",
sagte sie.

„Du hast schon wieder Essen erwähnt", beschwerte er sich.
„Lass das, Mädchen."

„Ich mache ziemlich gutes Popcorn. Der Trick liegt im
Kokosnussöl und der richtigen Menge Salz."

„Du machst mich fertig." Sein Lachen wärmte sie fast so
sehr wie sein Schlafsack.

Sie wurden für eine Weile still. Dane hörte Willows Atem
nur einen Meter entfernt. Er versuchte sich vorzustellen, zu
Hause einen Film zu gucken – ein ruhiger Abend mit einem
Mädchen wie ihr. Es kam nicht oft vor, dass er sich erlaubte,
über solche Dinge nachzudenken und ihm bewusst wurde, wie
merkwürdig sein Leben war. Wahrscheinlich kuschelte gerade
die Hälfte der Männer in New England auf dem Sofa mit ihrer
Frau und sahen einen Film oder Fernsehen. Was Leute eben so
machten während eines Blizzards.

Leute, die nicht Dane waren.

Beziehungen jedweder Art kamen für ihn nicht in Betracht.
Also kuschelte er sich nie bei jemandem an, legte seine Füße
nie neben die einer Frau auf einen Couchtisch oder rollte sich
morgens im Bett herum und fand dort einen anderen warmen
Körper vor.

Er war natürlich kein Mönch. Sex war etwas anderes.
Davon hatte er reichlich. Aber weil er nach einem strikten
Grundsatz handelte – nur One-Night-Stands – hatte er nie im
buchstäblichen Sinne mit jemandem *geschlafen,* war nie neben
einer Liebhaberin eingeschlummert. Zumindest nicht seit er ein
Teenager war. Nachdem er wahrhaftig verstanden hatte, dass
sein Leben kein Happy End haben würde, hatte er nie eine
feste Freundin. Er würde nie heiraten. Keine Frau würde je „Ja,
ich will" zu dem sagen, was ihr mit ihm bevorstand –
zuzusehen, wie er in sich zusammenfiel und ihm den Sabber

vom Gesicht zu wischen.

Während der Wettkampfsaison gab es immer eine Skifahrerin – oder einen weiblichen Fan – die gewillt war, die Beine für ihn breit zu machen. Dane machte seine Bedingungen immer vorher deutlich, doch selbst dann wurde er selten abgewiesen, besonders seit er begonnen hatte, Weltcuprennen zu gewinnen. Goldmedaillen waren ein potentes Aphrodisiakum. Es gab da eine besondere Skifahrerin, Kelli, mit der er schon mehrere One-Night-Stands hatte. Und ja, sowas gab es. Ein paar Mal pro Saison, wenn der Druck des ganzen Zirkus ihm zusetzte, bat er an der Hotelrezeption um einen zweiten Schlüssel für sein Zimmer. Als Schwedin waren Kellis Englischkenntnisse nur etwas besser als sein Schwedisch – also praktisch nicht vorhanden. Wenn er ihr den Schlüssel hinhielt, wortlos versteht sich, nahm sie ihn immer an.

Spät in der Nacht – was ungefähr um elf Uhr für Profiskifahrer war, da ihre Tage früh anfingen – kam sie leise in sein Zimmer und legte ihre Klamotten ab. Dann fielen sie für ein oder zwei Stunden wild übereinander her und wenn sie beide erschöpft und befriedigt waren, verschwand sie wortlos wieder.

Sie war perfekt für ihn.

Aber jetzt saß er hier in seinem eisigen Jeep und bekam fast einen Ständer. Alles nur, weil er mit diesem – wenn auch sehr hübschen – Mädchen zusammen unter einem Schlafsack saß. Sein Leben als Skifahrer bot ihm eine Menge, aber heute Abend fühlte sich das nicht genug an. In diesem Moment wollte er, was die Typen mit Bierbauch und kahlen Köpfen hatten. Er wollte, dass das hübsche Mädchen ihren Kopf auf seine Schulter legte und ihn darum bat, den Kanal zu wechseln oder ihr etwas zu trinken zu holen.

Er streifte seine Handschuhe ab und rieb sich mit den Händen durchs Gesicht.

„Was ist los?“

Ich bin auch dumm, wollte er sagen. „Mein Blutzucker ist auf

Talfahrt", sagte er stattdessen. „Wenn wir Glück haben, findest du noch ein paar Energieriegel im Handschuhfach."

Er hörte, wie sie es öffnete und darin herumwühlte. „Treffer", sagte sie. Er vernahm das Knistern von Plastik. „Hier."

Dane streckte seine Hand im Dunkeln aus. Sie fand ihn und drückte ihm zwei Riegel in die Handfläche. Er ließ sie in seinen Schoß fallen und griff nach ihrem Unterarm, bevor sie ihn zurückziehen konnte. „Warte", sagte er, zog ihr den Handschuh aus und nahm ihre Hand in seine. Ihre Haut war weich und es fiel ihm schwer, sie wieder loszulassen. „Okay", sagte er. „Du bist noch im grünen Bereich." Er gab ihr den Handschuh zurück.

Ein Kribbeln fuhr Willows Nacken hoch, als die beiden großen Hände sie wieder los ließen. „Warum hast du das gemacht?", fragte sie mit belegter Stimme.

„Wenn deine Hände nicht kalt sind, ist der Rest deines Körpers auch noch warm genug", sagte er leise.

„Oh", flüsterte sie.

„Das ist eine reine Vorsichtsmaßnahme bei so kaltem Wetter. Möchtest du Erdnussbutter oder Haferflocken mit Rosinen?", fragte er.

Ihre Wangen erröteten und sie war dankbar für die Dunkelheit. „Genieß du sie ruhig", sagte sie.

„Auf keinen Fall. Ich bestehe darauf, dieses Festmahl mit dir zu teilen."

„Was für ein Gentleman", bemerkte sie lächelnd. „Überrasch mich."

„Gute Wahl, denn ich kann die Beschriftung eh nicht lesen." Er riss eine Packung auf. „Streck deine Hände aus."

Sie tat es und erneut griff er nach ihr. Sie versuchte, sich seiner Berührung im Dunkeln nicht allzu bewusst zu werden, als er ihr den Energieriegel vorsichtig in die Hand legte.

„Danke."

Er antwortete nicht. Sie hörte nur, wie er seinen Riegel aufriss und kaute.

Sie aßen schweigend und Willow versuchte, ihre merkwürdige Zuneigung zu diesem Fremden abzuschütteln. Aber etwas an seiner Ausstrahlung zog sie magisch an. Seine rauchige Stimme klang im Dunkeln so geheimnisvoll. Sie wünschte sich, er würde nochmals ihre Hände ergreifen und diesmal vergessen wieder loszulassen.

„Also", sagte er nach einer Weile. „Was hat ihn zu einem Arschloch gemacht?"

„Oh, meinen Freund? Er…" *hat mich nie wirklich geliebt.* „Ich habe mich schwer verliebt und er nicht. Und ich habe zwei Jahre so gelebt, in der Hoffnung, dass es besser würde. Aber er wollte nur einen Fanclub. Und ein Haus, in dem er wohnen konnte."

„Das ist hart", sagte Dane. Seine Stimme war angenehm tief. Für einen Moment breitete sich erneut Stille zwischen ihnen aus. Dann sagte er: „Hörst du was?"

Sie lauschte angestrengt. Und zwischen den heulenden Windböen hörte sie in der Tat etwas – einen Motor.

Dane drehte den Zündschlüssel um und der Wagen erwachte brummend zum Leben. Er stellte den Warnblinker, die Scheinwerfer und die Scheibenwischer an. Willow konnte sehen, wie eine dicke Schicht Schnee von der Glasscheibe vor ihr gewischt wurde. „Wow", sagte sie, als sie das Scheinwerferlicht sehen konnte. „Du hast nicht gelogen, was die Schneeverwehungen angeht."

Dane drehte sich in seinem Sitz herum und versuchte, nach hinten raus zu sehen, wo ein weiterer Scheibenwischer die rechteckige Heckscheibe freigeräumt hatte. „Er ist da hinten", sagte er.

„Na endlich!", sagte Willow, doch das war gelogen. So lächerlich es auch klang, sie war noch nicht bereit dafür, dass dieses seltsame Rendezvous zu Ende ging. In ihrem dunklen Bauernhaus war es zugig und einsam.

„Wir brauchen mehr Licht", sagte Dane und schaltete die Innenbeleuchtung ein. „Von dem Straßenpflug *gerammt* zu werden, wäre nicht die beste Art, diesen Abend zu beenden."

Sie drehte sich ebenfalls so, dass sie nach hinten sehen konnte und ihre Gesichter berührten sich beinahe. Das Licht von Frontscheinwerfern wurde zaghaft stärker. Obwohl der Pflug noch dreißig Meter entfernt sein musste, dachte Willow, sie könne bereits das gelb-orange Blinklicht erkennen, welches auf den Dächern von Räumfahrzeugen angebracht war. „Er hält doch bestimmt für uns an, oder nicht?", fragte sie besorgt.

„Natürlich, es sei denn, er ist ein totaler Arsch, wie dein Exfreund." Sachte stieß er mit seiner Strickmütze gegen ihre, nur einmal kurz. Es war wie ein besonderes, winterliches High Five.

Sie lachte, den Blick auf den Schneepflug fixiert. Wenn das hier vorbei war, würde sie ihn nach seiner Telefonnummer fragen. Was für ein Kerl, dieser Danger Hollister.

Drei

Das Licht wurde immer stärker und Dane wusste, er sollte erleichtert sein. Aber es bedeutete nur ein sicheres Heimkommen zu einer weiteren einsamen Nacht in seinem Zimmer, wo seine einzige Gesellschaft aus einer *Sports Illustrated* und ein paar Musikstücken bestand. Oder daraus, sich Sorgen um Finn zu machen, die letzte lebende Person, die ihn wirklich kannte.

Doch dann sah Dane, wie der Straßenpflug abbog und auf eine andere Straße fuhr. „Was zur...?"

Die Innenbeleuchtung war noch an und er wandte sich Willow zu, die nicht überrascht wirkte. „Ich hab mir schon gedacht, dass das passieren könnte", sagte sie.

„Wieso?"

„Wir sind sehr nah an der Stadtgrenze. Wir sitzen in Westland und ich wette, der Pflug gehört zu Hamilton. Und er hat uns hier wahrscheinlich nicht gesehen."

„Oder vielleicht war der Fahrer *doch* dein Ex?"

Diese wunderschönen Lippen kräuselten sich zu einem Lächeln und sie schlug ihm auf den Arm. „Das auf keinen Fall. Vielleicht war es eine von deinen Exfreundinnen."

„Klar", sagte er, die Augen immer noch auf ihr süßes Lächeln geheftet. Widerwillig schaltete er die Innenbeleuchtung wieder aus.

Zugegebenermaßen war dies einer der Vorteile daran, ein Einzelgänger zu sein: Er hatte keine Exfreundinnen. Die anderen Jungs auf der Tour hatten reichlich Ärger mit denen. Er schaltete die Scheinwerfer aus und drehte den Zündschlüssel um. Der Wagen wurde wieder still.

„Und was machen wir jetzt?", fragte Willow. Zu seiner Freude war ihr Tonfall ausgelassen, nicht verängstigt.

„Hm, ich denke, wir trinken ein Bierchen", sagte er.

„Es wäre echt cool, wenn das kein Witz wäre."

Dane tastete am unteren Teil seiner Fahrertür entlang. Seine Hände schlossen sich um die Flasche. Er zog den Schlüsselbund aus der Zündung und nutzte den Flaschenöffner, den er daran befestigt hatte, um den Kronkorken aufzuploppen. „Du kannst den ersten Schluck haben. Gib mir deine Hände, wir dürfen keinen Tropfen verschütten."

„*Ernsthaft?* Du hast ein Bier?"

Er fand ihre Finger und schloss sie um die Flasche. „Du bekommst 'nen Dollar, wenn du mir die Marke nennen kannst."

Lachend nahm sie einen Schluck. „St. Pauli Girl."

„Das glaub ich jetzt nicht!"

Sie kicherte. „Du hast das Warnblinklicht angelassen und ich kenne das Etikett. Das Mädchen im Dirndl mit den großen Möpsen…"

Er drückte auf den Knopf des Warnblinkers. „Betrügerin."

„Ich kann gar nicht glauben, dass du ein Bier in deinem Wagen hast."

„Der Skitechniker hat mir eins für den Weg mitgegeben. Ich hatte es ganz vergessen, bis mich der Energieriegel durstig gemacht hat."

„Hier", sagte sie und reichte ihm die Flasche. Er schaffte es, seine Hände auf ihre zu legen, während er das Bier annahm, und nochmal, als er es ihr zurück gab. Was war nur los mit ihm? Seit der achten Klasse war er nicht mehr so versessen darauf gewesen, jemandes Hand zu berühren.

„Du hast nicht zufällig noch irgendwo ein Sixpack versteckt?", fragte sie.

„Nein." Er lächelte. „Ich wünschte, ich hätte. Aber dann müssten wir pinkeln."

Vor Lachen verschluckte sie sich und begann zu husten.

„Langsam", sagte er. „Du hältst da eine wertvolle Flüssigkeit."

Sie gab ihm die Flasche zurück. „Ich hab nichts verschüttet. Ich schwöre." Jetzt wo die Lichter wieder aus waren, war es sehr, sehr dunkel. Er konnte die Hand vor Augen nicht sehen, was seine Wahrnehmung ihrer Geräusche noch zu verstärken schien. Jedes Ausatmen, jedes Wort, das sie aussprach, klang intim.

„Eine volle Blase ist nur nützlich, wenn man in einer Lawine festsitzt, nicht in einem Jeep", sagte er, um das lockere Geplänkel aufrecht zu halten.

„Warum ist eine volle…? Ach, egal. Ich will's nicht wissen."

„Kluges Mädchen." Er nahm einen kleinen Schluck und reichte die Flasche zurück, mit vollem Handkontakt.

Sie tranken langsam, damit das Bier länger hielt, aber es leerte sich trotzdem schnell. „Trink du aus", sagte er und drehte sich in seinem Sitz so, dass er in ihre Richtung sah.

„Okay", sagte sie und schüttete den letzten Schluck runter. „Aber nur, weil ich noch eine andere Sache habe, die ich zur Party beisteuern kann."

Als sie ihm dieses Mal die Flasche reichte, hielt er ihre Hand fest und ließ nicht mehr los. „Was wäre das?", fragte er und war gespannt, wie sie reagieren würde. Ihre Finger waren schlank und zierlich.

Sie hielt inne bevor sie antwortete und er fragte sich, ob er zu weit gegangen war. Aber sie zog ihre Hand nicht zurück. „Meine Jackentasche ist voller Rosinen", sagte sie schließlich.

„Deine Jackentasche?" Sie zog ihre Hand immer noch nicht weg. Also legte er seine andere Hand auf ihre.

„Ja", hauchte sie. „Die sollten eigentlich für meine Hühner sein. Aber ich schwöre, dass da keine Hühnerspucke oder so dran ist."

Er drückte ihre kleine Hand flach zwischen seine beiden und rieb sanft über ihre Knöchel. „Haben Hühner Spucke?", fragte er.

„Nein", flüsterte sie.

Hoffentlich war er nicht der Einzige, der ihre Grundschul-Berührung aufregend fand. „Das wusste ich nicht", sagte er. Er drehte ihre Hand in seinen um und streichelte ihre Handfläche.

～※～

Was zur Hölle passierte hier gerade? Willow hatte ihre Handfläche nie als Sexualorgan betrachtet, aber das Gefühl seiner Fingerspitzen auf ihrer Haut war elektrisierend. „Magst du Rosinen?", fragte sie dümmlich.

„Klar", sagte er.

Willow griff mit der freien Hand in ihre Tasche. „Also, wie wäre es wenn du mir etwas erzählst… Ich weiß – erzähl mir von etwas Besonderem, das du im Leben gelernt hast, ein Stück Lebenserfahrung. Und ich gebe dir eine Rosine."

Er kicherte und fuhr mit seinem Daumen langsam über ihre Hand. „Etwas, das ich auf die schmerzhafte Tour lernen musste. Wie wär's hiermit: Die Schwerkraft nimmt sich nie frei. Bei meinem Beruf lernt man das ziemlich schnell."

„Hmmm", sagte Willow, von seiner Berührung abgelenkt. „Das ist zwar ziemlich offensichtlich, aber ich lasse es gelten." Sie fingerte eine Rosine aus ihrer Tasche und reichte sie ihm.

Er ließ kurz von ihr ab, um sich die Rosine in den Mund zu stecken. „Danke dir", sagte er und griff wieder nach ihren Händen. „Jetzt erzähl du mir eine Lebensweisheit."

„Na gut", sagte sie. „Ich hatte nie vor, Hühner zu züchten, aber sie zu beobachten ist faszinierend. Du kannst drei Tage alte Küken nehmen, die noch nie eine Henne gesehen haben oder auch nur außerhalb ihres Kartons waren, und sie picken nach dem Maisgries, mit dem du sie fütterst. Aber wenn du ihnen einen Wurm vorlegst, drehen sie durch und kämpfen darum. Sie sind verrückt nach Würmern, obwohl sie noch nie zuvor einen gesehen haben. Alles Instinkt."

Und das schien nicht nur für Hühner zu gelten. Auch sie spürte plötzlich einen gewissen Instinkt in sich.

„Das ist ziemlich cool", sagte Dane. Er massierte immer noch ihre Hand, sein Daumen wärmte ihre Handfläche. „Wenn ich entscheiden darf, würde ich sagen, du verdienst eine Rosine."

Willow steckte sich eine in den Mund. „Du bist dran."

„Okay", sagte Dane. „Ich habe gelernt, dass Flugzeugessen ausnahmslos schlecht ist, egal wo du in der Welt unterwegs bist. Das ist nicht nur ein Klischee."

Als Willow ihm dieses Mal eine Rosine im Dunkeln entgegenstreckte, ergriff er ihre Hand und führte sie an seinen Mund. Ihre Handfläche strich über sein Kinn, als sie die Rosine in seinen Mund legte. „Danke", flüsterte er. „Du bist wieder dran."

Sie verschränkte ihre Finger in seinen. Seine Hand war so viel größer als ihre. So warm und stark. „Hmm... ich habe gelernt, dass sich Guacamole nicht bräunlich verfärbt, wenn man sie mit Frischhaltefolie abdeckt."

„Jetzt hast du schon wieder Essen erwähnt", tadelte er sie.

Seine Finger streichelten über die sensible Haut oberhalb

ihres Handgelenks und Willow war froh, dass er ihr Gesicht in der Dunkelheit nicht sehen konnte. Das Gefühl brachte sie dazu, die Augen zu schließen.

„Aber *du* hast doch auch Essen erwähnt", flüsterte sie. Sie begann, sich schwummerig zu fühlen. Eigentlich sollte sie sich dämlich dabei vorkommen, während eines Sturms in einem Auto festzusitzen. Stattdessen war sie unangebracht und sinnloserweise glücklich.

„*Großer* Unterschied. Ich habe *schlechtes* Essen erwähnt. Deine selbstgemachte Guacamole gegen Flugzeugessen – wenn die beiden in den Ring steigen, wer gewinnt da wohl?"

„Meine Guacamole natürlich", kicherte sie. „Aber das konntest du beim besten Willen nicht wissen. Komm schon. Erzähl mir etwas, bei dem du aus Erfahrung weißt, dass es stimmt, und du bekommst noch eine Rosine."

Er seufzte und der Laut ließ sie wünschen, sie könne seinen Atem auf ihrem Gesicht spüren. „Okay. Wenn du nicht hinguckst, tun Spritzen wirklich weniger weh."

Also, *das* war ein bisschen düster. „Sicher..." Ihr Puls begann zu rasen. Es war verrückt, diesen Fremden zu berühren. Es war verrückt und sie war wirklich nicht der Typ für sowas. Aber irgendetwas an ihm machte es ihr schwer, aufzuhören. Willow griff in ihre Tasche und holte die nächste Rosine hervor. Dieses Mal führte sie sie von sich aus an seinen Mund und strich absichtlich mit den Fingern über seine Unterlippe, bevor sie die Rosine auf seine Zunge gleiten ließ. Er schloss den Mund und fing zwei ihrer Finger zwischen seinen Lippen. Dann saugte er an der Spitze ihres Zeigefingers, als sie diesen wieder herauszog.

Gütiger Himmel, war das sexy.

„Du bist dran", flüsterte er.

Willow fühlte sich benommen. Das war die einzige Erklärung, die ihr für das einfiel, was sie als nächstes sagte. „Ich habe kürzlich gelernt, dass nicht alle schlechten Tage auch so enden", hauchte sie. Es war zu dunkel, um seine Miene zu lesen, selbst wenn sie mutig genug gewesen wäre hinzusehen.

Zur Antwort drückte er ihre Hand. Dann zog er sanft daran, um sie zu sich herüber zu ziehen. Willow hielt den Atem an und fragte sich, ob er das tun würde, von dem sie insgeheim hoffte, dass er es tat.

Es war sehr, sehr dunkel.

Sie spürte seinen Atem auf ihrem Gesicht, bevor seine Lippen ihren Wangenknochen fanden. Für zwei Herzschläge hielt er dort inne, seine Lippen ein sinnlicher Hauch auf ihrer Haut. Dann drehte er seufzend das Kinn, um ihren Mund zu finden. Der erste Kuss war kurz, nur ein leichtes Streifen seiner weichen Lippen, welches an ihrem empfindsamen Mundwinkel anhielt. „Ist das in Ordnung?", flüsterte er. Die Worte vibrierten an ihrem Gesicht. „Wenn du mir eine scheuern willst, würde ich das verstehen."

Willow antwortete ihm, indem sie sachte mit ihrer Nasenspitze sein Gesicht hoch und runter fuhr. Bei seinem nächsten Kuss drückte Dane seinen Mund auf ihren. Und wieder hielt er inne. Doch diesmal war es kein Zögern, sondern eher ein Moment gespannter Erwartung. Ihr Herz hörte praktisch auf zu schlagen, während sie auf seinen nächsten Vorstoß wartete. Und dann teilten seine Lippen die ihren und seine Zunge glitt hinein. Als sie ihn dort empfing und ihn schmeckte, stieß er ein tiefes Stöhnen aus, das ihr Herz rasen ließ.

Sie spürte, wie er ihr beide Hände in den Nacken legte, sich seine Finger unter ihre Wollmütze schoben und in ihr Haar gruben. Dann zog er sie noch näher, seine Küsse atmeten sie förmlich ein. Er knabberte an ihren Lippen, versengte ihre Zunge. Das Gefühl war atemberaubend und plötzlich war ihr Körper zu weit von seinem weg, dieses verdammte Auto zu beengend. Sie wollte die Arme um ihn schließen, wollte mehr von ihm spüren als dieser flüchtige Eindruck erlaubt hatte. Doch Willow musste sich mit einem behelfsmäßigen Griff an seine Schultern zufrieden geben, die sich äußerst kräftig unter ihren Händen anfühlten.

Ihr Gewissen versuchte halbherzig, ihr reinzureden. *Willow, du machst mit einem Fremden in seinem Jeep rum.*

Nein, sagte sie sich. Sie machte mit einem sexy Schneegott während eines Blizzards rum. Und ja, das machte einen Unterschied, da war sie sich sicher.

Um sie herum war die Nacht vollkommen still. Der Wind war abgeflaut. Willow kuschelte sich unter ihrer behelfsmäßigen Decke an ihn, während der Jeep weiter mit Schnee bedeckt wurde. Die ganze Welt schien weit weg, bis auf seine Lippen auf ihren, das Liebkosen seiner Zunge und seiner Hände in ihren Haaren.

„Willow", hauchte er, als sie irgendwann Luft holten. „Ich liebe deinen Namen."

„Mmmhh", sagte sie und genoss das Kitzeln seiner Haare auf ihrer Stirn. „Bin mir nicht sicher, was sich meine Eltern dabei gedacht haben, als sie ihn mir gaben."

Er küsste sie leicht. „Du hast nie gefragt?"

„Hatte nie die Gelegenheit", flüsterte sie. „Ich habe meine Eltern das letzte Mal gesehen, als ich vier war." Dieses Thema war ein potentieller Stimmungstöter, also hob sie die Hände an sein Gesicht und fuhr mit ihren Daumen sachte über seine Wangenknochen und dann über seine Lippen, bis er schauderte.

„Willow ist ja das englische Wort für Weide", sagte er, während er sie nochmals küsste. „Vielleicht dachten sie, Weiden biegen sich, zerbrechen aber nie."

Sie lächelte im Dunkeln. „Weißt du was, das hat mir schon mal jemand gesagt."

Lachend küsste er sie weiter. Sie konnten ihre Lippen nicht voneinander lassen. „Du hast keine Angst davor, mir zu sagen, wenn ich Scheiß erzähle. Die meisten Leuten tun das nicht."

„Nicht?" Trotz der kalten Nacht war Willow am ganzen Körper heiß. „Das sollten sie."

Er küsste sie erneut und sie spürte es überall. „Willow", hauchte er. „Ich würde diese Party ja nach hinten in den Jeep verlegen, aber ich weiß nicht, ob das eine so gute Idee ist", sagte er.

„Wieso?", keuchte sie und hasste den verzweifelten Ton in ihrer Stimme.

„Ich bin nicht der Typ für eine feste Beziehung", sagte er. „Ich bin nur auf der Durchreise und ich möchte nicht, dass du etwas tust, das du später bereust."

Er küsste sie wieder und sein Mund wanderte von ihren Lippen unter ihr Ohr und den Hals herab, was sie fast wahnsinnig machte. Mit beiden Händen griff sie unter seine Mütze und krallte sich in seine Locken.

Seine Hände fanden den Reißverschluss ihrer Jacke und zogen ihn zur Hälfte runter. Doch dann stoppte er. „Ich will nicht so direkt sein", flüsterte er, „aber das wäre nur ein Angebot für eine Nacht."

Autsch. „Wie pragmatisch von dir, dich mit mir zu begnügen", sagte sie.

„Was?" Er wich vorsichtig zurück.

„Da du nicht im Neuschnee Skifahren kannst, musst du dich wohl mit Sex begnügen." Sie legte ihm die Finger auf die Lippen, damit sie sein Lächeln spüren konnte.

„Oh Gott", lachte er. „Das hätte ich wirklich nicht sagen sollen", sagte er, küsste ihre Finger und nahm sie dann in den Mund.

„Ein kleiner Tipp", sagte Willow. „Solltest du dich jemals für eine Beziehung entscheiden, behalt diese Vorliebe lieber für dich."

Er beugte sich vor und im Dunkeln fanden seine Lippen ihren Hals. „Und in der Zwischenzeit?", fragte er, ohne die Lippen von ihrer Haut zu nehmen. Seine Zunge auf ihrem Schlüsselbein schickte ein Zittern bis in ihr Innerstes herab.

Willow fiel es schwer, klar zu denken. Bis jetzt hatten die

größten Fehler ihres Lebens damit zu tun gehabt, dass sie ihr Herz zu leichtfertig vergeben hatte. Ihre letzte Beziehung war eine Katastrophe gewesen, weil sie viel zu viel erwartet hatte. Danes Angebot war wenigstens ehrlich. Und sie wollte ihn. Es war verrückt, aber so war es.

„In der Zwischenzeit", flüsterte sie, bereits schockiert über sich selbst, „lassen wir die Fenster deines Jeeps beschlagen."

Er lachte leise und streifte ihr die Jacke über die Schultern. Dann küsste er sie wieder, sein Mund ließ in ihr mehr Hitze erglimmen, als sie in langer Zeit gespürt hatte. Als sie dann den Reißverschluss seiner Jacke fand, lachte keiner von beiden mehr.

Willow versuchte einmal mehr, so etwas wie Reue über ihre Taten zu empfinden, aber es gelang ihr nicht. Eine lange Verstrickung von Lebensereignissen hatte sie genau hierhin geführt, zu genau diesem Moment. Sie wusste nicht, warum das so war. Sie wusste nur, sie wollte nicht davor weglaufen.

Dane unterbrach ihren Kuss, klaubte den Schlafsack von ihren Beinen und warf ihn nach hinten. Sie hörte ein Rascheln, als er seine Schuhe abstreifte und dann seinen Sitz so weit wie möglich nach vorne schob. „Geh du zuerst", sagte er.

Mit einem zittrigen Atemzug rutschte Willow zwischen den Sitzen hindurch nach hinten.

Sie breitete gerade eine Ecke des Schlafsacks aus, als er ihr unbeholfen nachgeklettert kam. „Wo bist du hin?", flüsterte er. „Hast du es dir anders überlegt?"

„Nicht wirklich", sagte sie. „Ich kann nur nicht glauben, wie sich diese Nacht entwickelt hat, das ist alles."

„Sei ganz locker", sagte er. „Es gibt hier keinen Druck oder so."

Willow rutschte zu ihm und klaute ihm die Strickmütze. Sie schmiss sie auf einen der Vordersitze und fuhr dann mit den Händen durch seine Haare. Er umarmte sie und während er sie küsste, zog er den Saum ihres Pullovers hoch. Das Gefühl seiner Hände auf ihrem nackten Rücken, zusammen mit seiner Zunge in ihrem Mund, ergaben eine aufreizende Kombination. Mit den Daumen fuhr er ihren Torso hoch und berührte flüchtig ihren BH. „Ich will, dass diese Klamotten verschwinden", sagte er mit belegter Stimme. „Ich verspreche, ich lass dich nicht frieren."

„Du zuerst", flüsterte sie. Willow griff nach seinem T-Shirt und zog es ihm über den Kopf. Sobald er es abgelegt hatte, erkundeten ihre Hände seine Brust. Gott, er war steinhart unter ihren Händen. Athleten, *wow*. Sie strich flüchtig über seine Brustmuskeln und neigte den Kopf, um seine Brustwarzen zu lecken, die hart von der Kälte waren. Ihre Hände wanderten seinen Bauch herab und ruhten dann auf seiner Gürtelschnalle.

Er unterbrach sie, um ihren Pullover auszuziehen.

„Ich sagte: *Du zuerst*", flüsterte sie und fasste an seinen Hosenstall.

„*Okayyy*", sagte er. Er war vermutlich daran gewöhnt, den Ton anzugeben. Aber die Situation war zu rau, zu weit außerhalb ihrer Komfortzone, um alle Kontrolle abzugeben. Er spielte mit und hielt still, während sie daran arbeitete, seine Jeans aufzubekommen.

Als sie es geschafft hatte, drückte er sich mit den Händen vom Boden ab und hob die Hüfte an, damit sie ihm die Hose leichter ausziehen konnte. Sie zog Jeans und Unterhose gleichzeitig über seine Oberschenkel.

„Huch, hier drin ist es *wirklich* kalt", kicherte er.

Sie streifte die Jeans vollständig von ihm ab. „Angesichts der Umstände darfst du die Socken anbehalten", sagte sie. Während sie dies sagte, ließ sie ihre Hände wieder an seinen Beinen hochgleiten und streichelte über seine Schienbeine und Knie.

Sie ließ sich Zeit, seinen kräftigen Quadrizeps zu erkunden. Die Muskeln waren so massiv, als wären sie in Stein gemeißelt. Sie drückte seine Oberschenkel auseinander und wurde mit einem erwartungsvollen Brummen belohnt. Sachte bewegte sie eine Hand weiter hoch zu seinen Hoden, strich leicht darüber und verdiente sich ein Stöhnen. Immer noch gab sie ihm nicht die Berührung, die er wirklich wollte, sondern stieg auf seine Beine und schlang die ihren darum. Erst dann griff sie zwischen ihren Körpern nach unten und legte ihre Hände um seinen Penis. Er keuchte, und beinahe hätte sie das auch getan. Denn Dane war auch an dieser Stelle äußerst gut gebaut.

„Ist dir noch kalt?", flüsterte sie.

Er antwortete nicht. Stattdessen schlang er seine kraftvollen Arme um sie, presste seine Lippen auf ihre und küsste sie wie ein verhungernder Mann. Während seine Zunge sich wild in ihrem Mund bewegte, strich sie über seinen Schaft. Als er stöhnte, setzte sie sich noch fester auf ihn und umschlang ihn mit ihren Beinen. Seinen Schwanz durch ihren Jeansstoff hindurch zu spüren, machte sie absolut scharf.

Nur ein Angebot für eine Nacht. Seine Worte hallten in ihrem Kopf wider. Aber was für eine Nacht das war. Danes Berührungen waren anbetungswürdig. Jedes Mal wenn sie vor Lust zitterte, küsste er sie. Und wenn sie ihn berührte, mit den Händen über seinen Rücken strich, seufzte er aus der Tiefe seiner Brust. Er war ein Rätsel — selbstbewusst mit seinen Händen und Küssen, jedoch nach Zuneigung gierend wie ein Verhungernder.

Als er ihr dieses Mal den Pullover über den Kopf ziehen wollte, protestierte sie nicht.

Vier

Dane atmete tief durch, als er ihren Pullover beiseite warf. *Lass dir Zeit*, befahl er sich. Normalerweise fickte er, wie er Ski fuhr: er hängte sich voll rein und raste auf die Ziellinie zu. Aber bei diesem Mädchen war es anders – sanfte Kurven und warme Hände. Ihre Berührung ging ihm durch Mark und Bein und er wollte so lange wie möglich ihre Hände auf seinem Körper spüren.

Er wünschte sich, sie besser sehen zu können, aber die stille Dunkelheit barg ihre eigenen Genüsse. Während der Schnee weiterhin den Jeep unter sich begrub, gab es keine Geräusche außer ihrer Seufzer, wenn seine Zunge sie berührte. Willow entpuppte sich als überraschend abenteuerlustig, doch gleichzeitig war sie nicht leicht zu beherrschen. Er konnte sich keine erotischere Mischung vorstellen.

Er ließ seine Handflächen ihre schmalen Schultern und schlanken Arme herabgleiten. Ihre Taille war so schmal, dass er sie fast mit beiden Händen umfassen konnte. Als er ihr wieder den Rücken hoch strich und die Seide ihres BHs berührte, stockte ihr der Atem. Willows Laute und ihre Hände, die seinen Schwanz streichelten, brachten ihn zurück in seine Teenagertage. Er war kurz davor zu platzen.

Langsam schob er ihre Hände von seinem Penis. „Leg dich hin." Mit einer Hand hielt er ihren Kopf fest, während er sie auf den Rücken drehte. Sie legte sich so hin, dass ihr Kopf in einer Ecke ihres provisorischen Zimmers lag und sie sich einigermaßen ausstrecken konnte. Diagonal und mit angezogenen Knien passte sie gerade so in den Rückraum.

Über ihr kniend fuhr er mit einer Hand über ihre Jeans und ihren nackten Bauch hoch. Am Brustbein hielten seine Finger kurz inne – unter seiner Hand spürte er ihr Herz wie verrückt schlagen. Dane beugte sich herab und drückte seine Lippen auf ihre Brust. Er öffnete den Mund und seine Zunge liebkoste ihre Haut. Seine Finger glitten über die Körbchen ihres BHs, ihre Nippel verhärteten sich unter seiner Berührung.

Dann überraschte sie ihn, indem sie seinen Kopf in die Hände nahm, sein Kinn leicht drehte und sein Ohr an ihre Brust drückte. Sie hielt ihn dort mit beiden Armen, strich ihm die Haare aus der Stirn und drückte ihn zärtlich an sich. Er schloss die Augen und lauschte dem Klang ihres Körpers, wie er ihr Blut zirkulieren ließ und wie dieser Muskel unter der Oberfläche immer schneller schlug. Er lag direkt an ihrem Herzen – dem einen Teil eines Mädchens, bei dem er sich geschworen hatte, ihn nie zu berühren.

Sonderbarerweise verspürte er ein ungewohntes Kribbeln hinter seine Augen.

Unter ihm atmete Willow tief und langsam ein. Vielleicht spürte sie es auch. Hier geschah etwas, das in seiner Intensität schon erstaunlich war. Sie hielt ihn dort noch einen Moment länger, die Finger in seinen Haaren vergraben, dann ließ sie ihn endlich wieder los. Er bäumte sich kurz auf, nur um dann sein Gesicht wieder zwischen ihren Brüsten zu vergraben. Mit dem Kinn schob er ihren BH zur Seite und seine Zunge landete auf ihrem Nippel.

Sie wimmerte und der Laut ging ihm direkt in den Schwanz. Die Dunkelheit verwehrte ihm die Möglichkeit sie zu sehen, doch jeder Ton, den sie von sich gab, jedes kleine Ausatmen, verriet ihm alles, was er wissen musste. Er tastete ihren Rücken entlang und öffnete ihren BH. Er zog ihn beiseite und nahm ihre Brüste in die Hände. Als er anfing, mit seiner Zunge an ihren Brustwarzen zu schnalzen, begann sie zu beben und ihre Hüften schoben sich mit einem offensichtlichen Verlangen hoch.

Dane fuhr mit der Nase runter an ihren Bauchnabel und seine Finger machten sich schnell am Reißverschluss ihrer Hose zu schaffen. Dann zog er ihr die Jeans über die Hüfte. Er küsste eine Linie entlang des Bändchens ihres Slips. Als er mit den Lippen über das Dreieck aus Seide fuhr, das sie bedeckte, stöhnte Willow auf. Er ließ eine neckende Hand dort, während er sich aufrichtete und ihren Mund mit einem Kuss bedeckte. Seine feuchten Lippen flogen über ihren Mund und seine Zunge suchte ihre. „Willow", raunte er. „Ich habe ein Kondom in meiner Jacke. Soll ich es holen?"

Sie schlang die Arme um seinen Hals. „Ja."

Er zog sie beide in eine sitzende Position hoch, dann griff er auf den Vordersitz. So schlecht der Tag bis jetzt auch gelaufen war, während Dane in seiner Jackentasche herumkramte, fühlte er sich wie der größte Glückspilz unter Gottes verschneitem Himmel.

Als er die Verpackung offen riss, versuchte sie, es ihm abzunehmen. „Ich mach das schon", sagte er. Wenn man will, dass etwas richtig gemacht wird, macht man es am besten selbst. Auf der Skipiste war er nie besonders vorsichtig, hierbei schon. Jedes Mal. Nachdem er das Kondom übergezogen hatte, griff er nach Willow und zog sie auf seinen Schoß. „Du hast immer noch zu viele Klamotten an", sagte er.

Sie widersprach nicht.

Er glitt mit dem Daumen in ihren Slip und zog ihn dann herunter. Als er ihn abgestreift hatte, fuhr er mit den Fingern ihren Bauch herab und ließ sie langsam zwischen ihre Beine gleiten. Guter Gott, sie war feucht und perfekt. Er spürte, wie ihr Atem stockte, als seine Finger anfingen zu kreisen und sie zu necken. Er hatte geplant, die Nacht allein zu verbringen, so wie er all seine Nächte verbrachte. Stattdessen wandte sich diese wunderschöne Frau in seinen Armen und ihr Haar fiel auf seine nackte Brust.

Selbst in seinem hässlichen Leben gab es perfekte Momente.

„Sag mir was du magst", flüsterte er, als seine Fingerspitzen in ihre Öffnung glitten. Ihre Antwort ließ seinen Penis pulsieren.

„Ich will dich in mir."

Sie richtete sich leicht auf und setzte sich im Reitersitz auf ihn, die Knie noch auf dem Boden. Als sie die Wurzel seines Penis ergriff, hielt er den Atem an. Und dann geschah es. Langsam, Zentimeter für Zentimeter umschloss ihn die enge Hitze ihres Körpers. „Gott, fühlst du dich gut an", keuchte er. „Nimm mich tief."

Willow musste ihre Beine spreizen, um ihn ganz aufzunehmen, und als ihre Unterseite dann auf seinen Oberschenkeln ruhte, konnte er nicht anders, als zu stöhnen. Sie waren jetzt Nase an Nase und für einige Herzschläge hielt sie ihren Körper komplett still. Die erwartungsvolle Anspannung brachte ihn fast um. Er brannte darauf, sie auf den Rücken zu werfen und richtig zu bumsen. Doch irgendwie fand er die Geduld, ihr lediglich mit den Zähnen in die Unterlippe zu zwicken.

„Ist es das, was du willst?", flüsterte sie. Langsam drückte sie sich nach oben, ihr Becken glitt über seine Bauchmuskeln. Als sie sich wieder mit derselben aufreizend langsamen Geschwindigkeit auf ihm niederließ, kam ihm ein ungeduldiges Keuchen über die Lippen. Er legte seine Hände auf ihre Hüften und hob sie hoch, nutzte dabei die Hebelkraft seiner Beine. Wieder führte er sie hoch, fickte sie, obwohl sie die Beine fest an ihn gepresst hatte.

Nach mehreren Stößen keuchte sie ebenfalls.

„Schling deine Beine um mich", sagte er.

Willow tat es und er legte sie behutsam auf den Rücken.

Er fand mit den Füßen Halt an der Verkleidung des Wageninneren und fing an, sich in ihr zu bewegen. „Ohh", stöhnte sie unter ihm. Er fuhr mit der Zunge über ihre Lippen und wieder stöhnte sie. In wortloser Ermutigung bewegte sich ihr Becken unter ihm. Er fand seinen Rhythmus, sein Schwanz und seine Zunge arbeiteten jetzt im Gleichklang.

„Hör… nicht… auf", keuchte sie.

Er lächelte an ihren Lippen. Alles an ihr war süß – die Art, wie sie in seinen Mund stöhnte, das Kitzeln ihrer Haare auf seinem Gesicht. Er schloss die Augen und versank in dem Gefühl von ihr, schlüpfrig und eng um ihn. Ihre Atmung wurde flacher, kleine Wimmerlaute entfuhren ihren Lippen, wenn er vordrang.

Der Klang ihrer Lust ließ sich in einem leeren Platz in seiner Brust nieder, von dem er nicht einmal gewusst hatte, dass er existierte. Sie war perfekt – überall da weich, wo er hart war. Er war so angeturnt, er wusste er würde es nicht mehr lange aushalten. Und weil ihm nur allzu bewusst war, auf welch grausame Art die besten Momente im Leben viel zu schnell endeten, vermisste er sie bereits.

„So gut", flüsterte sie. Ihr Atem kam nur noch in erotischen Stößen.

„Gib's mir", flüsterte er. „Komm, du süßes Ding." Er rieb seine Hüfte an ihrer.

Ihr Stöhnen begann tief, in ihrem Bauch. Und dann hoben sich ihre Brüste und sie schrie auf. Der Klang jagte wie eine elektrische Ladung durch ihn. Er wollte sich an diesen Klang erinnern – ihn in seinem Herzen bewahren, für die einsamen Stunden, die er später mit Sicherheit verbringen würde. Dann ließ er sich gehen und jagte seinen eigenen Höhepunkt, während sie unter ihm keuchte._Wieder und wieder pumpte er, bevor er schließlich in ihr zur Ruhe kam.

Sie lag keuchend in seinen Armen, eine Hand über den Augen. Er schob sie beiseite und küsste sie auf die Augenbraue.

„Gott", keuchte sie. „Wow."

„Wow", stimmte er zu. Er küsste sie nochmal, seine Lippen suchten immer noch nach einer Vereinigung, obwohl sein Körper befriedigt war. Widerwillig zog er ihn raus und verknotete das Kondom. Es wanderte in einen Becherhalter. Hoffentlich dachte er morgen daran, es rauszuschmeißen – oder zumindest bevor er den nächsten Fahrgast hatte.

Dann machte er es sich neben Willow gemütlich und schloss sie in die Arme. Er war noch nicht fertig damit, sie zu berühren. Er wollte weiterhin ihre Haut unter seinen Fingern und die Wölbung ihrer Brust in seiner Hand spüren, und den frischen Duft ihrer Haare einatmen. „Du bist so still", sagte er.

„Mmm", sagte sie und kuschelte sich enger an ihn. „Ist das schlimm?"

„Nein." *Idiot.* Was wollte er denn? Einen Preis verliehen bekommen? Aber irgendwas an diesem Mädchen war anders. Aus irgendeinem Grund war ihm wichtig, was sie dachte.

Willow griff hinter sich und zog eine Ecke des Schlafsacks über ihren Rücken.

„Kalt?", fragte er.

Sie fuhr ihm mit dem Finger über die Nase. „Vorher nicht. Aber jetzt schon."

„Na gut…" Er dachte nach. „Dann gibt es da wohl nur eine Möglichkeit." Er setzte sich auf und tastete die Ecken des Schlafsacks ab. Als er die beiden Reißverschlussenden fand, setzte er sie zusammen und begann, den Verschluss zuzuziehen. „Roll dich hierher, Süße", sagte er und tätschelte ihr Knie. Eine Minute später hatte er sie im Schlafsack eingewickelt.

Sie legte eine Hand auf sein nacktes Knie. „Was ist mit dir?"

„Ich zieh mich wieder an."

Sie setzte sich auf. „Nein, komm her." Sie öffnete den Schlafsack bis zur Hälfte. „Du zuerst."

„Wir werden da nicht beide reinpassen."

„Ich hab eine Idee." Sie rutschte zur Seite und klaubte ein paar Dinge vom Vordersitz zusammen.

Er schlüpfte in den Schlafsack und legte sich auf die Seite.

„Leg deinen Kopf hier drauf", sagte sie und reichte ihm seine Jacke. Nach einer Weile voller Rascheln und Strampeln spürte er, wie sie neben ihn in den Schlafsack glitt. Sie hatte ihren Pulli angezogen und so konnte sie sich mit ihrer nackten Unterseite an ihn kuscheln, während ihr Oberkörper außerhalb des Schlafsacks blieb und von ihren Klamotten warm gehalten wurde.

Er legte eine Hand auf ihre Taille und zog sie zu sich. Sie legte den Kopf auf ihre eigene Jacke und schob sich etwas weiter in den Schlafsack, krümmte ihren Oberkörper aber so, dass er noch aus der halb-offenen Seite herausragte und Platz für seine Schultern ließ. Er legte einen Arm um ihre Hüfte und drückte sich noch enger an sie. „Deine Idee gefällt mir", flüsterte er.

„Ich habe die besten Ideen", sagte sie. Dann räusperte sie sich. „Wenn ich dir eine Frage stelle, versprichst du, nicht zu lachen?"

Oh oh, dachte er. Da war er, der Moment in dem er sie enttäuschen musste. „Was?"

„Glaubst du… wir sind hier draußen in Gefahr, wenn der Straßenpflug morgen nicht auftaucht?"

Erleichtert küsste er ihr Ohr. „Nein. Die Leute, die in einem Blizzard umkommen, sind diejenigen, die ihre Autos verlassen. Außerdem waren es heute Nacht nur minus zwei Grad. Bei minus dreißig sollten wir anfangen, uns Sorgen zu machen." Dann dachte er an etwas, das ihn zum Lachen brachte.

„Du hast versprochen, nicht über meine Frage zu lachen",

beschwerte sich Willow.

„Tue ich auch nicht. Ich habe nur an die Verhaltensregeln gedacht, um bei Minustemperaturen zu überleben.“ Er streichelte ihr Becken. „Es kommt dem hier *sehr* nahe.“ Er drückte sie kurz, um zu unterstreichen, wie nah sie sich waren.

Er spürte Willows Kichern durch ihren Körper, bevor er es hörte. „Das wusste ich“, sagte sie. „Deswegen habe ich ja zugestimmt, nach hier hinten zu klettern.“

„Das war der Grund, ja?“, neckte er sie und streichelte ihre Brust.

„Mmm-hmm“, sagte sie und kuschelte sich an ihn.

Kurze Zeit später wurde ihr Atem ruhiger und sie glitt in den Schlaf hinüber. Doch Dane blieb wach. Obwohl er seit dem frühen Morgengrauen auf den Beinen war, fühlte er sich nicht schläfrig. Die ungewohnte Nähe zu ihr ließ seine Haut kribbeln. Und er genoss es in vollen Zügen. Denn es würde nie wieder geschehen.

Es war so still. Er bemerkte, dass jetzt mehr Licht in den Wagen fiel. Der Schnee auf der Heckscheibe des Jeeps hatte sich in einer Lawine verabschiedet. Der Mond war aufgegangen, wenngleich sein Schein durch eine dicke Wolkenschicht gefiltert wurde. Lange lag Dane da und lauschte der Stille, bis er irgendwann das Brummen eines Motors näherkommen hörte. Ein paar Minuten später sah er die gelben Lichter des Straßenpflugs vorbeifahren. Und Dane dachte nicht einmal daran, das Fahrzeug anzuhalten.

Fünf

„Willow", flüsterte eine Stimme.

Sie öffnete die Augen. „Ohhh", ächzte sie mit steifen Schultern. Der Boden unter ihr war steinhart.

„Es ist schon fast Morgen, Süße", sagte eine Stimme. „Und der Schneepflug ist vorbeigefahren."

Sie rollte sich auf den Rücken, in Richtung der Wärme. „Wirklich?" Langsam wurde sie wach und sah überrascht in ein Paar blaue Augen, die auf sie herabsahen.

„Schon zwei Mal", sagte Dane. „Also werden wir nicht bis zu den Knien im Schnee stecken, wenn wir hier raus gehen."

„Okay", sagte sie und setzte sich auf. Ihr Bein strich an Danes eindeutiger Erektion entlang. Sie spürte, wie ihr bei der Erinnerung an letzte Nacht die Hitze ins Gesicht schoss.

Mit einer Hand strich er ihr sachte über die Hüfte. „Tut mir leid, dich aufzuwecken."

„Musstest du ja", sagte sie. „Hast du schon nach draußen geschaut?" Sie konnte nur aus der Heckscheibe des Jeeps sehen. Überall wo sie hinguckte war es weiß.

Er drehte sich ebenfalls um und sah hinaus. „Perfekter Pulverschnee." Seine Finger liebkosten ihren Nacken und sie schloss die Augen.

Sie musste den Kopf klar bekommen.

„Sollen wir bei mir zu Hause einen Abschleppwagen rufen?", bot sie an. „Ich habe ein altes Telefon mit Wählscheibe im Haus, für den Fall, dass der Strom ausfällt."

„Danke dir, das nehme ich gerne an."

„Wie wäre es mit Frühstück, während wir auf den Abschleppwagen warten?"

„Mmm", sagte er und küsste ihr Haar. „Das hört sich sogar noch besser an."

<hr>

Nach dem peinlichen Manöver, sich im Jeep wieder anzuziehen – ihr Slip war nicht zu finden, bis sie ihn unter dem Fahrersitz entdeckte – krochen sie nach draußen.

„Sieht nach einem guten halben Meter aus", sagte Willow. Aber das war schwer zu sagen, der Wind hatte überall Schneeverwehungen gebildet.

„Brauchst du irgendwas aus deinem Pick-up?", fragte er, die Ski zurück in den Jeep schmeißend.

Sie starrte auf den schneebedeckten Hügel, der ihr Truck war. „Nein. Außer das Hühnerfutter, aber das lässt sich nicht tragen."

„Nein? Wieso nicht?"

„Ich kaufe immer fünfzig Pfund Säcke. Die Mädels können noch einen Tag warten, sie werden schon nicht verhungern."

Aber Dane zog seine Handschuhe an und ging zum Pick-up hinüber. Er klappte die Heckklappe runter und begann, einen lächerlich großen Haufen Schnee von der Ladefläche zu schieben. Dann hievte er den Sack Hühnerfutter vom Wagen.

„Du weißt, dass mein Haus eine Meile entfernt ist, oder?"

„Du weißt, dass ich jeden Morgen im Fitnessstudio Squats mit vierhundert Pfund auf den Schultern mache, oder?"

Sie schüttelte den Kopf. „Besser du als ich."

„Dann lass uns losgehen", sagte er.

Jetzt, wo die Straße freigeräumt war, konnten sie problemlos zu Fuß gehen. Willow bekam die Zähne nicht mehr auseinander. Der umwerfende Fremde an ihrer Seite würde in ein oder zwei Stunden verschwunden sein und sie wusste nicht, was sie davon halten sollte. Sie gingen still nebeneinander her, während Willow das Frühstück plante, das sie ihm zubereiten wollte. Sie hatte einen Gasherd, also selbst wenn der Strom ausgefallen war, konnte sie trotzdem kochen.

„Willow, bist du Kaffeetrinkerin?", fragte Dane.

„Aber sowas von. Und irgendeinen Kaffee bekomme ich schon hin, egal ob ich Strom habe oder nicht. Kaffee gibt es auf jeden Fall."

Er hievte den Futtersack höher auf seine Schulter. „Ich wusste, ich mag dich."

Bei den Worten zog sich ihr Herz kurz zusammen. Das wollte sie – von ihm gemocht werden. Sie wollte ihm hundert Fragen über sein Leben stellen, ihn kennenlernen, in diese blauen Augen starren. Aber er hatte deutlich klargemacht, dass sich ihre Freundschaft nicht weiterentwickeln würde. Meinte er das ernst oder wollte er sich nur alle Optionen offenhalten?

Sie würde es nicht zur Sprache bringen. „Da vorne ist mein Briefkasten", sagte sie und zeigte. „Siehst du?"

„Da bin ich schon öfters dran vorbeigefahren", sagte er. „Dort steht ein *Zu Vermieten* Schild draußen. Gehst du irgendwo hin?"

„Ich wünschte", sagte sie. „Ich würde ja verkaufen, aber die Hypothek ist höher als der Wert des Hauses. Das Schild ist allerdings für ein Ein-Zimmer-Apartment hinten in meinem Haus. Der Vorbesitzer hat seine Schwiegermutter dort wohnen lassen.“

„Hm“, sagte Dane. „Auf deinem Schild sollte *stehen*, dass es sich nur um ein Ein-Zimmer-Apartment handelt, meinst du nicht? Ich bin da schon viele Male dran vorbei gefahren und habe mir gedacht, dass ich auf keinen Fall ein ganzes Haus mieten würde. Und dann bin ich in einem schäbigen Zimmer drüben an der Hauptstraße gelandet. Mach ein neues Schild und du wirst die Wohnung innerhalb einer Woche an irgendeinen Skitechniker vom Berg vermietet haben.“

Es herrschte kurz Stille, während Willow der Möglichkeit nachtrauerte, dass Dane und sein kräftiger Quadrizeps auf ihrem Grundstück wohnten. Dann lachte sie. „Ich werde es direkt heute umschreiben. Das fehlende Geld aus der Vermietung hat mich schon den ganzen Monat lang nachts wachgehalten.“

„Ich wollte dein Schild nicht so niedermachen“, sagte Dane.

„Ist schon okay. Ich bin ’ne ziemliche Versagerin.“

„Das bezweifle ich“, behauptete Dane.

Du hast echt keine Ahnung, dachte sie sich. Laut fuhr sie fort: „Wir sind da, bis auf das letzte Stück nach oben.“

„Schön“, sagte er, als er die lange Auffahrt zum Haus hoch sah.

Willow folgte seinem Blick zu den weißen Giebeln und dem Spitzdach. Es sah schön aus. Aber für sie war es eine Falle, ein finanzieller Fehler, der zwischen ihr und ihren Träumen stand.

Als sie den Nebeneingang erreichten, legte sie die Hand auf den Türknauf.

„Wo kommt das hin?“, fragte er und deutete auf den Sack auf seiner Schulter.

„Stell es einfach ab und ich kümmere mich später darum“, sagte sie. „Du hast es jetzt schon so weit geschleppt.“

Er deutete mit dem Kinn in Richtung Scheune. „Dorthin? Macht wirklich keine Umstände.“

Sie zögerte eine Sekunde. „Na, vielen Dank der Herr. Ich

mache eben die Scheunentür auf." Sie rannte voraus, um sie zu öffnen. Der Wind hatte einen Großteil des Schnees aus ihrem Weg geblasen, an den meisten Stellen war er nur dreißig Zentimeter tief. Doch Willow musste noch schnell eine Schneeverwehung von der Tür wegschaufeln. Als sie sie öffnete, kamen die Hühner auf das Licht zugerannt. „Hi, Mädels", rief sie. Sie scharten sich um ihre Knöchel und pickten nach ihrer Jeans. Willow watete durch das Getümmel, griff nach dem leeren Futterkasten und hob den Deckel ab. „Wirf ihn einfach hier rein", sagte sie. „Ich kümmere mich später um den Sack."

Er ließ ihn in den Kasten fallen. Aufgeschreckt durch das Geräusch liefen die Hühner gackernd und mit fliegenden Federn davon.

Dane lachte. „Was für… feige Hühner", sagte er.

„Das stimmt allerdings", sagte Willow. „Die haben vor allem Angst. Ich habe einen roten Regenmantel, wenn ich den in der Scheune anziehe, hauen die ab, als wäre ich ein Axtmörder."

Sie griff in ihre Jackentasche und holte die Rosinen hervor, die sie die Nacht zuvor nicht gegessen hatten. „Schaut mal, Mädels." Die Hühner kamen angerannt und überschlugen sich förmlich, um zu ihr zu gelangen. Willow hielt die Hand auf Hüfthöhe und sie sprangen nach den Rosinen, wie Golden Retriever, die nach einer Frisbeescheibe schnappten. Willow war Hühnern nie zuvor begegnet, bis sie ihrem beschissenen Freund nach Vermont gefolgt war. Jetzt fand sie sie entzückend. Aber nicht entzückend genug, um für immer in Vermont zu bleiben.

Willow griff erneut in ihre Tasche und bot noch mehr Rosinen an.

„Die genießen die bestimmt nicht so sehr, wie ich sie genossen habe."

Willow drehte sich zu Dane um, der sie lächelnd ansah. Doch dann wurde sein Lächeln traurig und er wandte sich zur offenen Scheunentür ab.

Dane wartete, bis Willow ihre Hühner gefüttert hatte und folgte ihr dann ins Haus, in einen alten Raum mit einem Boden aus weißen Kieferbrettern. An einem Ende befanden sich die Küche und ein Küchentisch mit dicker Arbeitsplatte und gedrechselten Tischbeinen. Am anderen Ende lag ein Wohnbereich mit einem dick gepolsterten Sofa und gemütlichen Stühlen. Es war die Art Raum, in dem glückliche Leben gelebt wurden.

„Erst das Frühstück oder erst der Abschleppwagen?", fragte Willow, während sie ihre Jacke ablegte.

„Definitiv das Frühstück zuerst", sagte er. „Ich sterbe vor Hunger." Er hängte seine Jacke auf einen leeren Haken neben ihre und versuchte nicht zu bemerken, wie richtig die beiden dort nebeneinander aussahen.

„Das glaube ich dir. Hey! Anscheinend ist der Strom gar nicht ausgefallen", sagte Willow. „Das ist ja mal was Neues." Er sah ihr zu, wie sie eine Hand an die Seite ihres Schongarers auf der Küchenanrichte legte. „Noch warm", freute sie sich. Sie ging an den Kühlschrank und holte eine Flasche Orangensaft heraus.

„Ich schenke ein", sagte er.

„Danke." Sie öffnete einen Küchenschrank und schob ihm zwei Gläser über den Tisch zu.

„Jetzt der Kaffee", sagte sie und machte sich an einer schicken, italienischen Maschine mit Kupfergriffen zu schaffen.

„Die ist ja prächtig", sagte er.

„Das ist sie", stimmte sie zu. „Aber es ist nicht meine. Er hat die hier, sein Motorrad und ein Zimmer voller Kunstbücher zurückgelassen. Wenigstens die Kaffeemaschine ist nützlich."

„Dann schmeißen wir sie mal an", sagte er. „Darf ich?"

Sie zuckte die Achseln und warf ihr seidenes Haar über ihre Schulter. Ohne nachzudenken streckte er die Hand aus und strich es ihr am Rücken glatt. Lächelnd drehte sie sich zu ihm um und er bewunderte erneut ihre Lippen. „Du kannst es versuchen, aber die Maschine ist etwas eigenwillig. Ich habe Monate gebraucht, um die richtige Menge Kaffeepulver für jede Einstellung zu finden."

„Ich mag Herausforderungen", sagte er. Er merkte, dass sie ihn im Auge behielt, während er Espressopulver in den Filterhalter der Maschine häufte und dann vorsichtig runter drückte. „Wie stelle ich mich an?", fragte er.

„Du bist ziemlich geschickt", sagte sie.

„Ich denke, das habe ich bereits bewiesen", sagte er mit einem Zwinkern.

Willow wurde rot und Dane wandte den Blick von ihrem Gesicht ab. Er musste sofort aufhören, mit ihr zu flirten. Das war ihr gegenüber nicht fair. Egal, ob er ihren süßen Arsch in den Händen halten und sie dann über das Sofa am anderen Ende des Raums beugen wollte. Er würde weder das, noch eines der anderen spaßigen Dinge tun, die ihm alle fünf Minuten einfielen, sondern sich zusammenreißen, bis er es endlich von ihr weg geschafft hatte.

So gerne er sich auch in ihrer Küche, ihrem Bett oder ihrem Leben niederlassen würde, das konnte er nicht. Und Flirten würde es bestimmt nicht einfacher machen, zu gehen. Stattdessen würde er einfach eine leichte und lockere Unterhaltung am Laufen halten. Nachdem er den Abschleppwagen angerufen hatte, würde er ihr einen freundschaftlichen Kuss geben und dann schnellstmöglich die Fliege machen.

Er suchte sich einen Barhocker, der in sicherer Entfernung von ihr auf der anderen Seite des Küchentisches stand und sah zu, wie Willow durch die Küche flitzte. Sie hatte einen liebenswert konzentrierten Blick aufgesetzt, während sie zwischen Kühlschrank und Herd hin- und hereilte. Er trank seinen Espresso und dachte darüber nach, wie alltäglich diese ganze Szene sein sollte.

Aber das war sie nicht, nicht für ihn. Er würde nie ein Zuhause wie dieses hier haben, mit einer Partnerin nur eine Armlänge entfernt, die gerade konzentriert in die Omelette-Pfanne sah. Irgendwas an diesem Raum und diesem Mädchen machte ihm das brutal klar. Die nüchterne Wahrheit machte sich bedrückend in seinem Kopf breit. Manchmal passierte das, aber er schaffte es immer wieder, diese Gedanken zu verscheuchen.

Mit übernatürlicher Geschwindigkeit einen Berg runter zu rasen half in der Regel.

Dane hatte keine Zeit für eine Midlife-Crisis. Er ging davon aus, dass seine Lebenserwartung in etwa bei fünfundvierzig Jahren lag, und die letzen fünf würde er ein sabberndes Häufchen Elend sein. Seine Zeit für eine Midlife-Crisis war längst abgelaufen.

Na, wenn das kein aufmunternder Gedanke war.

Willow legte zwei getoastete Tortillas auf einen Teller und bedeckte sie mit drei Spiegeleiern. Zu guter Letzt streute sie etwas Chili darüber. „*Et voilà*", sagte sie und stellte den Teller vor ihm ab. „Das sind ungefähr zehn Millionen Kalorien. Sollte reichen, dich wieder in Schwung zu bringen."

„Danke dir, Meisterköchin", sagte er und grinste.

Sie bereitete eine kleinere Portion für sich zu und setzte sich ihm gegenüber an den Tisch.

„Bist du schon mal Ski gefahren?", fragte er und schob sich eine Gabel voll in den Mund. Es schmeckte himmlisch. „Das schmeckt übrigens großartig."

„Danke. Ich fahre kein Ski. Verrückt, oder? Nach Vermont zu ziehen und nicht zu wissen, wie man Ski fährt."

„Du könntest es immer noch lernen."

„Vielleicht", sagte sie. „Aber die Skipässe sind teuer. Und dann die Ausrüstung. Ich wette, all deine Freunde fahren Ski."

Meine Freunde. Richtig. „Naja, manche von ihnen sind Snowboarder." Das brachte ihm ein Lächeln ein. Doch Dane hatte eigentlich keine Freunde, nur Konkurrenten. Er hatte Saufkumpanen und die gelegentliche Fickfreundin. Aber niemand von diesen Leuten kannte ihn. Dane nahm einen weiteren Bissen und legte anerkennend den Kopf in den Nacken. „*Gott*, ist das gut. Du bist 'ne echt gute Köchin."

Sie strahlte ihn an. „Für die Eier musst du den Mädels danken. Sie haben sie gestern für dich gelegt. Die besten in Vermont."

„Wie viele von Vermonts Besten bekommst du denn jeden Tag?"

„Ungefähr eins pro Huhn." Sie hatte eine Chiliflocke auf der Wange und er musste alle Selbstbeherrschung aufbringen, nicht über den Tisch zu greifen und sie wegzustreichen. Stattdessen nahm er sich noch einen Happen. „Also an die zwanzig Eier. Ich verkaufe sie an den Feinkostladen in der Stadt."

„Bringt das viel ein?", fragte er.

„Nein. Aber jedes Bisschen hilft. Wenn ich nur meine Doktorarbeit beenden könnte, würden die Dinge etwas rosiger aussehen."

„Einen Doktor in was?"

„Klinische Psychologie."

Er legte die Gabel weg und lachte.

„Was ist so witzig? Hast du Angst vor Seelenklempnern?"

„Oh ja."

„Naja, ich plane mit Kindern zu arbeiten. Also bist du vor mir sicher."

Vor dir bin ich alles andere als sicher, dachte er sich. „Was interessiert dich denn daran?"

Sie hielt seinem Blick eine Weile stand, bevor sie antwortete. „Es ist kompliziert."

Er nickte. Also hatte Willow ihre eigenen Geheimnisse. Haben wir die nicht alle?

Nach dem Frühstück rief Willow beim Pannendienst an und beschrieb ihnen, wo die beiden liegengebliebenen Fahrzeuge zu finden waren. „Der Jeep kann wahrscheinlich befreit und von alleine weggefahren werden", sagte sie. „Der Pick-up springt gar nicht mehr an." Sie hörte ihrem Gegenüber am anderen Ende der Leitung noch kurz zu, bedankte sich und legte auf.

„Was haben sie gesagt?", fragte Dane von der Spüle aus, wo er die Teller abwusch.

„Sie kommen zu uns, sobald sie können. Als ich nochmal nachgehakt habe, meinte der Typ es dauert ungefähr eine Stunde. Aber vielleicht wollte er mich auch nur abwimmeln, damit ich ihn in Ruhe lasse."

Dane reichte ihr einen sauberen Teller, den sie mit einem Handtuch abtrocknete. Da war es wieder, dieses seltsame Gefühl, vorübergehend in das Leben eines anderen zu treten. Ein Leben, wo es Frühstück mit der Freundin gab, ein paar Teller zu spülen und eine zweite Tasse Kaffee. Er fühlte sich, als würde er einen Film sehen, in dem die männliche Hauptrolle genau wie er aussah.

„Was?", fragte sie plötzlich.

Er musste sie angestarrt haben. Dane schüttelte den Kopf. „Nichts, sorry. Ich war abgelenkt."

Sie legte das Handtuch beiseite. „Danke, dass du die Teller gespült hast."

„Danke für das großartige Frühstück." Er lächelte sie zurückhaltend an.

Sie deutete mit dem Daumen über ihre Schulter. „Ich werde mich etwas frisch machen, da wir ja sowieso warten müssen", sagte sie. „Fühl dich ganz wie zu Hause."

„Mach das", sagte er. „Und danke."

Er zwang sich, sich abzuwenden, und goss sich ein neues Glas Orangensaft ein.

Dane hörte die Dusche laufen und wurde kurz von der Vorstellung von Willows nacktem Körper unter dem heißen Wasser gequält. Er verlagerte sein Gewicht auf dem Barhocker, um der Wölbung in seiner Hose Platz zu machen.

Runter, Junge.

Das Geräusch der Dusche verklang und er las die Zeitung von gestern durch, in dem Versuch, die Bilder einer ausgezogenen Willow auszublenden. Der Abschleppwagen würde kommen und dann würde er von hier verschwinden. Er würde Willow nicht wiedersehen. So musste es sein. Immer.

Das Telefon klingelte. Dane wartete ab, unsicher ob er rangehen sollte. Wenn es der Pannendienst war, würde Willow wissen wollen, was sie gesagt hatten. Nach dem zweiten Klingeln hob er ab. „Hallo?"

„Äh… hallo?", erklang die Stimme einer Frau. „Ist Willow zu Hause?"

„Ja, ist sie", sagte er. „Ich hole sie eben ans Telefon."

Willow kam mit großen Augen in die Küche geschlittert und band sich gerade noch den Bademantel zu. „Ist das der Pannendienst?"

Er schüttelte den Kopf. „Das dachte ich, aber…" Er reichte ihr den Hörer.

„Hallo? Hi, Callie! Nein… du musst nicht die Polizei rufen." Mit amüsiertem Blick sah sie zu ihm. „Lange Geschichte. Er, ähm, ist vor meinem Haus im Schnee stecken geblieben. Wartet hier auf den Abschleppwagen. Genau. Kein Serienkiller."

Dane zwang sich, dieselben Schlagzeilen in der Zeitung zu lesen, die er schon zuvor angestarrt hatte. Sie waren genauso fesselnd mit Willow in einem dünnen Bademantel im Raum, wie sie es waren, als sie unter der Dusche stand.

„Also, sehe ich dich diese Woche beim Yoga?", fragte sie. „Ach, Mann! Wie kommt's, dass du *immer* diejenige bist, die Bereitschaftsdienst hat? Ich weiß. Okay. Schreib mir später nochmal." Sie legte auf. „Entschuldige, meine Freundin hat angerufen um sicherzugehen, dass ich nicht tot in einer Schneeverwehung hänge. Sie macht sich Sorgen, weil ich hier draußen so alleine wohne."

„Sollte sie?" Er rieb sich die Schulter, die von der Nacht auf dem Boden seines Jeeps noch etwas steif war.

„Nein, aber sie ist Ärztin. Die sind geboren worden, um sich Sorgen zu machen. Was ist mit deiner Schulter?"

Er zuckte die Achseln. „Nichts Schlimmes."

Sie ging um den Tisch und stellte sich hinter ihn. „Ich wusste, du hättest diesen fünfzig Pfund Sack nicht tragen sollen." Sie legte die Hände auf seine Schultermuskeln und übte Druck mit den Handballen aus. „Verspannung", sagte sie.

„Meine Güte", sagte er. „Du bist ganz schön stark für so eine kleine Person."

„Wen nennst du hier klein?", fragte sie und presste ihre Hände noch fester auf seinen Deltamuskel. „Ich habe während der Uni als Masseurin gearbeitet. Hier, leg mal den Arm auf den Tisch." Sie veränderte seine Haltung und machte sich dann wieder an seiner Schulter zu schaffen.

„Heilige…" Die Kraft ihres Griffs war erstaunlich – so viel Power in diesem kleinen Paket. Ihre Hände wanderten zu seinem Nacken und er ließ den Kopf nach vorne fallen. Er konnte spüren, wie sie ihren Körper an ihn lehnte, ihr Bauch über seinen Rücken strich. Gott sei Dank gab es diese dicke Kieferntischplatte vor ihm. Den Ständer in seiner Jeans konnte man wahrscheinlich noch aus dem Weltall sehen.

Und sie machte sich ganz offensichtlich an ihn ran. Das würde die ganze Sache noch härter machen, buchstäblich.

Willows Hände bearbeiteten noch kurz seine Schulter, bevor sie seinen Rücken runter wanderten – über den Trapezmuskel und den großen Rückenmuskel herab. Als sie so tief war, dass sie die Stelle erreicht hatte, an der seine Hüfte in den Hintern überging, hielt er den Atem an und war endgültig erregt. Ihre Hände hielten inne und ruhten leicht auf seiner Hüfte. Beide hielten den Atem an, so still war es. Wenn er sich jetzt umdrehte, würde sie erwartungsvoll vor ihm stehen.

Dreh dich nicht um. Dreh dich nicht um.

Willow sah, wie er sich umdrehte.

Sie hatte nicht nach ihm gegriffen – sie hatte sich dazu gebracht, zu warten. Und für einen Sekundenbruchteil dachte sie, er würde nicht dasselbe fühlen, was sie fühlte. Dass er so sitzen bleiben und auf den Tisch schauen würde. Das hätte er tun können und es wäre ein einfacher Weg gewesen, um „Nein, danke" zu sagen.

Aber gerade als sie die Enttäuschung verarbeiten wollte, drehten sich seine breiten Schultern und er schwang auf dem Barhocker herum, nahm ihre Hände in seine und zog sie zu sich. Sie fühlte seinen Atem auf ihrem Gesicht. Seine Lippen fanden ihre und sie sah, wie seine langen Wimpern nach unten fielen, als er die Augen schloss. Als er ihren Körper fester an seine Brust drückte und den Kuss intensivierte, spürte sie seine Erregung. Sein geschwollener Schaft drückte gegen ihren Bauch.

Sein Mund schmeckte nach Orangensaft und Verlangen.

Sechs

Lieber Himmel, dieses Mädchen war wie Kryptonit für seine Willensstärke.

Dane konnte ihrem Mund nicht widerstehen, seine Zunge fuhr genussvoll über ihre. Ihre Taille passte in seine Hände, der Stoff ihres Bademantels war dünn genug, dass er spüren konnte, wie sich seine Finger in ihre Haut gruben. Er zog sie an sich, ihre vollen Brüste wurden gegen seinen Oberkörper gepresst.

Sie stöhnte sanft, tief aus ihrer Kehle, und der Klang ließ seine Eier pulsieren. Er legte die Hände unter ihren Hintern und hob sie hoch auf seine Knie, so dass sie rittlings auf ihm und dem Barhocker saß. Er fummelte an dem Knoten ihres Bademantels herum und zog einmal kräftig am losen Ende. Der Mantel öffnete sich. Gütiger Gott, sie war komplett nackt darunter.

Nur noch einmal, sagte er sich. *Und dann haust du ab.*

Ihre Küsse wurden heißer, er nahm ihre Brüste in die

Hände, während sein Schwanz weiterhin gegen seine Jeans drückte. Er könnte sie direkt auf dem Hocker nehmen. Aber Willow machte ihn auf hundert unterschiedliche Arten gierig und er würde nur diese eine Chance mit ihr bekommen. Dane wollte sie hinlegen und jeden Zentimeter sehen. „Willow", sagte er mit belegter Stimme. „Ich will dich in deinem Bett."

Ihre Zähne knabberten an seinem Hals, während sie behutsam die Beine um ihn schlang. „Dann bring mich dorthin."

Er schloss sie in die Arme und ging mit ihr zum hinteren Teil des Hauses. Das Gefühl, sie an seiner Brust zu halten, war so fremdartig – und so intim – dass er sie nie wieder ablegen wollte. So musste es sich anfühlen, zu jemandem zu gehören, mit ihm durch die Welt zu gehen.

Hallo, Arschloch?

Woher kamen diese ganzen sinnlosen Gedanken? Ganz offensichtlich musste Dane etwas mehr ficken und etwas weniger denken.

Er trug sie durch das dunkle Esszimmer. Dahinter sah er einen Spalt Tageslicht in einem weiteren Raum. Als Dane näher kam, sah er eine Steppdecke auf dem Ende eines Bettes. Mit vier großen Schritten war er da, legte sie sanft auf dem Bett ab und schob den Bademantel auf, um ihren nackten Körper sehen zu können. Sie versuchte nicht, sich wieder zu bedecken. Stattdessen sah sie ihm ins Gesicht, während er sie mit Blicken verschlang.

Dane zog sein T-Shirt aus und streifte dann in einer Bewegung Jeans und Unterhose ab. Er kniete sich neben sie aufs Bett. Aus nächster Nähe weidete er seine Augen an ihrem Anblick – diese prallen Brüste mit rosig-pinken Nippeln, die weiblichen Kurven ihrer Hüften. Er glitt aufs Bett und legte sich auf sie, bedeckte sie, berührte jeden Zentimeter auf einmal. Sie war kleiner und weicher als die Ski-Team Amazonen mit denen er normalerweise verkehrte. Er strich ihr Haar auf der Bettdecke glatt und küsste ihre Halsbeuge.

Er spürte, wie ihre Hände um ihn griffen und seine Rückenmuskeln kneteten. Willows überraschend starke Hände glitten nach unten und griffen nach den Muskeln in seinem Hintern, streichelten und rieben sie. Und ihre Fingerspitzen wanderten noch weiter, um über seine Hoden zu streicheln, bis er stöhnte. Seine Hüften zuckten vor Verlangen, doch dann dämmerte ihm, dass er ein Problem hatte. „Ich will dich", sagte er und legte seinen harten Schaft zwischen ihre Beine. „Aber ich habe keine Kondome mehr."

Willow sah zu ihm hoch, verschränkte die Hände hinter seinem Kopf und spielte mit den Fingern in seinen Haaren. Dann beugte sie die Knie und drückte seine Hüften mit ihren Beinen. „Küss mich", keuchte sie. Und als er ihren Mund mit seinem bedeckte, begrüßte sie ihn mit der Zunge und ihre Hände krallten sich in seinen Rücken. Er war so erregt, er befürchtete, er könne schon allein dann kommen, wenn sie sich weiter so küssten.

Sie brach den Kuss ab und sagte: „Ich nehme die Pille."

Dane schloss die Augen und versuchte, klar zu denken. Er nahm nur allzu deutlich die Feuchtigkeit zwischen ihren gespreizten Beinen wahr, welche die Wurzel seines Penis mit ihrer Begierde schlüpfrig machte.

Aber Regeln waren Regeln.

Er schüttelte den Kopf. „Ich mache es nie ohne Kondom. Ich benutze nicht einmal eine andere Marke." Dann küsste er sie, seine Lippen bissen in ihre Unterlippe und schmeckten sie.

Es war bestimmt nichts Persönliches.

Willow gab den erotischsten Seufzer von sich, den er je gehört hatte. „Tja, es gibt ja noch andere schöne Wege, wie ich dich glücklich machen kann."

Dane glitt an ihrem Körper herab, seine Zunge auf ihrem Hals, auf ihren Brüsten. „Das klingt gut."

Aber zuerst wollte er sie schmecken.

Er wanderte mit seinen Lippen zu ihrem Hüftknochen, wo

seine Zunge einmal langsam entlang leckte. Dabei ließ er seine Handfläche auf die süße Wölbung zwischen ihren Beinen gleiten – sie wimmerte und ihre Beine weiteten sich für ihn.

Innerlich musste Dane über den schamlosen Genuss des Ganzen lachen. Die meisten Morgen war er im Fitnessstudio und stählte seine Muskeln oder schnallte die Slalomski für drei Stunden brutales Training um. Aber jetzt lag er bei helllichtem Tageslicht in diesem weißen Bett, das Gesicht auf der samtenen Haut einer wunderschönen Frau. Vielleicht brachte er sie dazu, seinen Namen zu schreien. Absichtlich langsam, um sie weiter zu necken, fuhr er mit der Hand nach unten und ein Daumen glitt aufreizend zwischen ihre Schamlippen, wo die Feuchtigkeit wartete.

Sie stöhnte, lang und tief.

Zärtlich drückte er ihre Beine auseinander und sein Mund landete auf der Innenseite ihres Oberschenkels. Seine Lippen öffneten sich und er saugte an ihrer Haut. Mit dem Daumen beschrieb er einen langsamen Kreis um ihre Klitoris. Willow stöhnte auf und krallte sich mit beiden Händen in die Bettdecke.

Sich genüsslich Zeit lassend, fuhr Dane mit der Nase durch ihre hellen Löckchen und fühlte die Erwartung durch ihren Körper pulsieren. Dann ließ er zwei Finger in sie gleiten, während seine Zunge über ihre geschwollene Klitoris leckte.

Sie keuchte jetzt, ihre Finger griffen nach ihm, streiften über seine Ohren, seine Schultern, was immer sie erreichen konnte. Er drückte seine Zunge auf sie und seine Finger bewegten sich in ihr. Sie rollte die Hüften zu ihm und gab ihrem Verlangen nach. Jedes kleine Geräusch, das sie von sich gab, jedes Winseln, jeder Atemzug, machte ihn scharf. Er wollte so sehr ein Teil von ihr sein, sich in ihr vergraben und nie wieder herauskommen. Dane hörte sich selbst, wie er vor Frustration stöhnte.

„Bitte", flüsterte sie. „Bitte."

Später würde ihm klar werden, dass ihr Flehen recht

unspezifisch gewesen war. Die Bitte hätte alles bedeuten können. Aber sie sprach zu *ihm*, bat ihn um mehr. Und in seinem ganzen Leben wollte er sich noch nie so sehr jemandem hingeben. Die Verlockung der vollen Erfahrung – das wunderschöne Mädchen, der Luxus eines Morgens in ihrer Küche und dann in ihren Armen – war zu viel, als dass er widerstehen konnte. Und dann war er in Bewegung, stieg voller Adrenalin auf sie. Er hob sich hoch auf ihre Brust und mit einem einzigen Stoß drückte er seinen Schwanz tief in sie hinein.

Und heilige… ihm blieb der Atem weg.

Unmittelbar wurde ihm seine Fehleinschätzung klar. Für einen Mann, dessen Ziel im Leben es war, beinahe nichts zu fühlen, hatte er sich gerade in ein überwältigendes Erlebnis gestürzt. Das feuchte, samtige Gefühl an seiner nackten Haut war so außergewöhnlich, dass er erstarrte, das Gesicht in ihren Haaren vergraben.

Willow wimmerte erneut, ihre Erregung übernahm die Kontrolle. Ihre Hüften bewegten sich unter ihm, hielten ihn, und es war wie nichts, was er je zuvor gespürt hatte.

Er hörte sein eigenes, tiefes Stöhnen. Er stieß einmal, zweimal mit den Hüften und die Empfindung brachte ihn an den Rand der Besinnungslosigkeit. Sein eigener Körper war wie ein fremdes Land, von einer unbekannten Sehnsucht regiert, die ihm nicht bewusst gewesen war. Jeder Zentimeter von ihm war überempfindlich. Er konnte die Reibung ihres Busens auf seiner Brust spüren, selbst ihre Hände auf seinem Rücken schienen ihn zu verglühen. Es war zu viel und er konnte fühlen, wie er brach. Er spannte sich für das bekannte Gefühl des Höhepunkts an. Aber das war es nicht, was passierte. Es war etwas anderes und Dane brauchte einen Moment, um es zu begreifen.

Tränen traten ihm in die Augenwinkel. Echte Tränen.

Was zur Hölle?

Seine Überraschung war so groß, dass sie den Teil von

Dane aufweckte, der immer darauf bedacht war, die Kontrolle über eine Situation zu behalten. Schnell zog er sich aus ihr zurück. Und gerade als Willow überrascht die Augen öffnete, rollte er sich von ihr runter und legte sich auf die Seite, dann drehte er ihren schmalen Körper mit beiden Händen so, dass sie mit dem Rücken zu ihm lag. Mit den Händen auf ihren Hüften drückte er sich wieder nach oben und nahm sie von hinten.

Und da war es wieder, dieses wunderbare Gefühl. Gütiger Himmel. Sie war wie ein Honigtopf, er konnte bis in alle Ewigkeit hinein- und wieder raustauchen, ohne etwas anderes zu wollen. „Du süßes, süßes Ding", brachte er heiser hervor und seine Hüften schienen sich mit einem eigenen Willen zu bewegen.

Mit hämmerndem Herzen griff Dane über Willows Becken hinweg zwischen ihre Beine und rieb mit dem Daumen über ihre Klitoris. Sie bog den Rücken durch und presste ihren süßen Arsch mit einem Keuchen an ihn.

„Süß, süß", flüsterte er mit zitternder Stimme.

Ihr Körper bäumte sich gegen seinen. „Oh, Gott", sagte sie. „*Dane.*"

Er war auf einem absoluten Höhenflug. Er vergrub das Gesicht in ihren Haaren und bewegte sich kräftiger.

Willow griff nach seiner Hand und presste sie zwischen ihre Beine. Als er mit dem Handballen zudrückte, kam sie heftig und stöhnend – ihr angespannter Körper quetschte seinen Schwanz in seiner Umarmung. Und dann konnte er sich keine Sekunde länger zurückhalten. Er kam in ihr und ergoss sich das allererste Mal in den Körper einer Frau. Mit seiner Hand immer noch an sie gepresst, wuchtete er sie gegen seine Hüfte, einmal, zweimal, dreimal, bis er endlich zur Ruhe kam.

Danes Herz hämmerte in seiner Brust und er schnappte nach Luft. Zwischen seinen Beinen konnte er Willow immer noch eng an sich spüren, ihr Körper gab auch jetzt noch kleine Kontraktionen um seinen Penis herum ab. Er hatte noch nie etwas so Wunderbares gespürt. Er schnaufte in ihre Halsbeuge, ihr Haar klebte an seinem Gesicht, welches immer noch nass von seinen Tränen war.

Willow drehte ihr Kinn zu ihm und kippte die Schultern so, als wolle sie sich ihm zuwenden.

Dane schlang beide Arme um sie und legte ein Bein über ihre, sodass er sie festhalten konnte, sie aber noch von ihm abgewandt war. *Beruhig dich*, sagte er sich. Er streichelte ihre Brüste und versuchte gleichmäßig zu atmen, um runterzukommen.

Willow legte eine Hand auf seine und drückte zu. Immer noch traten ihm Tränen aus den Augen. Er lag ruhig da und versuchte, nicht zu schniefen.

Es lag bestimmt daran, dass er die ganze Nacht wach gewesen war. Die Erschöpfung musste ihn dazu gebracht haben. Hatte ihn in ein totales Weichei verwandelt.

Er schloss die Augen. Mit einer Hand auf Willows Brust konnte er spüren, wie ihr Atem langsamer und gleichmäßiger wurde. Als sein Körper ihrem lauschte, konnte er sich endlich entspannen.

<hr>

Willow lag geborgen in seiner Umarmung und fragte sich, was gerade passiert war.

Sie hatte es wieder gespürt, eine ungewohnte Intensität zwischen ihnen, die sich entfaltete, sobald sie sich berührten. Und jetzt klammerte er sich an sie wie ein ertrinkender Mann an einen Rettungsring. Sie schloss die Augen und genoss das Gefühl seiner kräftigen Brust an ihren Schultern.

Sie passten perfekt zusammen.

Sieben

Dane wurde langsam vom Sonnenlicht auf seinen Augenlidern geweckt. Als er zu sich kam, merkte er, dass seine Arme immer noch um Willows Taille geschlungen waren. Der Schock, neben ihr aufzuwachen, ließ seinen Puls rasen.

Jesus, Alter! Was machst du noch hier?

Als er blinzelnd auf ihre Halsbeuge sah, wurde ihm auf brutale Weise klar, wie weit er von seinem Plan abgewichen war. Und er konnte nicht mal aufzählen, wie viele seiner eigenen Regeln er gebrochen hatte.

Geh, Arschloch. Jetzt!

Behutsam hob er seinen Arm von ihrem Körper. Willow seufzte im Schlaf und rollte sich auf den Bauch, das Gesicht immer noch von ihm abgewandt.

Mit klopfendem Herzen zählte Dane bis sechzig. Dann glitt er vorsichtig aus dem Bett. So geräuschlos wie möglich sammelte er seine Klamotten auf und trug sie in die Küche. Dort zog er sich rasch an, schlüpfte in seine Jacke und Stiefel und trat nach draußen.

Er wurde von kalter Luft und knirschendem Schnee unter seinen Füßen begrüßt. Er saugte die Frische in seine Lungen und Vermonts vom Pinienduft erfüllte Luft tat seine Wirkung bei ihm. Hier draußen, unter freiem Himmel zwischen zwei Bergketten, verspürte er wieder Kontrolle über sein Leben.

Er ging in Willows Garage. Dort fand er ihre Schneeschaufel an die Tür gelehnt. *Genau Dane. Zeit, dich aus dieser Scheiße rauszuschaufeln.*

Mit der Schüppe auf dem Rücken ging er die Auffahrt hinab. Auf halbem Weg nach unten sah er einen Abschleppwagen die Straße entlang rumpeln und langsamer werden, als er näher kam.

Dane wurde schneller und rannte auf den Wagen zu.

Willow wachte alleine auf.

Auf ihrem Bett sitzend lauschte sie. Die Stille in ihrem Haus war so vollständig, dass sie sofort wusste, dass er weg war.

Sachte, redete sie sich zu. *Wag es nicht, überrascht zu sein.*

Trotzdem konnte sie nicht leugnen, dass sie sich wünschte, er wäre nicht wirklich fort. Sie zog sich schnell an. In der Küche fand sie ihn auch nicht. Es gab keinen Hinweis darauf, dass er jemals hier gewesen war, bis auf das einzelne Glas Orangensaft auf dem Tisch und das raue Gefühl ihrer zerbissenen Lippen.

Willow warf sich ihre Jacke über und begann, nach den Schlüsseln für ihren Pick-up zu suchen, die sie auf dem Tisch hatte liegen lassen. Aber sie konnte sie nirgends finden. Gerade als sie anfing, sich Sorgen zu machen, hörte sie einen Motor. Aus dem Küchenfenster konnte sie sehen, wie ihr Pick-up Truck die Auffahrt hoch und in die Garage fuhr. Ein paar Sekunden später stieg Dane aus, mit ihrer Schneeschaufel, die er an den Wagen lehnte.

Sie stopfte die Füße in ihre Schuhe und stampfte nach

draußen. „Er ist angesprungen!“, sagte sie. „Oh mein Gott, vielen lieben Dank.“

Er lächelte, aber sein Blick wich ihr aus. „Der Abschleppwagen hat ihn aus dem Graben gezogen“, sagte er. „Nachdem ich den Auspuff freigeräumt hatte, ist er sofort angesprungen.“

„Und dein Jeep?“

„Ich bin wieder auf Tour.“ Erneut lächelte er sie an, doch begleitet von demselben ausweichenden Blick.

Oh nein, sagte ihr Herz.

„Es ist mir so peinlich, dass ich das alles verschlafen habe“, sagte sie.

Er schüttelte den Kopf. „Hat überhaupt nicht lange gedauert“, sagte er. „Der Typ kam an und war praktisch sofort wieder weg.“

Genau wie du gleich, dachte Willow. Sie fühlte, wie ihr Gesicht heiß wurde. „Hat er mir eine Rechnung dagelassen?“, fragte sie.

Er winkte ab. „Darum hab ich mich gekümmert.“ Dann steckte Dane eine Hand in die Hosentasche und klimperte mit den Schlüsseln. „Ich muss jetzt weiterfahren“, sagte er. Er machte einen Schritt auf sie zu.

„Richtig“, sagte Willow und verschränkte die Arme vor der Brust, sich auf seine Zurückweisung vorbereitend. Immer noch sah er ihr nicht in die Augen. Stattdessen machte er einen weiteren Schritt und legte ihr den Arm um die Schultern. Dann küsste er sie.

Sie konnte sich nicht davon abhalten, ein „Mmm“ zu seufzen. Selbst wenn seine Augen Nein sagten, sein Mund war warm und liebevoll. Er nahm sich Zeit für den Kuss. Eine herzzerreißende Minute lang fragte sich Willow, ob er wieder mit ihr reinkommen würde.

Aber dann wich er zurück und flüsterte ihr „Mach's gut, Willow“ ins Ohr.

Sie traute sich nicht, etwas zu erwidern. Sie konnte nur die

Arme um sich schlingen, als er ihr endlich in die Augen sah. Sie waren so blau wie der Himmel und hielten ihren Blick einen langen Moment gefangen. Dann drehte er sich anscheinend widerwillig um, kehrte ihr den Rücken zu und ging fort.

Willow sah ihm nach, wie er die Auffahrt runter ging, und fragte sich, ob er sich nochmal umdrehen und winken würde. Stattdessen beschleunigte er seinen Gang und rannte schließlich mit großen Schritten auf die Straße zu.

Sie ging zurück in ihre Küche, niedergedrückt von ihrer eigenen Enttäuschung.

Acht

Dane lenkte den Jeep durch die neue, weiße Welt, über den Connecticut River und nach New Hampshire hinein. Er hatte den Highway verlassen und fuhr jetzt über eine kurvenreiche Landstraße._Ein Schild am Straßenrand warnte vor einem „Elchwechsel, nächste 3 Meilen".

Lügner. Dane fuhr diese fünfzig Meilen Strecke einmal pro Woche und hatte hier noch nie einen Elch gesehen. Er hatte seit seiner Kindheit, die er in den Green Mountains verbracht hatte, keinen mehr gesehen. Als seine Mutter noch lebte, gingen sie jeden Sommer zusammen zelten, schlugen ein Zelt im Naturschutzgebiet auf und verstießen gegen die Regeln für offenes Lagerfeuer. Sein Bruder Finn pfiff vor sich hin, während er das Feuer machte, zeigte Dane wie man die Kiefernzweige als Zunder gebrauchte und wie wichtig das richtige Anzünden war.

Jetzt konnte Finn nicht einmal mehr aus seinem Bett steigen.

Dane trommelte mit den Fingern im Rhythmus der Musik

von The Clash, die aus seinen Lautsprechern kam und reckte sich gegen die Kopfstütze. Alleine, mit dem Jeep über die Straße bretternd, erlangte er die Kontrolle über sein Leben zurück. Sein Körper fühlte sich entspannt an, mit der verräterischen Mattigkeit, die aus intensiver, sexueller Befriedigung resultierte. Er konnte immer noch die Feuchtigkeit von Willows Körper auf sich spüren – und eine leichte Hautirritation, wo sie ihn gestreichelt hatte.

Sein Verstand hing noch dem Gefühl ihrer Hände auf seiner steifen Schulter nach. Wie sie ihn massiert hatte bis er vollständig erregt war.

Gott, er wurde schon wieder scharf.

Er drehte die Stereoanlage auf und lenkte seine Gedanken auf den anstrengenden Tag, der vor ihm lag.

Als er auf den Parkplatz des Pflegeheims einbog, war es ein Uhr.

Er stieg aus dem Jeep und streckte seinen Körper im Sonnenlicht. Tage nach einem Blizzard hatten fast immer diese Art von perfekt blauem, wolkenlosem Himmel. Selbst mit seiner Sonnenbrille auf der Nase konnte er nicht ohne zu blinzeln nach oben sehen. Nirgendwo auf der Welt war sich Dane seiner eigenen, brüchigen Sterblichkeit so bewusst wie auf diesem Grundstück, wo Menschen im Innern des Gebäudes lagen, die auf hundert verschiedene Arten gebogen und gebrochen waren.

Bei seinen letzten Ausflügen hatte er bemerkt, dass die launischen Götter des ländlichen Handyempfangs diesem Parkplatz wohlwollend gegenüberstanden und so zögerte Dane das Unausweichliche hinaus, indem er zuerst seinen Trainer Karl anrief.

„Wo bist du?", fragte Karl sofort, immer skeptisch angesichts Danes Abneigung, pünktlich an Flughäfen zu erscheinen.

„Ich komme einen Tag später", sagte Dane rasch. Es machte keinen Sinn, um den heißen Brei herumzureden. „Tut mir leid, Karl. Ich nehme einen Nachtflug und bin rechtzeitig für die Hangbefahrung da."

„Oh Mann, Junge. Die werden mich erschießen, wenn ich mit noch mehr Entschuldigungen für dich da auftauche", beschwerte sich sein Trainer.

„Dann flieg doch selber später. Oder sag Coach Harvey er soll sich ins Knie ficken. Ernsthaft."

„Wo bist du?"

„Ich bin gerade am Pflegeheim angekommen. Werde ein paar Stunden hier sein und dann rase ich runter nach Boston. Ich bin gestern Abend mit dem Jeep steckengeblieben und konnte ihn erst heute Vormittag rausziehen lassen. Ehrlich. Zeig Harvey einfach 'ne verdammte Zeitung. Wir hatten über einen halben Meter Neuschnee und der Flughafen war für ein paar Stunden abgeschnitten. Ich hab's im Radio gehört. Ich werde pünktlich da sein und auf der Piste richtig Gas geben. Und dann kann er uns beiden den Arsch küssen."

Sein Trainer seufzte ins Telefon und klang dabei wie eine pfeifende Windböe. „Sieh zu, dass du dort hin kommst."

„Trink ein Bier für mich mit, Karl. Wir sehen uns morgen."

„Wegen dir trinke ich *viel zu viele* Biere, mein Junge. Wenn du Harvey einfach *erklären* könntest, dass du einen Notfall in der Familie hast..."

„Sorry, das kann ich nicht", sagte er. „Wie wäre es, wenn ich stattdessen das Rennen gewinne?"

„Wir sehen uns dort", seufzte sein Trainer. Dann legte er auf.

⁓ ⫻ ⁓

Dane steckte sein Handy ein und betrat das Pflegeheim. Er wurde von einer Übelkeit erregenden Geruchsmischung aus Bohnerwachs und Antiseptikum und dem kalten Licht der Neonröhren begrüßt.

„Hallo, Mr. Hollister", rief die Empfangsdame. „Ich habe einen Brief für Sie, von Dr. Brown." Sie hielt ihm einen Briefumschlag entgegen.

Das war kein gutes Zeichen.

„Vielen Dank", sagte er und nahm den Umschlag an sich. Er nickte ihr zu und ging an ihr vorbei, den Flur entlang zur Zimmertür seines Bruders. Er hielt davor an und steckte den Finger unter die Umschlaglasche, um den Brief zu öffnen. Der Brief war genauso entmutigend, wie er befürchtet hatte. *Sehr geehrter Mr. Hollister ... versuchen noch, die Infektion unter Kontrolle zu bekommen... Neue Antibiotika... haben die Hoffnung noch nicht aufgegeben...*

Dane stopfte den Brief in seine Jackentasche und bereitete sich innerlich vor, bevor er die Tür aufdrückte. Sein erster Blick auf Finn war immer ein Schock und er hatte sich antrainiert zu lächeln, um dies zu überspielen.

Als er eintrat, sahen ihn die Augen seines Bruders aus einem unglaublich ausgemergelten Gesicht heraus an. „Hey!", sagte Dane, machte drei große Schritte auf den Rollstuhl zu, in dem Finn saß, und behielt die ganze Zeit tapfer Augenkontakt bei. Obwohl Finns Kinn auf seine Brust gesunken war, schien ein Funken von Erkennen durch das Gesicht seines Bruders zu flimmern.

Vielleicht war es auch nur ein Muskelzucken.

Dane konnte sich nicht sicher sein. Die Mauer, welche die Krankheit zwischen ihnen aufgebaut hatte, war anfangs so niedrig, dass man locker über sie hinwegsteigen, wenn nicht sogar komplett ignorieren konnte. Aber sie war in diesen letzten fünfzehn Jahren Schicht für Schicht gewachsen und jetzt ragte sie so hoch, dass sie unüberwindbar war.

„Hi, Finn." Er nahm die zerbrechliche Hand seines Bruders in seine und bog sie so gut er konnte gerade. Diese Hand, einst so unglaublich stark und geschmeidig, hatte Dane in seine ersten Skischuhe geholfen und die Schnallen zugemacht. Jetzt war sie wie ein weggeworfenes Stück Pappe gebogen, nutzlos zu einer kraftlosen Faust gekrümmt.

Und fiebrig.

Dane fühlte den Druck, der auf seiner Brust lastete – den unausweichlichen Schmerz, der ihn immer an diesem Ort befiel. Er sah sich um und fand Finns Ausgabe der *Boston Globe* Tageszeitung unberührt auf dem Nachttisch. „Dann lass uns mal den Sportteil finden", sagte er und schlug sie auf. „Wie sind denn die letzten Basketballspiele ausgegangen?" Er begann vorzulesen.

Er las jeden Artikel des Sportteils laut vor. Bevor sich Finns Zustand so stark verschlechtert hatte, erzählte Dane ihm Dinge aus seinem eigenen Leben. Sein Bruder hatte ihn immer sabbernd angelächelt, wenn Dane seine Eskapaden auf den Skipisten zum Besten gab. Doch jetzt wirkte alles so aussichtslos: die PEG-Sonde, die unter Finns Decke hervorgeschlängelt kam, der Infusionszugang, der ihm die neuen Antibiotika zuführte. Es schien unfair, über all die guten Dinge zu reden, die Dane genoss und Finn nicht.

Womöglich hatte er auch aufgehört, Finn gute Neuigkeiten zu erzählen, weil mit seinem Bruder zu reden sich zu sehr danach anfühlte, in einen Spiegel zu sehen. Jetzt wo Dane bald dreißig wurde, lauerte seine eigene unglückselige Zukunft am Horizont. Wie lange würde es noch dauern, bis er in Finns Schuhen steckte, vielleicht sogar in genau diesem Raum? Dane hatte dieses Pflegeheim ausgewählt, weil es das beste war, das er hatte finden können. Mit fünfzehntausend Dollar im Monat war es sehr teuer, aber wann immer Dane seinen Bruder besuchte, war er stets gut umsorgt. Er war sauber und gut gepflegt und die Krankenschwestern, die sich um ihn kümmerten, waren immer fröhlich und offensichtlich gut bezahlt.

Das beste Pflegeheim in New England. Was für eine zweifelhafte Ehre.

Nachdem er den Sportteil beendet hatte, gingen Dane rasch die Gesprächsthemen aus. Er sah Finns Blick über sein Gesicht wandern. Dort drin war immer noch ein Mensch, der ihm Aufmerksamkeit schenkte. Die Krankheit hatte deutliche Auswirkungen auf die Persönlichkeit des Kranken, aber die Demenz schlug nicht bei jedem Opfer gleich zu. Er hatte keine Ahnung, wie viel sein Bruder noch verstand, denn aufgrund des muskulären Rückgangs hatte dieser vor einem Jahr die Fähigkeit zu sprechen verloren.

Dane zögerte und überlegte, was er Finn als nächstes erzählen sollte. *Also, ich habe ein Mädchen kennengelernt.* Ein Teil von Finn mochte vielleicht immer noch hören, was sein kleiner Bruder auf der Rückbank seines Jeeps so anstellen konnte, aber Dane würde die Geschichte nicht erzählen. Denn wenn Finn noch in der Lage war, sie zu verstehen, würde die unausweichliche Schlussfolgerung sie beide nur deprimieren. Dane konnte das Mädchen nicht wiedersehen, denn aller Wahrscheinlichkeit nach hatte das Schicksal auch ihn zum Verlierer bei diesem brutalen Spiel genetischen Roulettes bestimmt.

Das Schicksal war sowieso ein verschlagenes Biest, denn ohne Finn hätte er Willow nie getroffen. Er hätte nie in New England trainiert und wäre ihr nie über den Weg gelaufen. Kopf, du gewinnst. Zahl, ich verliere.

Diese Sorte Mathematik – Krankheits-Mathe – ging ihm ständig durch den Kopf. Wie viele Jahre noch, bis sein Gehirn anfing zu schwächeln und er begann, Sachen zu vergessen? Wie viele Leute würden vermuten, dass er betrunken sei, wenn sein Gang aufgrund des Muskelschwunds schwankend wurde?

Gedankenverloren hatte er mehrere Minuten lang geschwiegen. „Sorry", sagte Dane und seine Stimme hallte in der Stille wider. „Ich bin heute keine gute Gesellschaft." Er schlug die Zeitung wieder auf. „Lass uns mal das Fernsehprogramm checken, vielleicht kommt ja diese Woche was Gutes für dich."

Neun

„Ich weiß das wirklich zu schätzen, Willow." Ihr Freund Travis fuhr sich erneut mit der Hand über den Kopf, in dem Versuch, sein wogendes, blondes Haar unter Kontrolle zu bekommen. „Ich will wirklich nicht das Spiel verpassen." Wenn er lächelte, bekamen Travis' Augen Fältchen in den Ecken. Er hatte ein freundliches Gesicht und den offenen Blick, den ein Barkeeper brauchte.

„Gar kein Problem, Trav", sagte sie und band sich die Kellnerschürze um die Taille. „Das wird bestimmt lustig."

„Das hoffe ich doch", sagte er und sah links und rechts die Theke entlang, die fast leer war, bis auf die drei Skilift-Angestellten, die an einem Ende saßen, und Willows Freundin Callie am anderen._ „Mittwochs ist nicht allzu viel los", sagte er. „Und ich bin zurück, bevor die Spieler aus der Bowling-Liga kommen. Wenn du irgendetwas nicht finden kannst, frag Annie." Er senkte die Stimme, obwohl die Kellnerin außer Hörweite im benachbarten Speiseraum war. „Sie ist 'ne ziemliche Zicke, aber sie arbeitet hier schon sehr lange."

„Verstanden", sagte Willow und strich ihre Schürze glatt. „Ich wünsche dir viel Spaß und mach dir keine Sorgen."

„Ich hab ein Auge auf sie, damit sie es hier nicht zu bunt treibt", meldete sich Callie von ihrem Barhocker.

„Falls sie es treibt, will ich zusehen", murmelte einer der Liftarbeiter und seine Freunde lachten laut in ihr Bier.

Travis beugte sich an Willows Ohr. „Sie sind widerlich, aber vermutlich harmlos", sagte er.

„Ich hab schon Schlimmeres gehört", sagte sie und lächelte ihn an.

Als Travis gegangen war, vollführte Willow eine kleine Drehung vor Callie. „Das wird *bestimmt* lustig. Als hätte man einen Limonadenstand, nur mit Alkohol."

Die Kellnerin, Annie, kam aus dem Speiseraum und klatschte einen Zettel mit Bestellungen auf die Theke.

Willow hob ihn auf und las. „Annie, ich glaube hier steht: ein Buch, ein Korn und ein Eimer."

Annie schnaubte. „Ein Becks, ein Corona und ein Budweiser."

„Aha, okay. Kommt sofort."

Nachdem Annie verärgert die Theke verlassen hatte, grinste Willow Callie an. „Siehst du? Ich kann Sachen sagen wie 'Kommt sofort!'"

„Ich schätze, Travis hat das richtige Mädel für den Job engagiert." Callie nippte an ihrem Bier. „Zahlt er dir auch was dafür?"

„Das habe ich ihm verboten", sagte Willow. „Er hat mir schon so oft geholfen, seitdem John weg ist. Er hat mich für meinen Aushilfsjob vorgeschlagen und jemanden gefunden, der mir günstig das Dach repariert hat. Er ist echt ein guter Freund."

„Du weißt, dass er auf dich steht, oder?"

Willow öffnete die Becks- und die Coronaflasche und sah

auf. „Was?“

„Travis“, sagte Callie. „Er mag dich. Sehr.“

Willow runzelte die Stirn und steckte ein Stück Limette in den Flaschenhals des Corona. Das Bud kam vom Fass, also schnappte sie sich ein Bierglas vom Regal und zapfte es mit einer ordentlichen Krone. „Das habe ich noch nie so gesehen.“

„Dann bist du blind.“

Willow stellte alle Getränke auf ein Tablett und beugte sich dann über die Theke zu Callie. „Übrigens hatte ich letzte Woche mal Glück.“

„Meinst du ein anderes Glück, als das mit dem Schneegott?“

Willow legte einen Finger an die Lippen. „Lass mich nicht bereuen, dir das erzählt zu haben, Callie. Ich möchte nicht, dass jemand außer dir diese Geschichte kennt.“

„Sonst würden sich dir ja überall irgendwelche Jeep-Fahrer an den Hals werfen.“

„Genau.“

„Oh, Willow“, seufzte Callie. „Ich bin nur eifersüchtig. Das erste Mal seit drei Jahren bin ich wieder Single und im Krankenhaus ist es eine einzige Schufterei.“

Willow griff über die Theke und rieb ihren Arm. „Das tut mir leid.“

„Hey, jetzt war ich so beschäftigt mit Rumheulen, dass ich deine glücklichen Neuigkeiten noch gar nicht gehört habe.“

„Ich habe das Apartment vermietet.“

„Hurra!“ Ihre Freundin applaudierte. „Ist ja super. Wie?“

Willow zuckte die Schultern. „Ich wollte ein neues Schild machen, habe aber noch vorher einen Anruf bekommen. Mein neuer Mieter ist irgendein Ski-Trainer, der bis zum Frühling auf dem Berg arbeitet. Er hat sich sehr dafür entschuldigt, dass er die Wohnung nur für vier Monate braucht. Und ich spring natürlich vor Freude an die Decke, jemanden so lange dort zu haben.“

„Ist er heiß?"

Willow lächelte. „Ich stelle euch gerne einander vor. Er ist ungefähr fünfundsechzig, aber er hat ein nettes, freundliches Gesicht."

Callie verdrehte die Augen. „Das passt ja wieder. Aber trotzdem, ich freu mich so für dich. Das ist eine große Erleichterung, oder nicht?"

„Es hält den Gerichtsvollzieher fern. Vielleicht kann er mir sogar einen anderen Mieter empfehlen, wenn er auszieht."

Annie kam zurück an die Bar, mit einem weiteren ihrer unleserlichen Zettel. Willow eilte schnell herbei, um ihn lesen zu können, bevor sie wieder verschwand. „Steht hier ein White Russian? Ein Dirty Martini… und was ist das letzte?"

„Ein Shirley Temple."

„Genau." Willow sah sich um und fragte sich, warum da keine Kirschen neben den Zitronen- und Limettenscheiben lagen, die Travis ihr dagelassen hatte. Wo waren die Kirschen? Willow ging in die Hocke, um die Regale unter der Theke abzusuchen. Travis hatte alle möglichen Zutaten hier unten — Worcestershiresauce, verschiedene Olivenarten in Gläsern. „Ein Königreich für ein Glas Kirschen", murmelte sie. „Wer hätte gedacht, dass ich an einem Shirley Temple scheitere?"

„Wills?", rief Callie nach ihr. „Du hast einen neuen Kunden."

„Eine Sekunde noch…" Willow stellte die Oliven zurück ins Regal und stand rasch auf. Ein paar Plätze von Callie entfernt saß jetzt ein Mann.

Grundgütiger.

Es war Dane. Und er war genauso überrascht wie sie — seine hellblauen Augen wurden groß. Willow erstarrte für einen Moment und ihr Herz machte einen Satz. Sie trat einen halben Schritt zurück und stieß gegen den Bierkühlschrank. Sie griff nach einem Zapfhahn, um sich abzustützen, und ließ versehentlich einen Strahl Bier heraus, bevor sie sich wieder gefangen hatte. Ihr Gesicht lief tiefrot an.

„Hi", sagte er, mit einem Blitzen in den Augenwinkeln.

„Hi." Sie starrte ihn an.

„Du bist nicht Travis", sagte er.

„Stimmt." Sie räusperte sich. „Ich übernehme nur seine Schicht, damit er sich das Eishockeyspiel seines kleinen Sohnes ansehen kann."

Das gegenseitige Anstarren wurde von einem der Liftarbeiter unterbrochen. „Hey, heißer Feger! Komm mal kurz rüber."

Willow wischte ihre Hände an der Schürze ab. „Und keine gute Tat bleibt ungestraft", sagte sie. „Entschuldige mich."

„Ich hab Durst." Der Lifttyp winkte sie herbei. „Wie wär's mit noch 'nem Guinness, Süße?"

„Kommt sofort", seufzte Willow. Sie ging an die Zapfhähne und füllte Guinness in ein Bierglas, wobei sie es vorsichtig schräg hielt, damit sich keine Krone bildete. „Was kann ich dir bringen?", fragte sie Dane über die Schulter.

„Ähm, ich hätte gerne einen Cheeseburger", sagte er.

„Essen…", sagte sie. „Knifflig. Gib mir 'ne Minute." Sie brachte das Guinness zu dem Arschloch am Ende der Bar. Dann beugte sie sich über die Theke, um in den Nebenraum zu rufen. „Hey, Annie!"

Einen Moment später erschien die Kellnerin. „Wo sind meine Drinks?", sagte sie anstelle einer Begrüßung.

„Fast fertig", versprach Willow. „Weißt du zufällig, wo Travis die Maraschinokirschen aufbewahrt?"

„Hast du schon im Kühlschrank nachgesehen?", fragte sie.

Willow spürte, wie ihr Gesicht erneut rot wurde. Wo hatte sie nur ihren Verstand? „Da habe ich in der Tat noch nicht nachgeguckt."

Annie schnaubte.

Willow beugte sich zum Kühlschrank unter der Theke

herab. „Ich dachte, die wären unzerstörbar“, sagte sie im Flüsterton. „Ich glaube, sie haben welche in Pompeji gefunden.“ Laut sagte sie: „Ich habe den Cocktail sofort fertig.“ Sie nahm das kalte Glas Kirschen aus dem Kühlschrank. „Kannst du die Essensbestellung von diesem Herrn aufnehmen, bitte?“ Sie nickte zu Dane, als wäre er ein vollkommen Fremder. Wenn er so tun wollte, als hätte sich ihre gemeinsame Nacht nie ereignet, konnte sie das auch.

Annie stapfte zu Dane herüber und hielt ihm ihren üppigen Busen ins Gesicht. „Das Übliche? Cheddar Burger, medium gebraten, mit Onion Rings und einem Corona?“

„Klasse“, sagte Dane und wich etwas vor ihr zurück.

Zu Willow sagte Annie: „Wenn ich seine Essensbestellung aufnehme, geht sein Bier auch über meine Abrechnung.“

„Tu dir keinen Zwang an“, erwiderte Willow ohne aufzusehen.

Als Annie weg war, sagte Callie: „Ich frage mich, ob sie das Essen auch auf diesen Dingern liefert.“

Willow hörte, wie Dane hinter dem Sportteil seiner Zeitung auflachte.

Sie mixte einen Shirley Temple und tauchte zwei Kirschen ins Glas. „Das Kind, das den bestellt hat, wird dir dafür danken“, sagte Callie.

„Nicht wahr?“, sagte Willow und versuchte, cool zu bleiben. „Das ist ja der einzige Grund, einen Shirley Temple zu bestellen. Die Kirsche. Also warum nicht noch eine dazu tun?“ Sie stellte die Drinks auf ein Tablett und trug es dann zu einem freien Platz auf der Theke. „Das könnte mein Markenzeichen werden. Der Shirley Temple, mit einer extra Kirsche.“ Jetzt plapperte sie.

Als Willow das Tablett mit den Getränken abstellte, griff der Liftarbeiter, der ihr am nächsten war, nach ihrem Handgelenk und hielt sie dort fest. „Ich schau mir deine Kirsche gerne an, Süße“, sagte er und grinste sie anzüglich an.

Ihr Atem stockte. Nahmen die Demütigungen heute Abend denn kein Ende? Das Arschloch lockerte seinen Griff nicht. Während sie den Liftarbeiter wütend anstarrte, nahm sie am anderen Ende der Bar eine Bewegung wahr. Aus dem Augenwinkel konnte Willow sehen, wie Dane seine Zeitung hinlegte und den Barhocker zurückschob.

„Es ist eine schlechte Idee", sagte Willow mit fester Stimme, während sie den Idioten ihr gegenüber mit schmalen Augen anfunkelte, „sich der Frau gegenüber unverschämt zu benehmen, die einen mit Bier versorgt."

Gerade als sich Dane ihrem kleinen Duell näherte, ließ der Lifttyp ihren Arm los.

Mit dem Gefühl, etwas beweisen zu müssen, ließ Willow nicht locker. „Also, was sagt man?", setzte sie nach.

„Ähm, Entschuldigung? Kann ich noch ein Bier haben?"

„Ich habe das Zauberwort nicht gehört", sagte sie.

„Bitte?"

„Schon besser", sagte sie und ging an die Zapfanlage.

Unauffällig änderte Dane seinen Kurs und ging in Richtung der Männertoiletten.

Durchatmen, Willow, sagte sie sich. Ihr Herz schlug mit doppelter Geschwindigkeit, doch nicht wegen des Penners, der ihren Arm festgehalten hatte. Der Anblick von Dane hatte sie innerlich komplett aufgewühlt. Zunächst einmal war er zehnmal sexyer, als sie ihn in Erinnerung hatte. Es war schwer gewesen nicht hinzuglotzen, als er seine rote Ski-Team Jacke über die breiten Schultern abstreifte. Und die drei oder vier Tage Bartwachstum an seinem kantigen, maskulinen Kiefer brachten sie dazu, ihn anfassen und die Rauheit mit den Fingern spüren zu wollen. Sie hatte bemerkt, dass auch er sie beobachtete und seine intelligenten Augen sie studierten. Die Nähe war genug, um sie um den Verstand zu bringen.

Zwei Wochen lang hatte sie an ihn gedacht. Manchmal erinnerte sie sich an den genauen Moment, an dem er sie das erste Mal im Jeep geküsst hatte und wo immer sie auch war – in der Schlange beim Supermarkt oder am Schreibtisch ihres Aushilfsjobs – weiteten sich ihre Augen vor Unglauben. Bilder von ihm kamen ihr ungebeten in den Kopf. Sie sah seine muskulöse Brust, die im Bett über ihr ragte und wurde innerlich sofort wuschig.

Ihr war auch die Tatsache nicht entgangen, dass er kurz davor gewesen war, diesen Betrunkenen von ihr loszureißen. Das würde er für sie tun. Trotzdem wollte er sie nicht wiedersehen.

Wieso?

Willow schüttelte den Kopf. Sie zapfte zwei Budweiser für die Liftarbeiter und versuchte sich nicht darüber zu freuen, ihn heute Abend zu sehen. *Ich bin nicht der Typ für eine feste Beziehung,* hatte er gemeint. Aber das hatte er *vor* ihrer atemberaubenden Zeit zusammen gesagt. Und alles, was danach geschehen war, war so elektrisierend gewesen.

Hoffnung war eine fiese Sache.

Callie winkte Willow herüber. „Der Typ, der den Burger bestellt hat – Oh, mein Gott." Sie fächelte sich Luft zu. „Hast du dir den mal angesehen?"

Willow rieb sich mit beiden Händen die Stirn. „Wieso?" Sie hatte Callie von dem ganzen Zusammentreffen mit Dane erzählt, aber nie seinen Namen genannt.

„Weil ich ihn aus der Zeitung kenne… Scheiße. Er kommt zurück."

Willow kniff in den Stoff ihres Oberteils und hielt es für einen Moment von ihrem Körper weg. Sie begann zu schwitzen.

„Du siehst erschöpft aus", sagte Callie. „Aber ich finde, du machst das gut. Außer dass du das Bier von dem Typen vergessen hast." Sie zeigte auf Dane.

„Oh!", sagte Willow und sprang zum Kühlschrank. Sie griff nach einer Flasche und öffnete sie. „Tut mir leid", sagte sie und schaffte es, ihm nicht in die Augen zu sehen. Sie würde ihm nicht die Befriedigung geben zu wissen, wie sehr ihre gemeinsamen fünfzehn Stunden sie durcheinander gebracht hatten.

„Gar kein Problem", murmelte er. „Danke."

Sie brachte sich dazu, sich abzuwenden, und kritzelte die Bier der Lifttypen auf Travis' Notizbrett.

„Willow!", bellte Annie, als sie einen Teller vor Dane abstellte. „Du hast ihm das falsche Bier gegeben. Er trinkt Corona."

Willows Stift erstarrte über dem Papier. Langsam drehte sie sich um. Mit blankem Entsetzen sah sie, was für eine Flasche er in der Hand hielt.

Sie hatte ihm ein St. Pauli Girl gebracht.

Dane sah mit einem belustigten Blick zu ihr herüber. Schnell hob er die Hand. „Ist schon okay", sagte er und nahm wie zum Beweis einen Schluck. „Das hier mag ich sehr gerne."

„Du bist eine schreckliche Barkeeperin, Willow", sagte Annie, die Hände auf ihre breiten Hüften gestemmt.

„Warum sagst du das nicht noch lauter, Annie", blaffte Willow sie mit hochrotem Kopf an. „Ich glaube im Raum nebenan haben dich noch nicht alle gehört." Sie riss Annie einen weiteren Bestellzettel aus der Hand und ging weg.

<hr>

Dane beobachtete, wie Willow zu ihrer Freundin am anderen Ende der Theke ging. Sie war noch hübscher, als er sie in Erinnerung hatte. Ihr Haar glänzte im weichen Licht der Bar. Sie trug ein Top, welches ihre schmalen Schultern zeigte und locker über den oberen Teil ihrer engen Jeans fiel.

„Callie, diese Handschrift ist komplett unlesbar", hörte er Willow sagen. „Ich glaube, Annie macht das absichtlich."

„Lass mich mal sehen", sagte ihre Freundin. „Schenk mir nochmal nach und ich arbeite so lange hier dran."

Willow reichte den Zettel an ihre Freundin weiter und goss ihr einen halben Liter UFO Pale Ale ins Glas.

„Das erste ist ein Rezept für Antibiotika", lachte Callie. „Das ist schlimmer als viele der Sachen, die ich im Krankenhaus sehe. Also, Spaß beiseite, ich glaube das erste soll Apple Martini heißen. Das zweite fängt mit einem S an. Könnte ein Screwdriver sein. Oder Scotch mit Soda? Nein…"

Dane sah, wie Willow ein Corona aus dem Kühlschrank holte. Sie öffnete die Flasche und schob ein Stück Limette hinein.

„Was gibt es sonst noch für Drinks, die mit S anfangen?", fragte Callie.

Willow kam auf ihn zu und stellte das Corona vor ihm ab. Ihr Blick wich ihm weiterhin aus.

„Das hättest du nicht tun müssen", sagte Dane leise, aber sie hatte sich schon wieder abgewandt und ging zurück zu ihrer Freundin.

So würde die Sache also laufen. Sie nahm nicht einmal Blickkontakt auf. Aber was hatte er auch erwartet, so wie er sich bei diesem One-Night-Stand verhalten hatte? Das war vor zwei Wochen gewesen. Seitdem hatte er die komplette Begegnung ein dutzend Mal in seinem Kopf Revue passieren lassen. Jetzt, wo er für eine Weile zurück in den Staaten war, hatte er darauf geachtet, auf dem Weg zum Berg nicht mehr an ihrem Haus vorbei zu fahren. Er wollte keine Lichter im Haus brennen sehen und sich fragen, was sie wohl gerade machte oder ob sie allein war.

Das ging ihn verdammt nochmal nichts an. Und das würde es auch nie.

„Fängt mit S an… Sea Breeze?", riet Callie. „Sidecar?" Obwohl Willow alles tat, um nicht in Danes Nähe zu müssen, hatte ihre Freundin das noch nicht geschnallt. „Kennst du welche?", fragte sie und sah Dane direkt an, in dem Versuch, ihn in das Gespräch miteinzubeziehen.

Sein Blick wanderte kurz zu Willow, bevor er antwortete. „Ehm, Southern Comfort?"

„7 and 7", bot Callie an. „Sex on the Beach?"

„Sex in 'nem Jeep", flüsterte Dane, als Willow an ihm vorbei ging.

Doch offenbar hatte er dies nicht leise genug gesagt, denn Callie verschluckte sich an ihrem Bier und prustete einen Teil wieder aus. Sie wirbelte auf ihrem Hocker herum und starrte Dane an.

Willows Augen funkelten, als sie an ihm vorbei zu den Liftarbeitern stakste, und sie murmelte etwas, das wie „erschieß mich" klang.

Dane wusste nicht einmal, warum er das gesagt hatte. Er wollte Willow nicht bloßstellen, er wollte nur, dass sie ihn ansah. Aber das tat sie nicht. Und jetzt konnte ihre Freundin an der Theke nicht aufhören, ihn anzustarren.

Sauber, Dane.

Er stellte sich nie besonders geschickt an, außer wenn er auf Skiern stand. Und an den meisten Orten, an denen er sich unter der Woche aufhielt, war das genug. Gewinne genug Rennen und die Leute liegen dir zu Füßen, egal wie gut deine gesellschaftlichen Umgangsformen sind. Im Schnee war er unantastbar und dort plante er, sein Leben zu verbringen – bis zu dem Moment, an dem sein Körper ihn im Stich lassen und sie ihn auf dem gottverdammten Rettungsschlitten ins Tal karren würden.

Er spürte einen kalten Windzug im Nacken und einen Moment später kam ein Haufen Männer mit Bowlingtaschen in die Bar gestapft. Mit der Gesichtsfarbe einer Roten Beete begann Willow Bestellungen entgegenzunehmen. Als Annie auftauchte, um nach ihren Cocktails zu sehen, gab Willow ihr den Zettel zurück. „Callie hat Bier darauf gespuckt und verwischt, bevor ich es lesen konnte. Ich glaube, da stand Apple Martini und…"

„Sloe Gin Fizz“, entgegnete Annie mürrisch.

„Tja, daran haben wir wohl nicht gedacht“, kicherte Callie.

„Mit Freunden wie dir…“, sagte Willow. Dann griff sie nach einer Flasche Sloe Gin.

Als sich die Bar mit Leuten füllte, wusste Dane, er sollte die Gelegenheit nutzen, um zu zahlen und abzuhauen. Willow anzusehen war wie süße Folter, denn er konnte sie nicht haben, egal was geschah. Nichtsdestotrotz konnte er sich nicht losreißen. Obwohl sie zahlenmäßig deutlich unterlegen war, zapfte sie Bier und mixte Cocktails ohne ihren Anmut oder Humor zu verlieren. Jeder Typ in der Bar warf ihr verstohlene Blicke zu und hoffte auf ein Lächeln oder Augenkontakt.

Danes Mutter hätte sie eine „Knallerfrau“ genannt. Das war ihr Wort für Frauen mit Mumm. Obwohl sie vor fast fünfzehn Jahren gestorben war, fielen ihm in letzter Zeit die Lieblingssprüche seiner Mutter wieder ein. Genau wie die von Finn. Er vermisste die Stimme seines Bruders.

„Tut mir leid, dass ich zu spät bin“, rief Travis, als er sich unter der Theke hindurch duckte. Die Erleichterung in Willows Gesicht war greifbar. „Das Spiel ging in die Verlängerung“, entschuldigte er sich. „Ist alles einigermaßen gut gegangen?“

„Es war eine Amateurstunde“, sagte Annie und nahm zwei Cocktails von der Bar.

„Es waren *eineinhalb* Amateurstunden“, korrigierte Willow sie. „Aber niemand blutet.“ Sie verschränkte die Arme vor der Brust. „Bei den Jungs habe ich bereits abgerechnet“, sie nickte zu einer Gruppe Bowler. „Die haben einen Deckel“, sie zeigte auf eine andere Männermeute. „Die Liftjungs schulden dir noch sechs Bier. Annie hat Danes Bestellung übernommen. Damit sind alle abgedeckt, bis auf Callie.“ Willow schnappte sich ein Bierglas und zapfte ein UFO hinein.

„Gute Arbeit, Wills“, sagte Travis. „Und für wen ist das UFO?“

„Für *mich*, Trav“, sagte Willow mit Verzweiflung in der Stimme.

„Gut“, lachte er. „Ich kann dir gar nicht genug danken.“ Er sah sie genauso an wie der Rest der Männer in der Bar – hungrig.

Dane hatte Travis in der High School kurz gekannt, bevor Dane zum Trainieren nach Burke Mountain zog. Er war zu sehr Einzelgänger, um mit Leuten in Kontakt zu bleiben. Doch als Dane letzten Monat begonnen hatte, in 'Ruperts Bar und Grill' aufzutauchen und Cheeseburger und Bier zu bestellen, hatte sich Travis Mühe gegeben, ihm alles zu erzählen, was er so an Geschichten aus der Stadt verpasst hatte, inklusive seiner eigenen. Der Barkeeper hatte seine High School Liebe geheiratet und war jetzt geschieden.

Und warum sollte er sich nicht an Willow ranmachen? Sie war das schönste Ding in diesem Raum, vermutlich in der ganzen Stadt.

Dane sah zu, wie Travis sich durch den Raum arbeitete und mit seinen Kunden quatschte. Er war der perfekte Barkeeper, immer freundlich, immer einen lustigen Spruch auf den Lippen.

So war er schon als Teenager gewesen. Viel Charme, wenig dahinter. Er quatschte mit den Bowlern über ihre Liga und schenkte dem Punktbesten ein Freibier. Er hatte einen lockerleichten Umgang mit Menschen, den Dane nie besessen hatte.

Das war in der Tat ein Tiefpunkt für ihn. Er war neidisch auf Travis Rupert.

„Also, wie geht's deinem Freund, Callie?“, fragte Travis Willows Freundin.

„Trav“, warnte Willow. „Nicht *die* Frage.“

Travis' Augenbrauen schossen hoch. „Nicht?“

„Ich habe ihn rausgeschmissen.“ Callie wurde rot. „Hab ihn dabei erwischt…“ Sie warf den Kopf in den Nacken und schloss die Augen. „Mit einer Krankenschwester. In einem Untersuchungszimmer.“

„Ach, du Scheiße“, sagte Travis.

„Und als ob es nicht schlimm genug wäre, dass ich ein Klischee lebe“, sagte sie, „muss ich sie auch noch im Krankenhaus sehen. Jeden. Verdammten. Tag.“

„Callie, das tut mir so leid“, sagte Travis. Er legte einen Arm um Willows Schultern und den anderen um Callies. „Wieso habt ihr beiden eigentlich so ein Pech mit Männern?“

Dane sah, wie Travis‘ Finger die Seite von Willows Schulter massierten. Der Anblick verursachte ihm Bauchschmerzen.

Zeit zu gehen.

Dane legte etwas Bargeld unter seinen Bierdeckel und zog seine Jacke an.

„Wo warst du, Danger?“, fragte Travis ihn plötzlich. „Ich hatte mich daran gewöhnt, dass du hier in meiner Bar rumhängst.“ Er räumte den leeren Burgerteller ab.

„Österreich.“ Er trank sein Corona aus. Die Limette reizte seine Lippen.

„Hast du es aufs Podium geschafft?“

„Was glaubst du?“ Dane zog seinen Reißverschluss zu. „Gute Nacht, Travis“, sagte er. Er nahm seine Zeitung auf und zögerte dann. „Gute Nacht, Willow.“

Sie sah auf und schenkte ihm ein leichtes Nicken. Dann duckte sie sich unter der Theke durch und ging an den Bowlern vorbei zu ihrer Freundin.

Dane ging alleine nach draußen. Wie er es immer tat.

Sobald sich Willow neben Callie gesetzt hatte, packte ihre Freundin sie am Arm. „*Das* war der Typ mit dem Jeep? Oh. Mein. GOTT!“

„Shhh…“, ermahnte Willow sie. „Wie demütigend.“

„Er ist ein Olympiasieger, Wills. Und *so* arrogant, oder nicht?“

„Die Damen kennen Dane?“, fragte Travis, als er Callies

leeres Bierglas abräumte.

„Nicht wirklich", sagte Willow hastig.

„Gut", sagte Travis und stellte ein neues Bier vor Callie ab. „Der bedeutet Ärger."

„Wieso?", fragte Callie, obwohl ihr Willow unter der Bar einen Tritt verpasste.

Travis schüttelte den Kopf. „Wir sind zusammen in Little Creek zur High School gegangen. Die ganze Familie ist komplett verrückt, jeder einzelne von ihnen. Also… sogar so schlimm, dass sie irgendwann in ein Heim mussten." Er wischte mit dem Thekenlappen über das abgewetzte Holz und ging weiter.

„Er sah nicht verrückt aus", flüsterte Callie. „Er sah heiß aus." Sie kicherte. „Hattest du nicht gesagt, er war nur auf der Durchreise?"

„Na, das ist er doch, oder nicht?", fragte Willow.

Callie fischte ihr Smartphone aus der Tasche. „Los, wir googeln ihn mal."

„Lieber nicht."

„Ach, komm schon, Wills! Vielleicht siehst du ihn wieder. Du könntest diese Ski-Team Jacke über deinem nackten Körper tragen."

Willow lachte. „Das wird nicht passieren, okay? Das hat er sehr deutlich gemacht. Wenn ich mir was anderes vorgaukle, wäre das armselig."

„Du bist nicht armselig, Willow."

„Danke, Callie."

Allerdings gab es da in der Tat eine interessante Sache bezüglich Danes Teamjacke. Ihr neuer Mieter trug dieselbe. Da musste es eine Verbindung geben. Wenn Dane ihr den Trainer geschickt hatte, war das wirklich eine sehr liebe Sache, die er für sie getan hatte.

Nicht dass er wirkte, als wollte er irgendeine Anerkennung dafür.

Zehn

Von romantischen Verfehlungen mal abgesehen, hatte Willow das Gefühl, als würde sich ihr Leben zum Guten wenden. Jetzt, da ihre Finanzen nicht mehr so dramatisch waren, kümmerte sie sich um all die kleinen Dinge, die liegen geblieben waren. Sie ließ das Öl bei ihrem Pick-up wechseln und füllte ihre Lebensmittelvorräte auf. In der Apotheke gönnte sie sich eine neue Flasche Feuchtigkeitscreme, denn die Winterluft in Vermont war schockierend trocken. Dann ging sie zum Apothekenschalter und ließ sich eine neue Monatspackung ihrer Pille aushändigen.

Während sie darauf wartete, dass die junge Frau im weißen Laborkittel ihre kleine, weiße Papiertüte zutackerte, machte sich Willow plötzlich Sorgen. Nach ihren Berechnungen sollte sie gerade ihre Tage haben.

Mit wirbelnden Gedanken trug sie ihre Einkäufe nach draußen und setzte sich hinter das Lenkrad ihres Trucks. Sie hatte vergessen, ihr Rezept zu erneuern und war erst einige Tage später dazu gekommen. Also hatte sie ein paar Pillen ausgelassen. Da ihr Freund aus ihrem Leben verschwunden war, schien das nicht besonders wichtig. Dann hatte sie sich wie üblich Nachschub aus der Apotheke geholt.

Und irgendwo dazwischen hatte sie Dane getroffen.

Willow fing an zu schwitzen. Sie ging zurück in den Laden – und kaufte zum ersten Mal in ihrem Leben einen Schwangerschaftstest. Mit zitternden Fingern fummelte sie sich durch die Anweisungen an der Selbstbedienungskasse.

Es war wahrscheinlich nichts, redete sie sich auf der Fahrt nach Hause ein. Die Verzögerung in der Pilleneinnahme hatte ihren Körper vermutlich dazu gebracht, die Periode später zu beginnen.

Doch zehn Minuten später saß Willow auf ihrer Toilette und starrte auf einen positiven Schwangerschaftstest.

Es gab nur eine Person, die sie anrufen konnte. „Callie?"

„Willow?"

„Bitte sag mir, dass du heute Abend keinen Bereitschaftsdienst hast."

„Warum, Süße? Du klingst durcheinander."

„Kannst du rüber kommen? Ich muss dich sehen."

„Du machst mir Angst. Ist es ein Problem, das man mit Eiscreme lösen kann? Oder mit Tequila?"

Willow atmete durch. „Eiscreme, schätze ich." *Definitiv nicht mit Tequila.*

„Ich komme nach der Arbeit vorbei."

Sie und Callie saßen auf Willows Sofa, beide mit Tränen im Gesicht.

„Oh, Willow. Hör auf, dich deswegen fertig zu machen."

„Wenn irgendjemand sonst noch Schuld daran hätte, würde ich die gerne teilen", sagte sie. „Aber das hier geht ganz allein auf mich."

„Aber dir die Schuld zu geben hilft nicht. Außerdem, vielleicht hat der Kerl besonderes Ski-Sperma, das schnurstracks auf deinen Muttermund zugerast ist.“

Willow lachte und erneut traten ihr Tränen aus den Augen. „Stell dir nur mal vor, was für eine ausgezeichnete Schulpsychologin ich eines Tages sein werde. Sie können all die schwangeren Teenager zu mir schicken. Und ich werde genau wissen, was sie gerade durchmachen.“

Callie lachte und wischte sich die Augen trocken. „Ach, Willow.“

„Ich werde eine Schüssel mit Kondomen auf meinem Schreibtisch haben, so wie andere Ärzte Süßigkeiten anbieten.“

„Nach all dem anderen Mist… ich kann gar nicht glauben, dass dir das passiert.“

„Es ist meine Schuld, Callie. Genau wie alles andere, das schiefgegangen ist.“

„Ich werde dich nicht fragen, was du jetzt machen willst. Denn ich hoffe, du hast dich noch nicht entschieden.“

Willow schüttelte den Kopf. „Darüber sollte ich eine Weile nachdenken, nicht wahr?“

„Wirst du es ihm sagen?“

Sie atmete langsam aus. „Das werde ich wohl müssen, oder? Aber er wird nicht glücklich darüber sein._Ich habe noch nie jemanden getroffen, der weniger auf Beziehungen gibt, als dieser Typ.“

Callie stöhnte auf. „Dann wird das bestimmt keine witzige Unterhaltung.“

„Nein“, seufzte Willow. „Das wird es nicht.“

„Du hast immer gesagt, dass du mal Kinder willst, Willow.“

„Das will ich“, sagte sie leise. „Unbedingt.“

Callies Stimme war sanft. „Aber die Umstände stinken. Das ist eine schwierige Entscheidung, nicht wahr?“

„Die schwierigste“, stimmte Willow zu.

„Du würdest eine großartige Mutter abgeben“, sagte Callie, als sie sich verabschiedete. „Das weiß ich.“

Nachdem Callie gegangen war, hallten ihr die letzten Worte, die ihre Freundin zu ihr gesagt hatte, durch den Kopf. *Du würdest eine großartige Mutter abgeben.* An jedem anderen Punkt in ihrem Leben hätte sie zugestimmt. Genau genommen hatte sie sich schon auf die Chance gefreut, es unter Beweis zu stellen. Ihre eigenen Eltern hatten sie aufgrund von Alkohol- und Drogenproblemen abgegeben. Willow war mit vier Jahren zu einer Pflegefamilie gekommen und hatte ihre Grundschulzeit damit verbracht sich zu fragen, was sie getan hatte, um von ihnen im Stich gelassen zu werden. Es hatte sie in das pflichtbewussteste Mädchen der Welt verwandelt, welches immer eine Eins bei Rechtschreibtests bekam und stets das Geschirr spülte, bevor sich ihre Pflegemutter darum kümmern konnte.

Erst an der Uni war Willow in der Lage gewesen, das alles aus einer anderen Perspektive zu sehen. Nachdem sie Psychologiekurse für sich entdeckt hatte, war sie wie besessen. Genau dort, in diesen schweren Lehrbüchern begann sie, ihr Kindheitsverhalten als klassische Form von Überkompensation zu verstehen. Es war so erleichternd zu erfahren, dass es für die Entscheidungen, die sie getroffen hatte, und für das Verlangen Menschen zu gefallen, das sie stets verspürte, eine einfache Erklärung gab.

Willow hatte sich auf das Leben als Mutter gefreut, darauf ein Kind so viel besser zu lieben als ihre Eltern es getan hatten. Aber jetzt fragte sie sich, ob das auch nur Überkompensation war. Wäre es dem Kind gegenüber fair, wenn es so geboren würde – einer Mutter, die so schlecht darin war, ihr Leben auf die Reihe zu bekommen, dass sie Probleme hatte, Essen auf den Tisch zu bringen?

Sie wusste es einfach nicht. Und jetzt musste sie sich allein darüber klar werden, ohne die Hilfe eines liebevollen Partners, welcher ihr in ihren Mutterfantasien sonst immer zur Seite stand.

Und das bald.

Elf

Dane wischte sich mit dem Jackenärmel den Schweiß von der Stirn.

„Ich habe das siebte Tor anders abgesteckt", sagte sein Trainer. „Die neue Kombination ist jetzt von der Haarnadelkurve in die Vertikale. Kannst du das von da oben sehen?"

„Klar", antwortete Dane und zog seine Skibrille wieder runter. „Jetzt muss ich eine kürzere Linie nach links fahren, um das achte Tor zu erwischen."

„Genau. Fahr los, wenn du bereit bist", sagte Karl und rammte seine Skistöcke in den Boden. Dann fuhr er an der Seite des Kurses runter bis zur Ziellinie, wo er anhielt und winkte.

Slalom war nicht gerade Danes Lieblingsdisziplin. Für seinen Geschmack war es zu technisch, zu viel Geschnörkel. Trotzdem schaffte er es ein paar Mal pro Saison auch beim Slalom aufs Podium. Dane stand oberhalb des Kurses und ging ihn ein letztes Mal mit den Augen ab. Dann stieß er sich ab und nahm so viel Geschwindigkeit wie möglich auf, bevor er in die erste Kombination ging.

Obwohl es beim Slalom nicht so schnell und gefährlich zuging wie bei anderen Disziplinen, genoss er trotzdem das *Swusch-Swusch* seiner Skier auf der Piste und das *Klick-Klick* der Tore, wenn er an ihnen vorbei wedelte. Und es gab nichts besseres, um den Kopf frei zu bekommen, als einen Slalomlauf, bei dem man sich nur auf den Kurs konzentrierte. Ein abgelenkter Slalomfahrer riss ein Tor schneller als man „disqualifiziert" sagen konnte.

Den ersten Teil des Kurses schaffte er mühelos, inklusive der Haarnadel-Änderung des Trainers. Auch auf dem steilsten Stück der Strecke sah es noch gut aus, wo sein Trainer drei enge Kombinationen direkt hintereinander gesetzt hatte. Dane begann, sich in das letzte Drittel des Kurses zu hängen und zwang seinen Quadrizeps, weiterhin seine Arbeit zu leisten. Doch der Anstieg der Milchsäure in seinen Muskeln ließ sie schmerzen, als er beim letzten halben Dutzend Tore ankam.

Er hatte den Kurs fast in der Tasche, als er spürte, wie ihm sein linker Fuß entglitt. Als er im letzten Sekundenbruchteil nach unten blickte, sah er, wie sich sein Ski im Tor verfing und ihn zur Seite wegrutschen ließ. Danes Herz begann zu rasen, als er seine Geschwindigkeit drosselte, an den letzten paar Toren vorbei fuhr und mit spritzendem Schnee neben seinem Trainer zum Stehen kam.

„Was war das für eine Scheiße?", fragte Dane außer Atem. Er rieb seinen linken Oberschenkel.

„Du hast dich in 'ner kleinen Kante verfangen", sagte Karl nachsichtig.

„Ich habe nicht gespürt, dass der Ski sich irgendwo verfangen hätte", fauchte Dane. „Das war einfach nur seltsam." Sein Herzschlag weigerte sich, langsamer zu werden. Er schüttelte das linke Bein aus und fragte sich, was gerade passiert war. *Muskelzittern* drohte sein Unterbewusstsein.

„Das ist überhaupt nicht seltsam", sagte Karl mit beruhigender Stimme. „Lass uns erstmal zu Mittag essen. Es ist schon spät."

Dane blickte zurück auf die Piste, als ob die Antworten dort vergraben wären. Er massierte sein linkes Bein und versuchte sich selbst zu überzeugen, dass ihm gerade nichts Besonderes zugestoßen war. *Vergiss es einfach*, befahl er sich. Er nahm seinen Helm ab und ließ kalte Luft an seinen verschwitzten Kopf. „Okay. Zur Berghütte oder in die schreckliche Pizzeria?" Das Problem beim Essen in Skigebieten — es war alles Mist. Überteuert und qualitativ schlecht. Fettige Suppen, laffe Pizza. Und Dane ernährte sich davon.

„Möchtest du zum Mittagessen zu mir kommen? Ich habe Sandwiches mit Pulled Pork."

„Wirklich?", fragte Dane. „Ich habe dich noch nie etwas kochen sehen, was über das Auftauen von Fertiggerichten hinaus ging."

Sein Trainer lachte. „Ich koche auch nicht. Meine Vermieterin war das. Sie hat mir eine Tupperschüssel voll vorbei gebracht. Meinte, das Rezept hätte eine zu große Menge für sie allein ergeben."

Oh oh. „Na, das ist ja hervorragender Service, den du da in deiner Wohnung hast."

„In der Tat. Die solltest du echt mal kennenlernen, Dane. Sie ist umwerfend. Besorg dir zur Abwechslung mal eine Freundin."

Dane beugte sich nach vorne, um die Schnallen seiner Skischuhe zu öffnen. „Das ist die Sache, Karl. Ich habe keine Freundinnen. Und leider kann ich nicht bei dir vorbeikommen, solange sie zu Hause ist."

Sein Trainer war kurz still und als Dane sich wieder aufrichtete, schnaubte er: „Wirklich?"

„Ja, wirklich."

Er schüttelte den Kopf. „Wir sind seit zehn Minuten in der

Stadt und du hast dieses Mädchen schon abgehakt?"

Dane zuckte die Schultern. „So bin ich halt."

Karl wartete, bis Dane seine Ski aufgehoben hatte. „Naja, lass uns was essen. Ich werde mir ein Pulled Pork Sandwich genehmigen. Du kannst entweder mitkommen oder halt nicht."

„Wenn ich den Pick-up in ihrer Auffahrt sehe, fahre ich direkt weiter."

„Tu, was du nicht lassen kannst." Karl schüttelte den Kopf.

Willow hatte einen Aushilfsjob bei einer Versicherungsagentur in der Stadt. Mehrere Tage die Woche zog sie Bürokleidung an und half den lokalen Versicherungsvermittlern, Versicherungspolicen zu verlängern und Schadensmeldungen zu bearbeiten. Wie alles in Willows Leben war der Job wie eine flackernde Kerze im Wind – immer in Gefahr, auszugehen. Diese Woche hatten sie sie nur dreieinhalb Tage gebraucht.

Also war es erst kurz nach eins, als sie in ihre Einfahrt einbog und einen wohlbekannten grünen Jeep oben vor ihrem Haus stehen sah. Ihre erste Reaktion war: *Männer sind so unglaublich berechenbar.*

Ihr Essensgeschenk an Karl war zwar nicht explizit dazu gedacht gewesen, Dane zurück zu ihr nach Hause zu bekommen. Sie hatte sieben Pfund Schweineschulter für das Treffen ihres Buchclubs gestern Abend geschmort, aber dann hatten die Frauen viel weniger gegessen, als sie angenommen hatte. Und obwohl Willow Pulled Pork liebte, wusste sie auch, dass sie es relativ schnell satt haben würde. Es an Danes Trainer weiterzugeben war nicht nur vernünftig, sondern auch nachbarschaftlich.

Aber sie *hatte* sich gefragt, ob er es wohl teilen würde.

Also gab sich Willow selbst Pluspunkte für ihre Intuition. Aber jetzt da Dane hier war, wenige Schritte von ihrer Haustür entfernt, wusste sie, dass sie noch nicht so weit war, ihm von ihrer Schwangerschaft zu erzählen. Die Neuigkeit – das Problem – war noch zu überwältigend, zu frisch. Und da sie schon wusste, wie Dane dazu stehen würde, konnte sie es ihm noch nicht sagen, solange sie nicht wusste, wie genau sie selbst dazu stand.

Zumindest so genau wie möglich für jemanden, der so durcheinander war wie sie.

Sie hüpfte aus ihrem Pick-up und eilte ins Haus. Sie würde ihm nicht über den Weg laufen, sie war noch nicht so weit. Aber jetzt da sie wusste, dass der Trainer und Dane zusammen gehörten, hatte sie wenigstens einen Weg mit ihm in Kontakt zu treten, wenn sie es musste – und nicht nur mit Hilfe von Fleischgerichten. Wenn sie bereit war, es Dane zu sagen, würde der nette ältere Mann mit den freundlichen Augen ihr helfen, ihn herbei zu holen. Dessen war sie sich sicher.

In ihrer Küche stellte Willow einen Tontopf mit getrockneten Bohnen und Wasser auf den Tisch, um diese einweichen zu lassen. Morgen wollte sie ein Weiße Bohnen Chili mit grünen Chilischoten und Truthahnhackfleisch machen. Ein Chili war das perfekte Essen für Singles – Bohnen waren gesund und günstig und wenn man es über hatte, konnte man den Rest einfrieren.

Sie fragte sich, ob sie das scharfe Essen, das sie so gerne aß, vielleicht bald nicht mehr sehen konnte. Morgenübelkeit – wann ging das los?

Ihr Telefon klingelte.

Zwölf

Das Pulled Pork Sandwich war außergewöhnlich lecker, genau wie Dane es erwartet hatte. Und das kleine Apartment seines Trainers war, wie ein Mädchen sagen würde, kuschelig. Es verliefen dicke alte Holzbalken die Decke entlang und in der Ecke gab es einen Holzofen.

„Hörst du das?", sagte Karl mit einem Augenzwinkern, als das Brummen von Willows Truck die steile Auffahrt hoch kam.

„Allerdings", seufzte Dane. „Ich habe noch nie einen Fehler begangen, für den ich nicht umgehend bestraft wurde. Erinnere mich daran, nie einen Schnapsladen zu überfallen."

Sein Trainer lachte. „Wenn die Dinge zwischen euch so schlecht stehen, wird sie nicht klopfen. Kennt sie deinen Wagen überhaupt?"

„Ja." *Und wie.*

Karl aß den letzten Bissen seines Sandwiches. „Eines Tages werde ich auf deiner Hochzeit tanzen, mein Junge."

Danes Blick ging zu ihm. „Auf keinen Fall."

Der ältere Mann nickte. „Ich weiß, du hältst das für unmöglich. Und Gott allein weiß, wer die Braut sein wird, aber eines Tages…"

Irgendetwas an den Worten seines Trainers ging Dane näher, als ihm lieb war. Er hatte *unmöglich* anstatt *unwahrscheinlich* gesagt und Dane fragte sich, warum. Er hatte nie jemanden in sein Geheimnis eingeweiht. Natürlich wusste Karl, dass Finn sterben würde, aber Dane hatte ihm nie von der Ursache erzählt. Er konnte echt darauf verzichten, dass jedermann seine Prognose bezüglich dieser Krankheit bei Google nachsehen konnte.

Er stand auf, trug seinen Teller zur Spüle und drehte den Wasserhahn auf. „Lass uns zurück fahren. Und *denk* nicht mal dran, mich da draußen im Stich zu lassen." Er neigte den Kopf in Richtung Auffahrt. „Ich erwarte eine überzeugende 'Böser Trainer'-Vorstellung von dir: 'Danger, wir kommen zu spät zum Training!'"

Karl lachte auf. „Na gut. Ich schwing die Peitsche."

„Ich würde heute Nachmittag gerne ein paar Riesenslalom-Übungen machen, wenn du nichts dagegen hast", sagte Dane. Gerade als er sich der Tür zuwandte, ertönte ein Klopfen. „Herrgott nochmal", murmelte Dane.

Sein Trainer grinste nur und ging an ihm vorbei, um die Tür zu öffnen.

Als die Tür aufging, stand Willow mit ernstem Gesicht auf der Schwelle und ihr Blick wanderte von Karl zu Dane.

Komm schon, Mädel. Erspar uns das, dachte Dane lieblos.

„Tut mir leid, Jungs." Sie räusperte sich. „Ich habe da ein Pflegeheim aus New Hampshire am Telefon, die fragen nach einem von euch. Sie sagten, sie hätten meine Telefonnummer von der Ansage auf Karls Mailbox?"

Oh.

Oh Gott, nein. Dane fühlte sich, als würde der Boden unter seinen Füßen wegkippen.

„Dane." Sein Trainer sah ihn mit steinernem Gesicht an. „Sie müssen es auf unseren Handys versucht haben", sagte er leise.

Aber Dane hörte ihn kaum noch. Wie ein Zombie ging er durch die Wohnungstür nach draußen.

„Das Telefon steht auf der Küchenanrichte", sagte Willow, als er an ihr vorbei ging.

In Willows Küche nahm er den Hörer ans Ohr. „Hallo. Hier ist Dane."

„Mr. Hollister, hier ist Janice, eine der im Hospiz…"

„Ich weiß, wer Sie sind", sagte er mit einer selbst in seinen Ohren unnötig kalten Stimme.

„Es tut mir so leid, Ihnen das mitteilen zu müssen", sagte sie. „Aber Finn ist von uns gegangen."

„Danke für Ihren Anruf", sagte er mit der Wärme eines Roboters.

„Es müssen einige Vorkehrungen getroffen werden…", begann sie.

„Ich rufe Sie später zurück", presste er hervor, dann legte er auf. Er ließ seine Hand auf den Tisch sinken und wollte irgendetwas zerbrechen – das Telefon, den Tisch, seinen Kopf. Irgendwas.

Er hatte immer gewusst, dass dieser Telefonanruf kommen würde. Aber er hatte sich trotzdem davor gefürchtet. Jetzt war er wirklich ganz alleine. Wenige Menschen hatten Dane jemals wirklich geliebt, nur Finn und seine Mutter. Und jetzt waren sie beide fort. Finns Körper lag womöglich bereits in einem Kühlraum. Kalt wie Eis.

Genau wo Dane eines nicht allzu fernen Tages liegen würde.

Er zitterte.

Willow und Karl sahen sich einen unbehaglichen Moment

lang an.

„Es ist...", sagte Karl. Er nahm seine Kappe vom Kopf.

„... sein Bruder", flüsterte Willow.

Die Augen des Trainers weiteten sich, offenbar überrascht, dass Willow Bescheid wusste. „Ja." Er sah zur Decke hoch, dann wieder zu Willow. „Tut mir leid wegen des Anrufs. Ich habe noch keinen eigenen Festnetzanschluss bei der Telefongesellschaft beantragt. Schien mir unnötig..."

„Kein Problem", flüsterte Willow.

„Also... ich bezweifle, dass wir heute noch Ski fahren werden", sagte Karl. „Sag Dane, dass ich hier bin, falls er reden möchte."

„Mache ich." Sie ließ ihn allein im Apartment zurück und ging zu ihrer eigenen Haustür. Dort stand sie einen Moment lang auf der Türschwelle, um Dane Privatsphäre bei seinem Telefongespräch zu geben. Aber aus der Küche drangen keine Geräusche zu ihr. Alles, was sie hören konnte, war das aufgeregte Gackern einer Henne, die gerade ein Ei gelegt hatte. Sie stieß die Küchentür auf und sah Dane am Tisch stehen, das Telefon lag still auf der Tischplatte vor ihm. Mit leerem Blick starrte er auf die Holzmaserung herab.

Willow kam auf Zehenspitzen herein. Seine Stille war fast der einer Statue gleich, sein gutaussehendes Gesicht gemeißelt, als würde er sich auf etwas konzentrieren, das sie weder sehen noch hören konnte. Er bewegte sich nicht und schien sie nicht wahrzunehmen. „Dane", flüsterte sie, machte einen Schritt vorwärts und legte eine Hand auf seine Schulter. „Hast du ihn verloren?"

Einen Moment lang war sie unsicher, ob er sie überhaupt gehört hatte. Dann stemmte er seine großen Hände auf den Tisch, beugte sich nach vorne und ließ den Kopf hängen. „Ich habe ihn schon vor langer Zeit verloren", flüsterte er heiser.

Der Schmerz in seiner Stimme brach ihr das Herz. Willow legte ihm eine Hand in den Nacken, ihre Handfläche ruhte auf seiner warmen Haut. „Es tut mir so leid", flüsterte sie. „Es tut mir einfach unendlich leid." Sachte streichelte sie ihm mit der Hand über den Rücken – eine unschuldige Berührung, die ihn stärken sollte. Wann immer Freunde von ihr trauerten, fühlte sich Willow unglaublich hilflos und trotz ihrer unglücklichen Beziehung zu Dane war es in diesem Moment nicht anders.

„Er ist keine Vierzig geworden", flüsterte Dane. „Nicht mal Vierzig."

Willow betrachtete seine Miene, aber er sah nicht zu ihr hoch. Er schien in seiner eigenen Trauer gefangen, als stünde er unter Schock. Sie wollte ihn gerade fragen, ob sie seinen Trainer holen sollte, als er den Kopf drehte. Danes Blick traf auf ihren. „Was mache ich denn ohne ihn?", fragte er.

„Oh", sagte sie und spürte, wie ihre Augen feucht wurden. „Es tut mir so leid." Er sah so *verloren* aus. Sie griff mit beiden Händen nach ihm.

Dane richtete sich auf und schlang die Arme um sie. Er zog sie fest an sich, ihr Kinn an seine Brust gedrückt und ihr Rücken von seiner großen Hand festgehalten.

Es gab nichts, das sie sagen konnte, damit er sich besser fühlte. Sie verschränkte die Hände hinter seinem Rücken und schloss die Augen. Sie atmete seinen Duft ein – sein Wollpulli roch nach Bergluft und Holzrauch. Sein Körper war unglaublich kräftig.

Aber selbst die Starken konnten Schmerzen leiden.

Über ihr steckte Dane seine Nase in ihr Haar und atmete ein. Willow umarmte ihn etwas fester und sie standen einfach nur so da. Die einzigen Geräusche, die sie hören konnten, waren ihr eigener Atem und das hartnäckige Zwitschern einer Meise vor ihrem Fenster.

„Willow", sagte er nach einer Weile.

Sie wich zurück und sah zu ihm hoch. „Was?"

Jetzt war er mit ihr im selben Raum – nicht irgendwo weit weg, wie zuvor. Seine langen Wimpern blinzelten, als müsste er erst wieder wach werden, dann sah er sie mit ernstem Gesichtsausdruck an. „Warum bist du gut zu mir?“

Die Frage überraschte sie. „Du meinst… jetzt gerade?“

Er nickte.

„Weil… weil…“ Sie schluckte. *Weil das Menschen so machen.* „Weil du traurig bist“, sagte sie stattdessen.

Dane starrte sie an, als müsste er über ihre Antwort erstmal nachdenken. Sie spürte, wie er zu beben begann und es tat ihr im Herzen weh. Sie ging wieder auf ihn zu und drückte ihn. Er strich mit der Nase über ihre Wange.

„Dane“, sagte sie sanft, „gibt es jemanden, den ich für dich anrufen kann?“ Er hatte gesagt, er sei in der Nähe aufgewachsen. Es musste andere Familienmitglieder geben, die informiert werden sollten. Oder einen Freund, der ihm Trost zusprechen konnte.

Er lehnte sich zurück und sah sie mit diesen himmelblauen Augen an. „Keine Seele“, sagte er mit rauer Stimme. Dann beugte er sich vor und küsste sie.

Als seine weichen Lippen auf ihren landeten, wurde Willow vor Überraschung ganz ruhig. Er küsste sie nochmal, diesmal fester. Er zog ihr Becken an seins und teilte ihre Lippen mit seiner Zunge. Sie keuchte, doch küsste ihn zurück. Verlangen durchflutete Willow, strömte bis in ihr Innerstes und machte es schwierig, rational zu denken.

Plötzlich hatte sie Schmetterlinge im Bauch. Sie sollte sich nicht von ihm küssen lassen – es gab Schwierigkeiten zwischen ihnen, von denen er nicht einmal etwas wusste. Es war nicht fair. Doch schon während sie diese Gedanken hatte, wurde sein Mund rau und begierig. Eine seiner Hände fuhr ihr durchs Haar, die andere hielt ihren Körper weiter fest an ihn gedrückt. Er griff an ihren Hintern und zog sie gegen den harten Beweis seines Verlangens, der sich hinter seinem Reißverschluss spannte.

Es gab hundert Gründe, warum das hier eine schlechte Idee

war. Aber Willows Körper war bereit, sie zu überstimmen. Ihre Brustwarzen wurden hart, als er sie an sich drückte. Sie spürte seine Daumen auf ihrem Bauch, seine Hände ergriffen den Stoff des Rocks, den sie zur Arbeit getragen hatte.

Und sein Mund, sein wundervoller Mund, hatte ihren bereits erobert. Die Art wie er nach ihr gierte bewies ihr, dass sie nicht die einzige gewesen war, die über ihr Stelldichein von neulich nachgedacht hatte.

„Willow", raunte er. „Ich will, dass du mich alles vergessen lässt. Wie du es das letzte Mal getan hast."

In dem Moment tauchte die Psychologin in ihr auf. Mit einem tiefen Seufzer legte sie beide Hände auf sein Gesicht, wich aber mit dem Körper zurück. Ihre Stimme war sanft, doch die Worte sehr deutlich. „Ach, Süßer", sagte sie und seine Augen schlossen sich, als wäre die Zärtlichkeit zu viel für ihn. „So funktioniert das leider nicht."

Seine Augen sprangen wieder auf. „Aber das ist alles was ich habe."

„Shhh…" Sie strich mit den Daumen über seine Wangenknochen.

Er ging auf sie zu. „Lass mich einfach vergessen."

Die Bitte war so roh, so ehrlich, dass ihr das Herz weh tat. Dann küsste sie ihn, ihr Mund gab seinem Verlangen nach. Seine Zunge reagierte mit der Begierde eines Verlorenen, sein Mund war heiß vor Verzweiflung.

Egal ob es eine schlechte Idee war oder nicht, Willows Körper war dazu bereit. Jede Berührung seiner wandernden Hände – an ihren Brüsten, ihrer Hüfte, ihrem Po – durchzuckte sie wie ein Stromstoß.

Dane ließ sie los, riss seinen Reißverschluss auf und schob seine Hose runter. Sein Schwanz stand stramm, dick und adrig und zeigte auf sie. Willows Atem stockte bei dem Anblick und sie spürte, wie sie rot wurde. Dane lehnte sich an den Tisch, als sie nach seinem Schaft griff. Mit einem Blick in seine kühlen

Augen, senkte sie ihren Mund an seine Spitze und küsste ihn zärtlich auf die Eichel. Dann begann sie, ihn zu lecken und er stöhnte, während sie ihn fest in der Hand hielt.

Sie öffnete den Mund und ließ ihn hinein gleiten. Über ihr stützte sich Dane mit einem Seufzen gegen den Tisch. Willow nahm sich Zeit und ließ ihre Zunge der Länge nach an ihm entlang fahren. Dann tat sie ihr Bestes, um so viel wie möglich von ihm in den Mund zu nehmen.

Dennoch legte Dane eine Hand unter ihr Kinn und hob es sanft hoch. Verblüfft stand sie auf und sah ihn an. Dane zog sie an sich, seine Stirn gegen ihre, sodass sich ihre Nasen berührten. „Ich muss dein Gesicht sehen", sagte er.

Willow spürte, wie sie bei seinen Worten erbebte. Das war ihre Schwäche, oder nicht? Der schöne Mann sagt er brauche sie und sie kam angerannt. Das ging nie gut aus, denn es war immer eine Lüge.

Mit glimmender Intensität in den Augen zog Dane an ihrem Rock.

Einen Moment lang bewegte sie sich nicht, sondern erwiderte nur seinen Blick. Dann, als sie entschieden hatte, griff sie an ihre Rückseite und zog den Reißverschluss ihres Rocks selbst auf, welcher sofort zu Boden fiel. Er legte seine Hände auf ihre Taille und strich ihre Strumpfhose die Oberschenkel herunter. Dann legte Dane einen Arm unter ihren Po, hob sie hoch und drehte sich dabei, um sie auf dem hohen Küchentisch abzulegen. Mit einem Ruck zog er ihre Strumpfhose endgültig runter und warf sie zur Seite. Willow war jetzt von der Hüfte abwärts komplett nackt.

Sie hielt seinen Blick gefangen, während er ihre Knie auseinander drückte. Willow legte die Hände auf seine Schultern, dann schlang sie ihre Beine um ihn. Er hielt ihren Hintern und balancierte sie auf der Tischkante.

Sie konnte nicht wegsehen.

Danes Blick blieb fest auf sie gerichtet, als seine Daumen begannen, sie zu streicheln. Ihre Sicht verschwamm, als sie spürte, wie sie feucht wurde. Aber sein Stöhnen brachte sie zurück in den Augenblick.

Und dann merkte Willow, dass sie die Augen nicht von ihm abwenden konnte, während sich sein kühler Blick weiter in ihren bohrte. Sie spürte, wie er in sie eindrang. Und dann war es an ihr, zu stöhnen, als er vollständig in ihr war. Stirn an Stirn ruhten sie so einen Moment, miteinander verbunden und still. Willow hielt den Atem an.

Dane fing an sich zu bewegen und küsste sie. „Was ist das an dir, das mich so verrückt macht?", flüsterte er. Dann bedeckte er ihren Mund mit seinem. Seine Bewegungen wurden eindringlicher, das Tempo schnell und begierig.

Trotz allem verspürte Willow eine innere Ruhe, als sie seinem Verlangen nachgab. Mit seinen blauen Augen auf ihre gerichtet war es egal, dass seine Trauer gerade erst begann und ihre Schwangerschaft ihr Angst machte. Denn manchmal bedeutete ein Moment der Liebe alles. Die Reibung seines kräftigen Körpers an ihrem fing an, ihre Gedanken aufzulösen, die so dünn und traumähnlich wurden, wie Holzrauch in der Winterluft.

„Oh, was machst du nur mit mir", keuchte er. Der Klang seiner Erregung sank in sie ein und brachte ein Stöhnen aus ihrer Brust an sein Ohr. Die Ränder ihres Sichtfeldes wurden dunkel und als sie sein erstes Erbeben fühlte, wartete sie bereits und drückte seine Hüften zwischen ihren Knien. Sein Name kam ihr über die Lippen, als der Höhepunkt sie beide ergriff.

Er schrie laut auf, als er sich ein letztes Mal vorschob und der Klang brach ihr beinahe das Herz. Ihr Körper drückte seinen, als wollte er den Schmerz herauswringen.

Schwer atmend klammerten sie sich aneinander und verharrten bewegungslos. Für mehrere Minuten war es einfach friedlich. Seine Finger streichelten geistesabwesend über ihren Rücken. Willow strich ihm über die Haare und massierte sanft seinen Nacken. „Alles wird gut", sagte sie irgendwann. Sie nahm das Kinn von seiner Schulter und küsste ihn. „Es wird dir wieder besser gehen.“

Plötzlich wich er zurück und starrte sie mit schmerzverzogener Miene an. Einen Augenblick lang dachte sie, er würde weinen. Aber dann schüttelte er heftig den Kopf. „Das… das wird es nicht, Willow“, sagte er.

Als er weiter vor ihr zurückwich, verlor Willow ihre Balance auf der Tischkante und glitt ungebremst zu Boden. „Was ist los?“, fragte sie.

Da hatte er bereits seine Hose wieder hochgezogen. „Das darf nicht mehr passieren.“ Er zog sich an. „Das muss aufhören.“

„Dane, du wolltest doch…“

Er hob seine Jacke vom Boden auf. „Das ist schädlich. *Ich bin schädlich.*“

Auf einmal war sie beschämt und wütend. „Wer *sagt* denn sowas?“ Sie hörte die Qual in ihrer Stimme, als sie ihren Rock aufhob und vor ihre Blöße hielt.

„Ich schätze, ich.“ Abrupt wandte er sich der Tür zu.

Willow sah ihm nach, fassungslos über seinen plötzlichen Abgang. Es gab keine Entschuldigung. Er sagte nicht einmal Lebewohl.

Die Tür schlug hinter ihm zu.

Sie stand immer noch frierend da, als sie hörte, wie der Motor seines Jeeps dröhnend zum Leben erwachte und dann das Geräusch seiner Reifen, die Schotter hochschleuderten, als er ihre Auffahrt runter raste.

Als ihr klar wurde, dass er wirklich weg war, sammelte Willow ihre Klamotten auf und marschierte in den hinteren Teil des Hauses. Mit zitternden Fingern ließ sie sich ein Bad in der alten Löwenfußbadewanne ein. Lange bevor der Wasserpegel hoch genug war stieg sie hinein. Sie fühlte sich schmutzig von ihm und konnte es nicht abwarten zu baden.

Sie atmete die dunstige Luft ein und versuchte nicht zu weinen. Sie hätte es besser wissen müssen. Was hatte sie von jemandem in tiefer Trauer erwartet? Nein, nicht in Trauer. Er stand noch unter Schock. Sie hatte denselben Fehler gemacht, den sie immer beging – sie schenkte ihr Herz jemandem, der nicht in der Lage war, sie zu lieben.

Schon wieder, du dumme Kuh! Wann lernst du es endlich?

Willow lehnte den Kopf nach hinten an den Badewannenrand und ließ die Tränen kommen. Vielleicht hatte er ihr sogar einen Gefallen getan. Jetzt wusste sie, dass sie von ihm nichts erwarten durfte. Nach dieser eindrucksvollen Erinnerung, wie wenig ihm die Sache bedeutete, würde es einfacher sein ihm zu sagen, dass sie schwanger war.

Dreizehn

Mit großem Widerwillen steuerte Dane seinen Jeep ein paar Tage später Willows Auffahrt hoch. Er zuckte zusammen, als er ihren Truck vor der Garage stehen sah.

Karl und er mussten wieder zum Bostoner Logan Flughafen. Und jetzt da Finn fort war, hatte er keinen Grund, beim Pflegeheim vorbeizuschauen. Er hatte versucht, sich einen Reiseplan auszudenken, der nicht beinhaltete, dass er seinen Trainer abholte, aber da Danes Ausrüstung nicht in den Sedan passte – und ihm nicht danach war, Karl eine umfassende Erklärung abzuliefern – würde er einfach versuchen, ihn ohne große Verzögerungen in sein Auto zu bekommen.

Dane stieg aus dem Jeep und hetzte zur Tür seines Trainers. „Hey, Karl", sagte er, als er die Tür öffnete und ins Wohnzimmer trat.

„Hey, Junge", rief sein Trainer und rollte eine Reisetasche aus seinem kleinen Schlafzimmer. „Wie geht's dir heute?"

Wegen Finns Tod hatte Karl vorgeschlagen, den Wettkampf

in Italien komplett ausfallen zu lassen. Aber dann würde Dane Weltcuppunkte liegen lassen, was er auf keinen Fall wollte. Und außerdem, was sollte es bringen, alleine in seinem schäbigen Zimmer in Hamilton zu sitzen und seinen dunklen Gedanken nachzuhängen?

Im Zweifelsfall war es immer besser, einen Berg runter zu rasen.

„Mir geht's gut. Lass uns ein paar Punkte holen."

Karl sah auf seine Uhr. „Ausgezeichnet. Wir haben sogar noch Zeit, am Flughafen eine Kleinigkeit zu essen." Dane versuchte, sich seine Erleichterung, dass sie bald in Italien sein würden, nicht allzu deutlich anmerken zu lassen.

Dane hob die Reisetasche seines Trainers auf und trug sie nach draußen. Bei einem raschen Blick in Richtung von Willows Haus nahm er eine Bewegung im Innern wahr. *Bitte bleib drinnen,* dachte er. *Tu uns beiden den Gefallen.* Dane konnte nicht im selben Raum wie dieses Mädchen sein. Nie wieder. Er wusste nicht, was genau sie an sich hatte, aber was immer es war, brachte ihn gewaltig durcheinander. Sie brachte ihn dazu, Dinge zu wollen – und zu machen – die für ihn unmöglich waren.

Egal was auch passierte, er durfte das nicht noch einmal geschehen lassen.

„Hey, Karl?", sagte er, als er den Kofferraum zuschlug. „Ich denke, wenn wir von diesem Rennen zurückkommen, können wir hier die Koffer packen. Wir können uns irgendeine kleine Hütte in den Alpen suchen und für den Rest der europäischen Tour auf den Jetlag verzichten." Die nächsten sechs Wochen waren gerammelt voll mit Rennen auf dem Kontinent.

Sein Trainer sah ihn von der Seite an. „Ich wollte dich nicht hetzen. Ich dachte mir, wir könnten darüber reden, wenn du deinen Bruder begraben hast."

Dane nickte. „Aber es wird keine Beerdigung geben."

„Nicht? Ich kann einen Anzug tragen."

„Wir haben keine Familie", sagte Dane. „Es gibt keinen Grund für eine Beerdigung."

Er sah, wie sein Trainer mit sich rang, einen Vorschlag zu machen oder die Sache auf sich beruhen zu lassen. „Dane", begann er.

Komm schon Karl, kannst du es nicht sein lassen?

„Du könntest es bereuen, dich nicht von deinem Bruder verabschiedet zu haben."

Dane schüttelte den Kopf. „Ich habe mich vor langer Zeit von ihm verabschiedet."

Sein Trainer knirschte mit dem Kiefer. „Na gut. Gibst du mir noch fünf Minuten? Ich muss nochmal aufs Klo. Dann können wir los." Er ging weg.

Verdammt.

Dane entschied sich, im Jeep zu warten.

Willow war nicht in Panik geraten, als der grüne Jeep ihre Auffahrt hoch kam. Aber es wurde schnell deutlich, dass Dane und sein Trainer auf Reisen gingen. Der Kofferraum des Jeeps war voller Skitaschen und Koffern. Willow rechnete nach. Das nächste Dutzend Rennen war in Europa (danke, Google), woher sollte sie wissen, wann er zurück kam?

Sie hatte Angst, es ihm zu sagen, aber es musste getan werden.

Durchs Fenster sah sie, wie Karl wegging. Ihre Knie fühlten sich weich an, aber es galt jetzt oder nie. Ohne sich die Mühe zu machen, eine Jacke anzuziehen, ging sie nach draußen und um den Jeep herum.

Sie sah, wie Dane sie vom Fahrersitz aus beobachtete, wo er bei offener Tür saß. „Hi", sagte er argwöhnisch.

„Hi", sagte sie mit ungewohnt hoher Stimme.

„Wegen neulich…"

Sie hob eine Hand, um ihm das Wort abzuschneiden.

„Vergiss neulich", sagte sie. „Es gibt etwas anderes, das ich dir sagen muss." Sie sah ihm ins Gesicht, aber es gab nichts preis. Er hatte denselben wachsamen und tiefgründigen Gesichtsausdruck, den sie so geliebt hatte. In keinster Weise erwartete er die Bombe, die sie gleich platzen lassen würde.

Willow räusperte sich. „Ich weiß, dass du das gerade nicht gebrauchen kannst und ich würde damit auch nicht ankommen, wenn ich sicher wäre, dich wiederzusehen…"

Er sagte nichts.

„… und es gibt keinen einfachen Weg, das zu sagen." Ihre Kehle zog sich zusammen. „Aber ich bin schwanger. Und ich dachte, das würdest du erfahren wollen."

Sie sah zu, wie er es aufnahm und erwartete einen Ausbruch von Wut oder Überraschung. Doch stattdessen verschwand das Licht aus seinen Augen. Seine Miene wurde ausdruckslos, sein Kiefer verhärtete sich. „Es kann nicht von mir sein", sagte er schließlich.

„Ist es, Dane." Sie schluckte. „Es tut mir leid, ich möchte nicht, dass du denkst…"

„Das ist *nicht möglich*", flüsterte er. „Du hast mir gesagt, du würdest die Pille nehmen."

„Ich… ich habe einen Fehler gemacht." Sein leerer Gesichtsausdruck war fast schlimmer für sie, als wenn er angefangen hätte, loszubrüllen. „Ich habe ein paar übersprungen…" Sie war zu verunsichert, um sich weiter zu verteidigen. Sie konnte nur dastehen, vor Stress zitternd.

„Na gut. Ich sehe mal über die Tatsache hinweg, dass du mich belogen hast. Aber ich will, dass du *nachdenkst*, Willow." Er leckte sich über die Lippen. „Es muss noch jemand anderen geben."

„Gibt es nicht", sagte sie verteidigend. „Ich weiß, dass du darüber nicht glücklich bist, aber ich kann mich da nicht irren."

Er ließ den Kopf hängen und fast wären ihr seine nächsten Worte entgangen. „Du kannst mein Kind nicht bekommen."

„Was?“, fragte sie, obwohl sie sicher war, ihn verstanden zu haben.

„Das darfst du nicht. Weil ich…“ Sein Blick traf ihren und er war eiskalt. „Es ist eine schlechte Idee, dieses Baby zu bekommen. Versprich mir, dass du das nicht durchziehst.“

Willows Mund wurde trocken. Das war so viel schlimmer, als sie erwartet hatte. Bei all den enttäuschenden Dingen, auf die sie sich eingestellt hatte, war sie nicht im Entferntesten auf die Idee gekommen, dass er sie zu einer Abtreibung drängen würde. Aber erstaunlicherweise half ihr diese Gefühllosigkeit. Denn Willow sah es als das, was es war. Eine Frau konnte keine sieben Jahre Psychologie studieren und dann nicht die Wahrheit zwischen diesen Zeilen heraushören.

Hier geht es nicht um mich.

Diese Erkenntnis machte es ihr leichter, die nächsten sechzig Sekunden zu überleben. Sie grub die Fingernägel in ihre Handflächen. „Dane, mein Fehler tut mir wirklich leid. Ich wollte dich wegen der Pille nicht anlügen. Ich habe mir nur nicht gedacht, dass das Universum so grausam sein könnte.“

Was er als nächstes tat, überraschte sie erneut. Er lachte laut auf, aber es klang bitter und seine Miene spiegelte Abscheu wider. „Glaub mir, Willow. Das Universum ist *sehr* grausam.“

Bei seinem Anblick hatte sie vergessen zu atmen. Jetzt saugte sie Luft ein und trat einen Schritt zurück. „Ich verstehe“, sagte sie. Es wäre einfach gewesen, ihn anzuschreien und ihm zu sagen, was sie von seiner Kälte hielt. Aber das würde ihre Begegnung nur verlängern. Was für einen Ballast Dane auch mit sich herumtrug – und es musste ein gewaltiger sein – sie würde ihn nicht noch erschweren. Es war jetzt das Beste, ihm die Wahrheit zu sagen und dann den Rückzug anzutreten. „Es tut mir leid. Aber was ich dir gesagt habe, ist wahr. Und ich weiß nicht, was du…“ Sie atmete tief durch. „Ich denke, du bist besser als das hier.“

Er schluckte hart. „Dann bist du wirklich eine Versagerin.“

Okay, wir sind hier fertig, sagte sie sich und ging von ihm weg.

„Ich meine das ernst. Du kannst dieses Kind nicht bekommen.“

Sie drehte ihm den Rücken zu und ging mit schnellen Schritten zurück in ihr Haus. Sie würde nichts versprechen. Das würde ganz allein ihre Entscheidung sein.

„Hey! Wir sind hier noch nicht fertig“, rief er ihr nach.

Willow schaffte es bis in die Küche, bevor sie anfing zu weinen.

„Gibt es ein Problem?“, fragte sein Trainer, als er in den Jeep stieg.

„Nein“, sagte Dane und starrte über das Lenkrad hinweg in die Ferne. Er hatte den Motor bereits angelassen.

„Ich dachte, ich hätte Schreie gehört“, sagte Karl, als er seine Tür zuzog.

„Hab nichts gehört“, meinte Dane. Er legte den Rückwärtsgang ein und wendete den Jeep so schnell, dass sich Karl mit einer Hand am Armaturenbrett abstützen musste.

„Verdammt, Junge. Wo brennt's?“

Dane bog auf die Hauptstraße ab und beschleunigte den Wagen Richtung Stadt. Zum Glück kannte er den Weg zum Flughafen so gut, denn sein Verstand hatte sich vor Unglauben praktisch abgestellt.

Das war schlimm. Unglaublich schlimm. Er hatte keine Ahnung, was er tun sollte.

Und es war komplett seine Schuld.

Vierzehn

Willow lag auf ihrem Sofa und starrte die Balken über ihr an. Es war beeindruckend still, mit Ausnahme der Geräusche, die ein altes Haus macht, wenn es sich für die Nacht niederlässt. Sie hatte vierundzwanzig Stunden gehabt, um ihre furchtbare Unterhaltung mit Dane zu verarbeiten. Aber anstatt sich besser zu fühlen, war sie nur noch depressiver geworden.

Sie setzte sich auf, griff nach dem Telefon und rief Callie zu Hause an.

„Willow! Wie geht's dir? Ich habe die ganze Woche an dich denken müssen."

Sie seufzte. „Callie, ich hab's ihm gesagt. Und es hätte nicht schlimmer laufen können."

„Oh nein", seufzte ihre Freundin. „Was hat er gesagt?"

„Ich…" Willow wurde klar, dass sie es nicht laut wiederholen konnte. Sie wollte seine Grausamkeit nicht noch einmal durchleben. Es war einfach so demütigend, in dieser Lage zu sein. „Er war kalt, Callie. Kein Funken Mitgefühl."

„Bastard!", schimpfte Callie.

„Ich habe nicht viel erwartet, das habe ich dir ja schon gesagt. Aber es war echt fürchterlich. Und jetzt schäme ich mich. Weil ich diesen Typen echt mochte – ich hab ihn wirklich…" Ihre Stimme brach.

„Ach, Süße. Es tut mir so leid."

„Ich dachte, ich hätte gute Menschenkenntnis", weinte sie. „Ich glaube, ich hatte diese dumme Idee…" Sie konnte den Satz nicht einmal beenden. Aber es stimmte. Ein winzig kleiner Teil von Willow hatte gehofft, dass er sich darauf einlassen würde. Sie hatte keinen Grund gehabt, das zu glauben – nur eine eigenartige Vorstellung, dass er von ihr genauso berührt worden war, wie sie von ihm.

Es war lächerlich. Und er hatte sich als echt mies entpuppt.

Callie fing an, ebenfalls weinerlich zu klingen. „Ehrlichkeit soll ja am längsten währen. Aber manchmal beißt uns Ehrlichkeit bloß in den Arsch."

„Er hat es sehr deutlich gemacht, dass er von mir erwartet, abzutreiben."

„Oh mein Gott. Er *erwartet* es? Ist das nicht deine Entscheidung?"

„*Natürlich* ist es meine Entscheidung. Aber ihn sagen zu hören… autsch. Zu wissen, wie er wirklich darüber denkt, macht es mir schwerer, meine Entscheidung zu treffen. Ich wünschte, ich würde es nicht wissen. Ich wünschte, ich könnte vergessen, was er gesagt hat. Er war furchteinflößend, Callie. Seine Augen sind einfach gestorben, als ich es ihm gesagt habe."

„Warte, was meinst du mit furchteinflößend? Hat er dich bedroht?"

Willow wischte sich mit dem Ärmel übers Gesicht. „Nein. Nein, gar nicht. Es ist schwer zu erklären, jetzt wo ich darüber nachdenke." Sie zitterte, als sie sich die Veränderung in seinem Gesicht vorstellte – wie sein Blick von leuchtend und intelligent zu tot und leer wechselte. Der Ort, an den er in seinem Kopf gegangen war, schien etwas Dunkles an sich zu haben.

„Weißt du, was mich daran stört?", meinte Callie. „Travis. Erinnerst du dich, wie er sagte, die ganze Familie wäre verrückt? Leute sagen sowas ständig, aber glaubst du, er meinte das wortwörtlich?"

„Das klingt zu viktorianisch, Callie. Wie ein Kapitel aus *Sturmhöhe*. Geisteskrankheiten sind nicht wie Haarfarben, die von Generation zu Generation weitergegeben werden."

„Du bist die Psychologin."

„Ich bin die Psychologin, die nicht weiß, was sie denken soll."

„Willow, du musst durchhalten, okay? Das ist der Tiefpunkt. Du atmest jetzt ein paar Mal kräftig durch. Und wenn du dich bereit fühlst, fällst du deine Entscheidung."

„Weißt du, was das Schlimmste ist?" Willow schluckte. „Eines der Dinge, die er gesagt hat, fühlt sich sogar wahr an."

Callie seufzte. „Ich wette, das ist es nicht."

„Er sagte: 'Dann bist du wirklich eine Versagerin.' Und dagegen kann man schwer was sagen."

„Das ist nicht wahr", entgegnete Callie. „Tief durchatmen, Willow. Ich mein's ernst."

„Callie, dieses Jahr sind bei mir wirklich viele Sachen schiefgelaufen. Aber jede einzelne davon konnte zumindest teilweise durch Pech erklärt werden. Diese nicht. Diese Sache ist komplett meine Schuld."

„Das ist Ansichtssache. Es waren zwei Leute in diesem… Jeep."

„Bett, genau genommen. Runde zwei war als er sagte, 'wir haben kein Kondom mehr' und ich meinte, 'das macht nichts.'" Willow atmete langsam aus. Es laut auszusprechen war ernüchternd. „Aber das hat es *doch*." Sie begann wieder zu weinen.

„Oh, Willow", sagte Callie erneut.

<hr>

Den gesamten Flug über den Atlantik hatte Dane mörderische Kopfschmerzen. Einen Tag später litt er bei der Hangbefahrung immer noch darunter.

„Und jetzt entdecken wir die Tücken daran, in niedrigen Höhenlagen zu trainieren", sagte sein Trainer und reichte Dane eine Flasche Evian-Wasser.

„Hör auf", sagte Dane und nahm einen Schluck. „Ich will mir von dir nicht auch noch was anhören müssen."

„Wieso was anhören?", fragte Karl. „Ich bin doch auf deiner Seite. Lass uns mal einen genaueren Blick auf den vierten Abhang werfen", schlug Karl vor und ging seitlich die Piste herab. „Mir gefällt die linke Seite vom großen Sprung." Er legte die Daumen zusammen und drehte die Handflächen nach außen, als würde er ein Foto einrahmen. „Das bringt dich auf der Falllinie in die Karussellkurve."

„Stimmt." Dane rollte den Kopf nach links und versuchte, seinen Nacken zu entspannen. Er musste sich auf den Wettkampf konzentrieren. Er beobachtete seine Konkurrenten um ihn herum, die sich auf ihre Skistöcke stützten oder ihre Arme auf hypnotische Weise wie Quallententakel bewegten, während sie visualisierten, wie sie den Kurs runter fuhren. Dies war die Super-G Strecke, was bedeutete, dass es weniger Tore gab, welche weiter auseinander standen, und Geschwindigkeit wichtiger sein würde als Geschicklichkeit.

Sie wurden vom typischen Renntagschaos umgeben. Von den hunderten von Leuten, die direkt hinter den orangen Sicherheitsnetzen standen, ließ sich Dane nie aus der Ruhe bringen. Auch nicht von seinen Konkurrenten, die darauf brannten, ihn zu besiegen. Und Angst ließ er schon gar nicht an sich heran.

Aber heute war er fix und fertig.

„Dane, alles in Ordnung mit dir?", fragte sein Trainer zum

hundertsten Mal.

„Hör verdammt nochmal auf, mich das zu fragen."

In Wahrheit war er alles andere als in Ordnung. Willows Geständnis hatte ihn bis ins Mark erschüttert. Dane durfte *auf keinen Fall* ein Baby bekommen. Wenn doch, würde irgendein armes Kind genauso aufwachsen wie er – angsterfüllt auf die ersten Symptome wartend, die seinen Körper zerstören würden. Und dabei zusehen müssen, wie der Rest der Welt sein Leben weiterlebte.

Und Willow müsste das alles mit ansehen. Sie würde ihr Kind um fast zwanzig Jahre überleben.

Das hätte nicht geschehen dürfen. Wenn Dane starb, würde die Familienkrankheit aufhören, Leute umzubringen. Er hatte das letzte Opfer sein sollen.

Er hatte letzte Nacht nicht geschlafen – er konnte nicht aufhören, an Willow zu denken. Ihre Offenbarung versetzte ihn in die perverse Position, zu *hoffen*, dass sie mit anderen Kerlen geschlafen hatte. Es wäre für alle besser, wenn sie von jemand anderem schwanger war und nur hoffte, sie könne es ihm anhängen. Er versuchte sich vorzustellen, dass das möglich war: dass sie angefangen hatte nachzurechnen und zu dem Ergebnis gekommen war, dass er nach den letzten Olympischen Spielen Millionen an Sponsorengeldern eingesackt hatte.

Nein. Da war sie nicht der Typ für. Würde sie auch nie sein.

Ihr unglückseligster Tag war der, an dem sie ihn getroffen hatte.

Danes Kopfschmerzen waren nur zum Teil abgeklungen, als er sich ins Starterhaus begab. Er hatte die Startnummer zehn und die ersten sieben waren bereits unten. Bis jetzt hatte es nur einen Unfall gegeben, von einem glücklosen Norweger, der beim zweiten Steilhang eine Kante erwischt hatte und mit dem Arsch voraus in das Sicherheitsnetz geflogen war. Dane hüpfte in seinen Skischuhen auf und ab, um seine Füße warm zu halten.

„Danger."

Er drehte sich um und entdeckte einen seiner sogenannten Mannschaftskameraden, einen Typen namens J.P., der nach ihm rief. J.P. hatte sich Startnummer zwölf ergattert, besser als er normalerweise bekam.

„Ja?" Warum würde der Typ drei Minuten vor seinem Start ein Schwätzchen mit ihm halten wollen?

„Ich habe gerade einen Funkspruch der Deutschen mitbekommen, der zweite Sprung ist auf der linken Seite ziemlich abgewetzt", sagte J.P.

Dane starrte ihn an. „Bist du dir sicher, dass sie das gesagt haben?"

„Ja, absolut. Meine Mutter ist Deutsche", zwinkerte J.P..

Dane beugte seine Knie und versuchte, nachzudenken. Er wandte sich wieder an J.P.. „Warum gibt Harvey das nicht durch?"

J.P. zuckte die Schultern. „Keine Ahnung. Aber ich nehme die rechte Seite. Da habe ich zwar einen schlechteren Radius, um in das Karussell einzubiegen, aber wenn ich dafür auf den Beinen bleibe…"

Verdammt. Nahm der Typ ihn auf den Arm? Dane hatte sich seinen Kurs bereits zurechtgelegt. Dieses Arschloch wollte ihn wahrscheinlich nur aus der Fassung bringen. J.P. hatte Dane noch nie in einem Rennen besiegt, aber dieses Jahr hatte sich der jüngere Mann besser denn je geschlagen. Vielleicht gehörte es zu seiner Strategie, bei Dane ein paar Zweifel zu sähen.

Dane hörte, dass der Rennoffizielle im Starterhäuschen seinen Namen rief. Er ging nach vorne und seine langen Ski wurden vor ihm in den Schnee geworfen. Dane stieg in die Bindung und starrte mit angespanntem Kiefer den Kurs herab.

Sein Trainer kam herüber und kontrollierte Danes Bindungen. „Was ist los?", fragte er rasch.

„Nichts. Scheiß drauf", sagte Dane und setzte seine Skibrille auf. Er schüttelte noch einmal die Beine aus, griff ans Starttor und starrte den Abhang hinab. Er fokussierte seinen Blick genau zwischen die blauen Linien, während der Countdown-Zähler anfing, warnend zu piepen.

Hinter ihm begannen seine Konkurrenten, ihm aufmunternde Sprüche zuzurufen. „Lass krachen, Dane! Mach sie fertig!"

Als das Startsignal ertönte, warf er sich nach vorne und stieß sich wie verrückt mit den Skistöcken ab, um Fahrt aufzunehmen. Dann übernahm die Schwerkraft und die eisige Fläche unter ihm neigte sich, bis er das bekannte Achterbahngefühl verspürte. Dane klemmte seine Skistöcke unter die Arme und ging in die Hocke, um die Position einer aerodynamischen Pistolenkugel einzunehmen. Die erste Kurve ging nach links. Dane legte seine Ski auf die Kanten, Beine und Bretter schmiegten sich an den Abhang, seine Muskeln legten sich ins Zeug, um dem Druck durch die plötzliche Kurve entgegenzuwirken.

Seine Kopfschmerzen waren vergessen, Jahre des Trainings und das Muskelgedächtnis übernahmen die Kontrolle. Die nächsten beiden Kurven kamen in kurzer Abfolge, aber er hielt seine Linie. Jetzt kam er in den schnellsten Teil des Kurses. Ein schlechterer Skifahrer hätte die Nerven verloren und die Geschwindigkeit gedrosselt, um die Kontrolle zu behalten. Aber Dane sah die erste Absprungkante auf sich zurasen. Er drückte die Schultern nach vorne und begrüßte die Luft. Über die Jahre hatten dutzende Journalisten den Ausdruck „Todeswunsch" im Zusammenhang mit seinem aggressiven Fahrstil verwendet. In Danes Welt gab es nur zwei Gewissheiten: den Tod und die Schwerkraft. Natürlich lebte jeder andere Mensch auf dem Planeten auch mit diesen Beschränkungen, doch Dane war sich dieser Tatsachen deutlicher bewusst, als die meisten anderen.

Bei einem Hochgeschwindigkeitsunfall zu sterben wäre nicht schlimmer, als in einem Pflegeheim vor sich hin zu vegetieren. Jedes Risiko war vertretbar, wenn niemand auf einen angewiesen war. Wen würde es überhaupt interessieren?

Willow.

Selbst als er hundertzwanzig Stundenkilometer erreichte, schoss ihr Bild durch seinen schuldgeplagten Verstand. Und selbst dieses winzige Flackern war genug, um ihn entscheidend abzulenken. Als er nach dem ersten Sprung landete, trafen seine Ski beinahe in derselben Nanosekunde auf den Schnee. Beinahe, aber nicht genau. Mit dem rechten Ski unterlief ihm ein leichter Ausrutscher. Er ging in die Knie und korrigierte seine Position, um sich auf eine harte Rechtskurve vorzubereiten.

Leider korrigierte er seine Position zu stark. Und jetzt, als er wie ein Panzer auf die nächste Kurve zubretterte, schwang er zu weit nach außen. So gerieten die Dinge immer außer Kontrolle – eine falsch ausgerichtete Wende resultierte in einer noch größeren. Jeder Fehler erhöhte das Risiko auf einen weiteren und führte zu noch größeren Korrekturen.

Genau wie im richtigen Leben.

Er war etwa eineinhalb Meter links der Ideallinie, die er geplant hatte, als der zweite Sprung in Sicht kam. Und genau wie J.P. gesagt hatte, war die Kante total im Arsch. Aber es war viel zu spät, seinen Kurs noch zu ändern. Alles was er tun konnte, war den Rand auf sich zukommen und das Eis seine Ski auseinanderreißen zu lassen, als er abhob.

Durch seinen ungeschickten Absprung war sein Gewicht viel zu weit hinten. Dane ruderte mit den Armen und versuchte, in eine bessere Flugposition zu kommen – aber das Universum war ihm nicht gewogen. Einen seiner Ski landete er perfekt. Doch der andere verfing sich, als er unkonventionell auf der Kante landete. Der Ski sprang von der Bindung, als er Druck auf ihn ausüben wollte.

Und dann kam der unausweichliche Horror, einen Berg hinab zu fliegen, nur in einem Skianzug und nur eine Skibrille und seinen Helm als Schutz. Er versuchte so gut es ging, mit seinem verbliebenen Ski zu bremsen und verlangsamte seine Geschwindigkeit um vielleicht dreißig Stundenkilometer, bevor auch dieser unter dem Druck absprang. Sein Körper flog am Ski vorbei und Dane wurde mit der Brust voraus in eines der Netze geschleudert.

Es wäre vielleicht gut gegangen, wenn er mit dem Gesicht gen Himmel aufgekommen wäre. Doch die vollen neunzig Kilo seines Gewichts landeten auf seinem rechten Knie. Es gab kein verräterisches Ploppen von reißenden Bändern. Nur einen plötzlichen Schmerz, gefolgt von einer seltsamen Taubheit in seinem Bein.

Die erste Person, die ihn erreichte, war ein Torrichter. „*Va tutto bene?*", fragte der Mann. *Alles in Ordnung?*

Scheiße nein. War es nicht.

Er musste bewusstlos geworden sein, denn das Nächste, was er wahrnahm, war ein Mann, der ihm in die Augen leuchtete, während er ihn auf Italienisch zuquatschte. Er war auf etwas festgeschnallt worden. Dem Schlitten? Er hob den Kopf. Er lag auf einer Rettungstrage am Fuße des Berges. Es schienen an die hundert Menschen um ihn herum zu stehen.

Musste etwas Schlimmes sein. „Karl?"

„Junge", erklang die Stimme seines Trainers. „Du hast dir ordentlich den Schädel gestoßen."

Dane starrte zu seinem Trainer hoch, aber leider sah er ihn doppelt. „Ist das alles?"

„Keine Ahnung", wich dieser aus. „Du hast ihnen gesagt, der Schmerz in deinem rechten Bein wäre eine neun von zehn."

Scheiße.

„Danger, Alter. Das tut mir echt leid." Das war eine neue Stimme.

Dane sah auf und entdeckte eine verschwommene Version von J.P. neben sich. „Einen Scheiß tut's dir. Das spielt dir doch in die Karten."

„*Jesus*, Alter. Heftige Ansage." Beide J.P.s schüttelten den Kopf. „Halt durch."

Es gab einen weiteren Ausbruch italienischen Gequassels und Dane spürte, wie man ihn hochhob. Ein feuriger Strahl schoss durch sein rechtes Bein. Dane keuchte und schloss die Augen.

Fünfzehn

Willows Handy summte, als sie auf der Arbeit war. In Callies Textnachricht stand: *Hast du heute die Sportseite gelesen?*

Willow, die nie die Sportseite las, schrieb zurück: *Wieso?*

Callies Antwort: *Lies sie. Und ruf mich danach an.*

Die Schlagzeile ließ Willow nach Luft schnappen. „Olympiasieger Danger Hollisters Saison endet vorzeitig mit einem gebrochenen Knie in Italien."

Sie rief Callie zu Hause an. „Es klingt vielleicht eingebildet, aber ich fühle mich verantwortlich", sagte sie.

„Willow, es könnte nur deine Schuld sein, wenn du nach Italien geflogen wärst und ihn von diesem Hügel gestoßen hättest. Was keine schlechte Idee gewesen wäre."

„Du holst mich immer auf den Boden zurück, Callie." Trotzdem, sein Bruder war gestorben und jetzt hatte er sich das Bein gebrochen. Und sie hatte ihm gesagt, dass sie schwanger sei, alles in einer Woche.

„Naja, rate mal, wer heute Nacht für eine Operation

eingeflogen wird? Sie setzen ihm zwei Schrauben ins Schienbein. So wie die ganze Orthopädieabteilung rumrennt, könnte man meinen, die Königin von England käme zum Abendessen."

„Ach, echt? Glaubst du, du wirst ihm zugeteilt?" Callie arbeitete als Stationsärztin im Windsor County Medical Center.

„Ich hoffe nicht. Weißt du was? Nein, auf keinen Fall. Wenn mir die Akte des Arschloch-Vaters deines Babys in die Hände fallen sollte, werde ich ihn einfach gegen einen anderen Patienten tauschen."

Willow lachte. „Das ist sehr loyal von dir. Aber das musst du nicht machen."

„Das sollte ich besser. Es wäre einfach zu verlockend, zu vergessen, ihm seine Schmerzmittel zu verabreichen."

„Du schaffst es immer, mich zum Lächeln zu bringen."

<div style="text-align:center">~~~</div>

Am nächsten Tag bekam Willow eine neue Textnachricht: *Das Arschloch wurde meinem Arschloch-Ex zugeteilt.*

Sie antwortete: *Wie passend.*

Willow tat ihr Bestes, danach nicht weiter an Dane zu denken. Was sie wirklich tun sollte, war sich von ihm zu distanzieren und sich um ihr eigenes Leben zu kümmern. Es ihm zu sagen war ein riesen Fehler gewesen. Sie konnte nicht aufhören, ihn *Du bist echt eine Versagerin* sagen zu hören. Und sich wie eine zu fühlen, war kein guter Gemütszustand, nicht für jemanden, der eine wichtige Entscheidung treffen musste.

Also ging Willow zum Yoga und in der *Stellung des Kindes* versuchte sie, ihr Herz gegenüber den verschiedenen Möglichkeiten zu öffnen. In ihrer Freizeit hatte sie begonnen, sich auf Adoptionswebseiten zu informieren. Es gab viele Familien, die bereit waren zu adoptieren. Willow wusste das. Aber sie war mit dem Wissen aufgewachsen, dass ihre Eltern sie nicht genug geliebt hatten, um sie zu behalten, und hatte sich viele Male geschworen, so etwas einem Kind nie anzutun.

Und jetzt war es dazu gekommen, dass sie sich genau darüber Gedanken machte.

Willow berührte ihre Yogamatte mit der Stirn und versuchte, ihre aufgewühlte Seele wieder zentral auszurichten. Diese Entscheidung durfte nicht übereilt getroffen werden.

━━━◆━━━

Doch selbst Atemübungen konnten sie nicht auf den Schock vorbereiten, den ein grüner Jeep in ihrer Auffahrt zwei Tage später bei ihr auslöste. Am Küchenfenster stehend erstarrte sie, als sich die Fahrertür öffnete. Danes Trainer stieg aus dem Wagen und sie stieß einen tiefen Seufzer der Erleichterung aus. Aber natürlich war es Karl. Männer mit gebrochenen Beinen fuhren keine Jeeps.

Willow hatte sich wieder ihrer Einkaufsliste zugewandt, an der sie gearbeitet hatte, als sie laute Stimmen hörte.

„Ich kann hier nicht bleiben."

Willows Nackenhaare kribbelten, als sie die Stimme erkannte. Sie sah zum Küchenfenster raus.

„Steig aus dem verdammten Jeep aus, Dane!" Karl hatte den Kofferraum geöffnet und sprach zu jemandem auf der Rückbank. „Ich trage dich nicht die Treppen zu deinem Zimmer an der Hauptstraße hoch, nur weil du so ein dickköpfiger Hurensohn bist."

Was Dane als nächstes sagte, konnte Willow nicht hören, aber Karl lehnte zwei Krücken gegen das Fahrzeugheck und stürmte in Richtung des Apartments davon. Und dann passierte ein paar Minuten überhaupt nichts. Als Danes Trainer wieder auftauchte, wich Willow vom Fenster zurück. Mit leerem Blick starrte sie auf ihre Einkaufsliste, bis sie gedämpfte Stimmen langsam an ihrer Tür vorbei schweben hörte. Dann hüpfte sie zurück ans Fenster und erhaschte einen Blick auf Dane, der schwer gestützt auf seinen Trainer langsam und auf einem Bein nach vorne hopste. Sein Kopf hing herab, seine Schultern waren gebeugt.

Er sah geschlagen aus.

Sechzehn

Zwei weitere Tage vergingen, bevor Willow einen der beiden wiedersah. Sie machte Überstunden in der Versicherungsagentur und traf sich mit Callie zum Yoga. Ihre Schwangerschaft äußerte sich mittlerweile durch ein paar subtile Anzeichen. Plötzlich war sie ständig müde, ging um neun ins Bett und schlief wie eine Tote.

Als sie dann eines Morgens gerade in ihren Pick-up steigen wollte, kam Karl auf sie zu, um mit ihr zu reden.

„Guten Morgen", sagte sie, die Schlüssel in der Hand.

„Guten Morgen", echote er mit entschuldigendem Gesichtsausdruck. „Ich hatte gehofft, dich um einen kleinen Gefallen bitten zu können."

„Klar", sagte sie und trat von einem Fuß auf den anderen. „Ich hätte schon längst fragen sollen, ob ihr beiden alles habt, was ihr benötigt."

„Ich habe ihm die Schlafcouch zurecht gemacht", sagte Karl. „Das geht schon. Aber ich muss heute für ein Meeting zur Burke Mountain Akademie fahren. Würde es dir was ausmachen, heute Nachmittag mal kurz reinzuschauen und ihn zu fragen, ob er irgendetwas braucht? Ich bin immer noch nicht dazu gekommen, einen Festnetzanschluss einzurichten", sagte er. „Aber ich denke, das sollte ich wohl."

Willow schluckte. „Klar. Kann ich machen."

„Er schien mir heute Morgen nicht ganz auf der Höhe zu sein. Ich mache mir nur Sorgen, dass er fällt oder so. Mist. Sag ihm nicht, dass ich das gesagt habe."

„Ehm, okay", stimmte Willow zu. „Wenn du meinst, dass das nötig ist."

„Ich würde mich besser fühlen, wenn jemand nach ihm sieht. Und ich schätze, er wird sich freuen mal ein anderes Gesicht als meins zu sehen."

Da wäre ich mir nicht so sicher, dachte Willow. Wenigstens beantwortete es eine der Fragen, die Willow durch den Kopf schwirrten – Karl hatte keine Ahnung von ihrer Schwangerschaft und Danes harter Meinung dazu. „Das mache ich doch gerne", log sie.

⁓ ⁂ ⁓

Ein paar Stunden später klopfte Willow an die Apartmenttür. Als niemand antwortete, klopfte sie erneut.

Aus der Wohnung kam kein Ton. Angesichts ihres hitzigen Gesprächs neulich war ihr sehr wohl klar, dass er nichts mit ihr zu tun haben wollte. Aber was, wenn er *tatsächlich* hingefallen war?

Willow drehte am Türknauf und stieß die Tür auf. Überrascht entdeckte sie, dass Danes Blick von seinem Platz auf der Schlafcouch fest auf sie gerichtet war. Seine Miene war unleserlich. Sie trat vollständig ein und schloss die Tür hinter sich. „Hi", sagte sie vorsichtig. Die Art, auf die er sie anstarrte, war aufwühlend. „Dein Trainer hat mich gebeten, nachzusehen ob dir auch nichts fehlt."

Er schloss für eine Sekunde die Augen, dann öffnete er sie

wieder. Heute hatten sie die Farbe einer stürmischen See. „Du bist nicht real", sagte er mit rauer Stimme.

Willows Nackenhaare richteten sich auf. „Wie bitte?"

Er schluckte angestrengt. „Du bist nicht hier", sagte er.

„Dane?" Sie ging ein paar Schritte auf ihn zu. Seine Lippen sahen unnatürlich trocken aus und ihm standen dicke Schweißperlen auf der Stirn. Zögernd legte sie ihm eine Hand an die Wange. „Oh, mein Gott." Er glühte förmlich.

Sein kräftiger Arm hob sich vom Bett und klemmte ihre Hand ein, indem er sie weiter an seinen Kopf drückte. „Das sollst du nicht", sagte er.

„Was denn?", flüsterte sie, während sich ihre Gedanken überschlugen. Sie musste jemanden anrufen. Sein Fieber schien durch die Decke zu gehen.

„Sie anfassen", sagte er. „Das ist verboten." Er faltete seine große Hand über ihre und hielt sie fest.

„Dane", flüsterte Willow mit rasendem Herzen. Sie zog ihre Hand unter seiner weg. „Ich muss schnell telefonieren", sagte sie.

Aber das wollte Dane nicht. Mit erstaunlicher Geschwindigkeit griff er stattdessen nach ihrer anderen Hand. Seine Finger fühlten sich heiß und trocken an. Schmerzerfüllt starrten seine blauen Augen zu ihr hoch.

„Dane", sagte sie bestimmt. „Lass mich kurz telefonieren, dann komme ich sofort zurück."

Zur Antwort hielt er sie nur noch fester. Sie hätte ihre Hand wahrscheinlich einfach wegreißen können, aber sie hatte Angst vor seiner Reaktion. Was würde passieren, wenn er wütend wurde und um sich schlug? Würde ein Mensch im Fieberwahn an sein kaputtes Knie denken?

Sie würde es mit umgekehrter Psychologie versuchen. Willow setzte sich auf die Bettkante und legte ihre freie Hand in seine, welche sofort zugriff. „Ich gehe nirgendwohin."

Er drückte ihre Hand, während sich seine Augenlider

flatternd schlossen. Willow wartete etwa eine Minute, in der sie darüber nachdachte, wo sie hier nur wieder hineingeraten war. Als erstes würde sie Karl anrufen. Wenn er nicht zu erreichen sein sollte, würde sie es bei Callie versuchen. Danes Augen blieben geschlossen, also zählte Willow bis zehn und versuchte dann, ihre Hände aus seinen zu ziehen.

„Nein", sagte er und hielt sie fest, die Augen weiterhin geschlossen.

Willow seufzte. Sie sah auf seine großen Hände herab, die ihre unter sich begruben. In ihren Träumen kam er zu ihr und diese Hände streckten sich nach ihr aus, um sie festzuhalten und sich zu entschuldigen. Aber die einzige Version von Dane, die sie in seiner Nähe haben wollte, war die, die vom Fieber vorübergehend wahnsinnig gemacht wurde. „Dane", versuchte sie es erneut. „Ich dachte, du sollst mich nicht anfassen."

Seine Augen flogen auf und schlossen sich dann flatternd wieder. „Nicht real", sagte er mit einem Seufzen. „Das is okay."

„Gut zu wissen." Willow lauschte dem Ticken der alten Wanduhr und fragte sich, was sie tun sollte.

„Kann dich nicht haben", flüsterte er. Sein Gesicht war schmerzverzerrt. „Niemals."

Ihr Nacken kribbelte erneut. „Warum?", flüsterte sie. Vielleicht dachte sie dieses Wort auch nur. Und vielleicht hatte er nicht die leiseste Ahnung, was er da sagte.

Warum musste immer alles so ein heilloses Durcheinander sein?

Willow betrachtete sein Gesicht. Sein Kiefer wurde entspannter, die Falten auf seiner Stirn glätteten sich. Sein friedliches Gesicht erinnerte sie an ein Renaissancegemälde — maskuline Linien und sein Körper in Stoff gewickelt, wie in eine Toga aus dem antiken Rom. Seine Brust hob und senkte sich unter der Decke. Nach ein paar Minuten wurde sein Griff schwächer. Sie befreite ihre Hände, schlich auf Zehenspitzen zur Tür und rannte zurück in ihr Haus.

Karl ging nicht an sein Handy, was nicht überraschend war. Sie hatte nur eine vage Idee davon, wo Burke war, aber sie wusste, dass es im Norden von Vermont lag, wo der Handyempfang sogar noch schlechter war als hier.

Um Callie zu erreichen musste man in der Regel etwas Zeit einplanen. Also rief Willow bei der Krankenhausverwaltung an und bat sie, Callies Pager zu kontaktieren. „Ist es ein Notfall?", fragte die Rezeptionistin.

„Das ist es, ja."

Ein paar Minuten später klingelte Willows Telefon. „Was ist los?", fragte Callie außer Atem. „Geht's dir gut?"

„Mir geht's gut", sagte Willow. „Aber Dane hat hohes Fieber."

„Wie hoch?"

„Keine Ahnung", seufzte Willow. „Aber sein Trainer hat mich gebeten nach ihm zu sehen und seine Stirn glüht wie eine Heizung. Außerdem sagt er, ich wäre nicht real."

„Verdammt", sagte Callie. „Postoperative Infektionen können sehr fies werden. Ich vermute, du hast dir seinen Einschnitt nicht näher angesehen?"

„Nein", sagte Willow. „Ich habe dich stattdessen angerufen."

Es herrschte Stille, während ihre Freundin nachdachte. „Du kannst ihn natürlich nicht bewegen. In dem Zustand kann er nicht auf Krücken zum Auto gehen, wenn er schon so weggetreten ist, dass er dich für seine tote Tante Frieda hält."

„Glaub mir, er kann nirgendwohin gehen."

„Ich denke, du solltest den Notruf anrufen. Wenn er eine Staphylokokkeninfektion hat, könnte ihn das umbringen. Wenn dir dein Gefühl sagt, dass er hohes Fieber hat…"

„Hat er. Ich dachte immer, 'vor Fieber glühen' sei nur so ein Spruch. Jetzt glaube ich das nicht mehr."

„Okay. Dann ruf einen Krankenwagen und schick ihn zu uns."

Willow rief den Notruf an und bat sie, einen Krankenwagen zu schicken. Dann hinterließ sie eine Nachricht für Karl. Schließlich nahm sie ihr schnurloses Telefon zurück ins Apartment, ohne eine Ahnung zu haben, ob es dort funktionieren würde. Als sie die Tür öffnete, waren Danes Augen noch geschlossen, aber er zitterte.

Sie ging in das kleine Badezimmer und tränkte ein Handtuch mit kaltem Wasser. Nachdem sie es ausgewrungen hatte, legte sie es auf seine Stirn.

„Oh, Gott", sagte er plötzlich.

„Sorry", flüsterte sie.

Seine Hände zitterten vom Fieber und das machte ihr Angst. Willow legte seine Hände in ihren Schoß, damit das Zittern aufhörte, und starrte auf die Wanduhr.

Es dauerte fünfzehn Minuten, bis sie Autoreifen in ihrer Einfahrt hörte und Willow machte sich eine mentale Notiz, nie einen Herzinfarkt im ländlichen Vermont zu bekommen. Sie rannte zur Tür und winkte zwei Rettungssanitätern zu, die ansonsten an ihrer Küchentür geklopft hätten.

„Ich bin Bill", sagte der erste Sanitäter. „Wie sieht's aus?" Er war ein Mann ungefähr in Willows Alter. Seine Kollegin war eine Frau mit Irokesenfrisur und einem Nasenring.

„Also, mein Freund hier hatte vor ein paar Tagen eine Knieoperation", sagte Willow. „Und jetzt hat er hohes Fieber. Ich habe im Krankenhaus angerufen und die Ärztin hat sich Sorgen um eine Infektion gemacht. Ich hätte ihn selbst gefahren, aber…" Sie öffnete die Tür.

„… aber er ist ein ziemlich großer Bastard", sagte Bill, während er zum Bett herüber ging.

„Nicht fluchen", warnte ihn die Frau.

Bill tippte Dane vorsichtig auf die Hand. „Ich bin Bill", sagte er. Dane bewegte sich nicht. Bill legte sein Handgelenk auf Danes Wange. „Aber Hallo. Das ist wirklich hohes Fieber." Er hielt Danes Handgelenk und maß seinen Puls.

„Also, bin ich nicht verrückt?", fragte Willow.

„Nicht diesbezüglich", sagte Bill. „Gibt es neben der OP noch andere medizinische Probleme?"

„Nicht, dass ich wüsste", sagte Willow.

„Wir holen die Bahre."

Willow ging aus dem Weg, als sie die Bahre herein rollten. „Sein rechtes Knie ist gebrochen", sagte sie.

„Wir kümmern uns drum", sagte die Frau. „Ich schaue mir das mal an." Vorsichtig schälte sie Dane aus seiner Decke.

Seine Augen flogen auf. „Finn?"

„Ich bin Rhonda", sagte sie. „Ich schaue mir nur kurz Ihr Knie an. Es wird alles wieder gut."

„Finn?", fragte er wieder, mit Panik in der Stimme. Willows Herz zersplitterte, als sie ihn nach seinem toten Bruder rufen hörte. Sie wusste nicht, was sie sagen sollte. „Karl?", versuchte Dane.

„Er ist unterwegs", sagte Willow. „Du wirst ihn bald sehen."

Als er ihre Stimme wahrnahm, drehte er den Kopf in ihre Richtung. Sein Blick war erschreckend entrückt.

Bill hatte ein Brett unter Dane geschoben. „Auf drei", sagte er. „Eins, zwei…" Er und Rhonda hoben das Brett an den Enden hoch und bugsierten Dane auf die Bahre. Mit schnellen Bewegungen legte Bill Gurte über Danes Brust und Hüfte.

Dane gefiel das nicht. Er versuchte, seinen Kopf von der Bahre zu heben.

„Ganz ruhig", sagte Bill. „Das ist nur für den Transport."

Aber das beruhigte Dane auch nicht. Er warf seinen Oberkörper hin und her und die Bahre begann zu wackeln.

„Hey, vorsichtig", warnte Rhonda. Sie warf einen Blick zu Willow. „Etwas Hilfe vielleicht?"

Willow trat an die Bahre und sah auf ihn herab. „Dane", sagte sie. Sein Blick schwenkte zu ihr. „Du bist ein bisschen krank und musst zu einem Arzt."

„Nicht ins Pflegeheim", sagte er.

„Pflegeheim?" Willow schüttelte den Kopf. „Nein, natürlich nicht. Und dein Trainer trifft dich dann... beim Arzt."

Danes Hand griff ziellos ins Leere. Der Gurt, der über sein Handgelenk gespannt war, hielt seinen Arm seitlich an seinem Körper fest. Er versuchte, nach ihr zu greifen. Also nahm Willow seine Hand. „Du fühlst dich gut an", sagte er.

„Wir können Ihnen nicht erlauben, im Krankenwagen mitzufahren", sagte Rhonda. „Aber Sie können uns folgen."

Willow dachte darüber nach. Sie könnte ohne weiteres in ihren Pick-up steigen und ihnen folgen. Aber Dane wollte nichts mit ihr zu tun haben, zumindest wenn er bei Bewusstsein war. Und weil sie kein Familienmitglied war, würde sie im Krankenhaus im Wartezimmer warten müssen. Wenn sie mitkam, würde sie die ganze Nacht auf einem Plastikstuhl sitzen – für jemanden, der sie nicht liebte und das auch niemals tun würde.

Das Schlimme war: Sie überlegte trotzdem, es zu tun.

Das ist wirklich erbärmlich, sagte sie sich. Obwohl Dane ihre Hand noch fester drückte, wusste sie, was sie zu tun hatte. Sie würde den Krankenwagen ihre Auffahrt runterrollen lassen und dann würde sie zurück ins Haus gehen und dort bleiben. So war es das Beste.

Dane hielt die Hand des Engels fest, selbst als sein Bett begann, sich zu bewegen. Sie versuchte ihn loszulassen, aber er hielt sie fest.

„Nein", sagte er.

„Zusammen passt ihr nicht durch die Tür, Kumpel", sagte

eine Stimme. Ein Paar Hände trennte seine von denen des Engels und das gefiel ihm nicht. Also ließ er sie es wissen. Durch Schreien. Doch das Bett unter ihm bewegte sich trotzdem. Er schrie lauter.

„Jesus, dann halte halt seine verdammte Hand", sagte die Stimme. Die Hand des Engels glitt wieder in seine.

Die Luft war jetzt kälter, was sich gut auf seinem Gesicht anfühlte. Da war Winterlicht, was alles etwas besser machte. Aber die Fahrt seines Bettes wurde holpriger und er spürte schmerzhafte Stiche im Knie. „Scheiße", sagte er. Der Engel drückte seine Hand fester.

„Fast geschafft", versprach die Stimme. Dann spürte er, wie er hochgehoben wurde. „Hätte ich heute Morgen mal mein Müsli gegessen", beschwerte sich die Stimme.

Er verlor die Hand des Engels.

Hilfe.

Siebzehn

Es war noch nicht Mittagszeit, aber Willow verließ trotzdem ihren Schreibtisch in der Versicherungsagentur und zog ihren Mantel über. Sie plante, sich einen Bagel in dem kleinen Deli um die Ecke zu besorgen. Sie hatte einen fürchterlichen Vormittag voller Übelkeit hinter sich. Einmal hatte sie sich bereits auf der Toilette der Agentur übergeben müssen, wobei sie die Spülung betätigte, um ihr Würgen zu übertönen. Sie kam noch nicht mit der Morgenübelkeit klar, aber zumindest schienen Kohlenhydrate den Sturm in ihrem Magen zu beruhigen.

Auch schien die kühle Luft im Freien zu helfen. Also ließ sich Willow auf ihrem Weg zum Deli Zeit und spähte durch die Schaufenster der Skigeschäfte, welche die Straße säumten. Vor Ruperts Bar und Grill parkte ein Lieferwagen. Eine metallene Laderampe war auf den Bürgersteig herabgesenkt und ein stämmiger Typ mit Strickmütze schleppte Bierkisten die Rampe herab, während ein anderer sie annahm und auf einer Sackkarre stapelte.

Willow hielt an und überlegte, wie sie den Lieferwagen am besten umgehen konnte. Doch noch während sie dies tat, stachen ihr der Geruch von schalem Bier und Urin, das ein spätabendlicher Gast in den Rinnstein abgelassen hatte, in die Nase. Urplötzlich vernahm Willow die Warnsignale eines weiteren Anfalls von Morgenübelkeit – zu viel Speichel im Mund und eine ansteigende Panik in ihrer Kehle.

Den Weg vor sich blockiert, drehte Willow zur Eingangstür vom Ruperts ab, die wegen der Lieferung offenstand. Drinnen rannte sie direkt an einem überraschten Travis vorbei und in die leere Damentoilette. Dort beugte sie sich übers Klo und würgte heftig. Ihr Körper schaffte es nur, ein kleines bisschen von – sie wollte gar nicht dran denken was es war – hochzuwürgen. Aber wenigstens würde sie sich jetzt etwas besser fühlen.

Willow wischte sich bedächtig den Mund ab, spülte die Beweise runter und wusch sich die Hände. Sie spülte sich mehrmals den Mund aus, blinzelte das Wasser aus ihren Augen und kontrollierte ihr Spiegelbild. Es war seltsam, dass die Spiegel-Willow, die ihren Blick erwiderte, beinahe normal aussah. Gut, sie sah etwas blass aus, aber es war Ende Januar. Und ihre Augen waren leicht gerötet. Aber angesichts dessen, wie sie sich im Innern fühlte, hätte sie eine vielköpfige, mythische Bestie im Spiegel sehen müssen. Es wurde Zeit, sich hier rauszuschleichen und zurück zur Arbeit zu gehen.

„Willow, alles in Ordnung?" Direkt vor der Tür wartete Travis mit besorgter Miene auf sie. *Verdammt.*

Sie richtete sich etwas gerader auf und straffte die Schultern. „Klar, Travis. Mir geht's gut. Nur ein kleiner…" Sie räusperte sich. „Notfall. Sorry."

Er verschränkte die Arme und lehnte sich an die Wand. „Bist du sicher? Du siehst blass aus."

„Klar bin ich sicher." Wenn das nur stimmen würde. Immer noch bildete sich unangenehm viel Speichel in ihrem Mund. Sie musste hier dringend weg und einen Bagel in die Hände bekommen. Dann würde sich alles ein bisschen beruhigen. Sie hätte nie gedacht, dass man Übelkeit bekämpfen konnte, indem man etwas aß. Aber Morgenübelkeit war ein komplett anderes Monster, als jede andere Magenverstimmung, die sie bisher erlebt hatte.

„Okay", sagte er, den Blick immer noch auf sie gerichtet. „Ich habe in letzter Zeit oft an dich gedacht."

Sein Tonfall erweckte ihre Aufmerksamkeit. Willows Blick traf seinen und was sie dort sah, war beunruhigend. Die grünen Augen ihres Freundes waren sanft, wie eine offene Frage. Seine Mundwinkel zogen sich zu einem attraktiven Lächeln auseinander.

„Würdest du mit mir ausgehen, Willow?"

Sie zögerte. „Ich weiß nicht, Travis. Ich bin irgendwie…" Sie schluckte. Ihr leerer Magen drehte sich um und sie versuchte, gegen dieses Gefühl anzukämpfen. Wenn sie nicht bald was dagegen tat, würde sie direkt wieder über der Schüssel im Damenklo hängen. „Travis, ich…" Sie legte eine Hand auf den Mund und versuchte, die Kontrolle zu behalten.

Sein freundlicher Gesichtsausdruck wurde zunächst fragend, dann flackerte Sorge darin auf. „Komm mit mir, Willow", sagte er und drehte sich um. Er ging direkt auf einen offenen Durchgang zu.

Willow atmete so tief durch wie sie konnte und folgte ihm. Als sie in die Großküche kam, hatte Travis bereits etwas aus einem Tontopf bei der Suppenstation geholt. Er zog die Folie von einer kleinen Verpackung und hielt sie ihr in der offenen Handfläche hin.

Sie nahm das Paket Salzcracker an, brach einen davon durch und schob ihn in den Mund, bevor die Überraschung sie überkam. Und dann spürte Willow, wie sie rot anlief. Sie aß die andere Hälfte des Crackers und begann, sich etwas besser zu fühlen. Sie sah hoch in Travis' Augen, unsicher, was sie darin finden würde. Es war schlimm genug, dass sie immer noch die wichtigste Entscheidung ihres Lebens fällen musste. Doch jetzt hatte sie ihm gegenüber auch noch offenbart, in welchen Schwierigkeiten sie steckte.

Doch als sie seinen Blick traf, war dieser gefasst. „Ich schätze, das war ziemlich schlechtes Timing von mir, was? Dich um eine Verabredung zu bitten, während du versuchst, nicht zu kotzen."

„Wie hast du das gemerkt?", fragte Willow.

Er lehnte sich an die Edelstahlanrichte hinter sich. „Ich achte auf dich, Willow." Einen kurzen Moment fiel sein Blick zu Boden, dann sah er sie wieder fest an. „Außerdem habe ich das schon mal gesehen. Nicht lange nachdem meine Freundin begann, sich jeden Morgen zu übergeben, war ich mit einer Frau verheiratet, die mich nicht liebte. Hoffentlich passiert dir nicht dasselbe."

Willows Augen fühlten sich heiß an. Wann immer sie an die schreckliche Unterhaltung mit Dane über ihre Schwangerschaft zurückdachte, brannte ihr Gesicht vor Scham, als hätte sie wirklich das getan, was er ihr vorgeworfen hatte. Es ergab überhaupt keinen Sinn, aber der Stachel seiner Abfuhr saß tief. „Darüber würde ich mir keine Sorgen machen", sagte sie zu Travis mit unsicherer Stimme. „Heirat ist wirklich weit unten auf der Liste der möglichen Szenarien", sagte sie und versuchte zu lächeln.

Travis stieß einen Seufzer aus. „Du klingst überhaupt nicht glücklich. Wenn es jemand ist, den ich kenne… wenn sich jemand wie ein Arsch deswegen benimmt… würde ich gerne versuchen, ihm etwas Vernunft beizubringen."

Sie schüttelte den Kopf. „Ich bin noch nicht so weit. Solange ich noch nicht weiß, was ich machen werde, kann ich nicht darüber reden."

„Okay", sagte er langsam. „Dann sage ich nichts weiter. Nein, warte – eine Sache muss ich noch los werden und die ist: Das kann *jedem* passieren. Das weißt du, oder?" Seine grünen Augen suchten ihr Gesicht ab.

Willow nickte, doch ihre Augen füllten sich trotzdem mit

Tränen. Denn in Wahrheit war sie sich überhaupt nicht sicher, ob dies jedem passieren konnte. Es schien etwas zu sein, dass nur Versagern wie ihr passierte.

„Ach, Willow", seufzte Travis. „Und wir *werden* zusammen zum Abendessen ausgehen. Wenn auch nur, weil du aussiehst, als könntest du einen Freund gebrauchen." Er ging auf sie zu und umarmte sie. „Tut mir leid, dass du so einen Ärger hast."

Sie erwiderte die Umarmung. „Vielen Dank. Das weiß ich wirklich zu schätzen. Du hast keine Ahnung, wie sehr."

Achtzehn

Der Kleintransporter der Telefongesellschaft stand den ganzen Morgen über in Willows Auffahrt. Nach dem Schrecken mit Danes Infektion schien Karl nichts mehr dem Zufall überlassen zu wollen. Als der Transporter endlich wieder verschwand, kam ein anderer den Schotter hochgefahren, diesmal einer von UPS.

Willow unterschrieb für das Paket, welches an Dane adressiert war. Doch dann zögerte sie. Der grüne Jeep stand nicht in der Auffahrt, was bedeutete, dass Karl nicht zu Hause war. Willow stand in der Auffahrt und ging ihre Optionen durch. Sie konnte das Paket nicht im Schnee stehen lassen, das wäre unhöflich. Das Absenderetikett war von einer medizinischen Einrichtung in New Hampshire, also hielt Willow aller Wahrscheinlichkeit nach die persönliche Habe von Danes Bruder in den Händen.

Mit einem Seufzen ging sie zur Apartmenttür. Vielleicht waren Karl und Dane ja zu einem gemeinsamen Arzttermin gefahren? Sie konnte das Paket einfach schnell durch die Tür schieben.

Unglücklicherweise machte Dane gerade ein Nickerchen, als Willow herein kam. Das Geräusch der sich öffnenden Tür weckte ihn aus einem angenehmen Traum. Daher erinnerte er sich die ersten Sekunden, nachdem er die Augen öffnete, nicht an die hässliche Wahrheit. Alles was er sah, war ihr hübsches Profil und ihren anmutiger Körper, als sie die Apartmenttür schloss, um die Kälte draußen zu halten. Beinahe hätte er sogar gelächelt.

Doch als sie sich ihm vollständig zuwandte, sah er, dass Angst in ihrem Gesicht lag. Und dann war er wach und verwandelte seine Miene in eine ausdruckslose Maske.

„Hi“, sagte sie verhalten. „Das ist gerade für dich gekommen.“

Er beobachtete, wie sie sich zögerlich nach einem Platz umsah, an dem sie das Paket abstellen konnte. Sie sah aus, als wäre sie kurz davor, es einfach fallen zu lassen und zur Tür hinaus zu stürmen. Da platzte ihm die Frage raus. „Willow, hast du eine Abtreibung gehabt?“

Ihr Mund klappte auf. „Das hast du gerade *nicht* gefragt.“

Dane schluckte. „Ich versuche nicht, dir weh zu tun. Ich muss es nur wissen.“

Sie stand vor ihm und nahm einen tiefen, zittrigen Atemzug. „Das diskutiere ich nicht mit dir.“

„Das ist ein Fehler“, sagte er leise. „Wenn du ein Kind von mir bekommst, wirst du es später bereuen.“

Er sah, wie sie langsam durchatmete. „Das hast du mir bereits mitgeteilt“, sagte sie. „Und trotzdem hatte ich ernsthaft geglaubt, dass du dich zivilisierter benehmen würdest, nachdem du den Schock überwunden hast. Aber da das offensichtlich nicht der Fall ist, gehe ich jetzt wieder.“

Es zerriss ihn. Willow stand vor ihm, zitternd vor Elend – und trotzdem war sie nicht kleinzukriegen. Eine geringere Frau hätte ihm das erste schwere Objekt, das sie in die Hände bekam, an den Kopf geworfen. Aber sie starrte ihn nur an, verletzlich aber real.

Er kämpfte dagegen an, nach ihr zu greifen, als sie das Paket einen Meter neben ihm abstellte. Dann wandte sie sich zum Gehen.

„Warte." Seine Stimme war belegt. „Du sagtest, deine Freundin sei Ärztin. Was ist ihr Spezialgebiet?"

Willows Blick schwang zu ihm herum, ihre Augen blitzten ungläubig. „Internistik."

„Könnte ich ihre Nummer haben, bitte?"

„Gott, *wieso?*"

„Ich bin mir nicht sicher, ob ich den richtigen Spezialisten habe und ich hätte gerne ihre Meinung gehört."

Willow atmete durch. Er spürte, wie sehr sie sich zusammenreißen musste. Es tat weh, sie so zu sehen. Es tat weh, dass sie so nah bei ihm war und ihn hasste. Sie fischte ihr Handy aus der Hosentasche und suchte nach der Nummer. Mit zitternden Händen schrieb sie sie auf die Ecke einer Zeitung, die auf dem Wohnzimmertisch lag. Dann warf sie ihm diese auf die Brust. „Sie heißt Callie Anders", sagte sie. „Aber ich bezweifle, dass sie mit dir reden wird."

Willow stürmte hinaus und schlug die Tür hinter sich zu.

Dane horchte ihren verschwindenden Schritten, dann griff er zum brandneuen Festnetztelefon. Er hatte es geschafft, dies sein gesamtes Erwachsenenleben vor sich herzuschieben. Aber nicht länger.

Er rief in Callies Büro an, aber natürlich nahm sie nicht ab. Der Anruf wurde an eine forsche Rezeptionistin weitergeleitet. Als er nach Callie fragte, wurde ihm lediglich gesagt, dass sie bei einem Patienten sei. „Möchten Sie eine Nachricht hinterlassen?"

„Möchte ich", sagte er. „Mein Name ist Dane und ich rufe bezüglich Willow Reade an. Dr. Anders wird mit mir sprechen wollen. Es ist dringend."

Zehn Minuten später klingelte sein Telefon. „Hallo, hier ist Dane", ging er dran.

„Hier ist Callie Anders." Ihr Ton war schroff. „Du hast mir eine Nachricht hinterlassen. Wegen Willow?"

Er räusperte sich. „Callie, ich habe Willow um deine Nummer gebeten. Ich schätze, du weißt wer ich bin?"

Sie zögerte. „Ja."

„Ich muss dich um einen Gefallen bitten", sagte er langsam. „Eigentlich ist es ein Gefallen für Willow."

„Was denn?" Sie klang angespannt.

„Zunächst einmal: das hier ist streng vertraulich", sagte er.

Sie seufzte. „Rede weiter."

„Könntest du…" Das würde ihr kein bisschen gefallen. „Ich würde zu dir ins Büro kommen, aber ich kann nicht fahren…"

„… habe ich gehört."

„Okay. Ich hätte gerne, dass du hierhin kommst, vorzugsweise wenn Willow nicht da ist. Du musst mir Blut abnehmen. Ich denke, mehr als ein paar Ampullen wirst du nicht brauchen."

Am anderen Ende der Leitung herrschte eine bedeutungsvolle Stille, während die Ärztin nachdachte. Sie würde wissen, dass es nur einen einzigen Grund gab, warum er sie bitten würde, ihm Blut abzunehmen. Um ihn auf eine Krankheit zu testen – eine Krankheit, von der sie nun vermutete, dass auch Willow sie hatte. „Dane, ich weiß nicht, für wen du dich hältst, aber du machst mir gerade eine scheiß Angst."

„Und das würde ich nicht tun", er behielt seinen ruhigen Tonfall bei, „wenn es nicht wirklich wichtig wäre."

Sie zögerte erneut. „Auf was teste ich dich?"

„Das sage ich dir, wenn du hier bist."

Sie pfiff. „Du bist echt ein Arschloch."

„Ja, Frau Doktor, das bin ich."

Es herrschte eine weitere lange Stille und er dachte schon, sie würde einfach auflegen. „Um sieben Uhr geht Willow zum Yoga. Dann komme ich vorbei." Sie legte auf.

※

Willow warf Flocken von Bienenwachs in die große Öffnung eines Glases, in dem die wunderschöne gelbe Substanz in einem hübschen Wirbel schmolz. Sie drehte den Kochtopf mit Wasser zu einem Köcheln runter und benutzte ein altes Küchenmesser, um einen weiteren alten Kerzenstumpf zu zerschneiden. Ihre Küche wurde vom honigsüßen Duft schmelzenden Wachses erfüllt.

Selbst während sie daran arbeitete, alte Kerzenstümpfe in edle Bienenwachskerzen zu verwandeln, konnte sie Danes Anwesenheit spüren. So sehr sie auch versuchte, ihn zu vergessen, er war wie ein Ohrwurm in ihrem Kopf. Egal ob sie sich aufs Sofa setzte, um zu lesen, oder in der Küche stand und einen Topf spülte, er war immer nur ein paar Meter entfernt. Der Dane, der sich einen Weg in ihr Herz gebahnt hatte, hatte strahlende Augen und ein unbefangenes Lachen. Dieser Dane hatte sie festgehalten, als würde er sie nie wieder loslassen wollen. *Was machst du nur mit mir,* hatte er geseufzt.

Sie wünschte, sie könnte aufhören an diesen Mann zu denken. Denn der Mann, der hinten in dem Apartment lag, war derjenige, dessen Blick sich verdunkelte, wenn er sie sah, und der gemeine Dinge sagte, nur um ihr weh zu tun. Dieser Mann hatte vor etwas Angst und sie hatte keine Ahnung, was das war. Willow wünschte, sie könnte aufhören an ihn zu denken. Sie musste ihre eigenen Bedürfnisse berücksichtigen und hatte eine wichtige Entscheidung zu treffen. Doch es setzte ihr zu. Wenn sie wenigstens wüsste, warum er so wütend war, wäre sie vielleicht besser in der Lage, ihre eigenen Gefühle unter den Trümmern in ihrem Herzen zu ordnen.

Oder es war nur eine faule Ausrede.

Die Entscheidung war schwer genug, selbst ohne Danes säuerliche Missbilligung. Willow wollte ein Kind – so viel stand fest. Aber sie hatte nie damit gerechnet, dass sie es alleine haben würde. Allerdings schien es auch nicht zu klappen, erst auf den richtigen Partner zu warten. Sie würden eine kleine Familie zu zweit sein. Es würde nicht einfach werden, aber nichts, das es wirklich wert war, war jemals einfach.

Willow drehte den Herd aus und rührte ihr Kerzenwachs mit einem Essstäbchen um.

Es gab nur eine Hürde, bei der sie noch nicht wusste, wie sie sie nehmen sollte. Eines Tages würde das Baby sie fragen, wer sein Vater war.

Und Willow hatte Angst, dass ihre einzige Antwort „ein Mann, der nichts mit uns zu tun haben will" sein würde. Es schien einfach ungerecht. Willow selbst war mit dem Wissen aufgewachsen, dass ihre Eltern sie nicht lieb genug hatten, um sie zu behalten. Und jetzt würde sie zumindest einen Teil desselben Zweifels in ihrem Kind säen, von dem Moment seiner oder ihrer Geburt an.

Welche Entscheidung war selbstsüchtiger? Das Kind zu behalten und zu wissen, dass sein Leben für immer von der Ablehnung seines Vaters überschattet wurde? Oder den anderen Weg zu gehen und nie etwas erklären zu müssen?

Sie wusste es einfach nicht.

Dane hörte den Schotter unter Willows Rädern um kurz nach halb sieben. Um sieben saß Karl an seinem Bett und sie sahen sich zusammen einen Boxkampf an. Ein paar Minuten später klopfte es.

„Erwartest du jemanden?", fragte sein Trainer und stand auf, um zur Tür zu gehen.

„Ja, tue ich."

Karls Augenbrauen hoben sich und er öffnete die Tür. „Hallo."

Dane erkannte Callie von dem Abend in der Bar wieder. Ihr Blick ging zwischen Karl und Dane hin und her. „Hi, ich bin Willows Freundin Callie."

„Schön, dich kennenzulernen, Callie!", sagte Karl. „Kann ich dir was zu trinken anbieten?"

Sie schüttelte den Kopf.

„Karl", sagte Dane. „Tut mir leid, aber könntest du uns zehn Minuten alleine lassen?"

Sein Trainer machte ein langes Gesicht. „Kein Problem, Junge. Ich fahre mal eben Bier holen." Er zog seine Jacke an und ging nach draußen, die Tür schloss er hinter sich.

Callie hatte eine kleine, blaue Kühlbox dabei. Er wusste, dass sie auftauchen und ihm diesen Gefallen tun würde, denn er hatte ihr nicht wirklich eine andere Wahl gelassen. Sie ließ sich auf einem der Holzstühle am Esstisch nieder. „Ich habe alles dabei, aber zuerst musst du mir sagen, worum es hier geht." Ihre Augen waren groß und fragend.

„Hatte Willow eine Abtreibung?", fragte er.

Callies Kiefer fiel herab. „Das werde ich *dir* doch nicht sagen. Hast du mich deswegen hier antanzen lassen? Um ihre Privatsphäre zu verletzen?"

Dane deutete auf die Kühlbox. „Ich habe nur versucht herauszufinden, ob wir die da brauchen."

Verwirrung machte sich im Gesicht der Ärztin breit. „Wieso, warum sollten wir sie nicht brauchen? Wenn du infiziert bist…"

„Womit, Callie? Ich bin mir sicher, du hattest auf dem Weg hierher einige Theorien. Lass mal hören."

Sie blinzelte. „Ich werde keine Spiele mit dir spielen. Du sagst mir *sofort,* was für eine Erkrankung das ist, oder ich gehe wieder."

Dane schluckte und sah an ihrer Miene, dass sie es ernst meinte. Das Problem war, dass Dane es noch nie laut ausgesprochen hatte. Nie. Nicht ein Mal. *Ich habe wahrscheinlich…* die Worte blieben ihm im Halse stecken, während sie ihn weiter anstarrte.

„Das reicht." Sie stand auf.

Er keuchte. „Meine Mutter ist an der Huntington-Krankheit gestorben." Er beobachtete ihr Gesicht.

Callie atmete tief ein und fiel zurück auf den Stuhl. Langsam füllten sich ihre Augen mit Tränen.

Dane lachte bitter. „Das sagen alle. Jeder, der Medizin studiert hat." Er verlagerte seine Position im Bett. „Du dachtest es sei HIV, nicht wahr? Das wäre übel gewesen, aber mit Medikamenten handhabbar." Er rollte den Ärmel seines Flanellhemds hoch. „Vielleicht hast du auch an Hepatitis C gedacht. Das ist eine fiese Krankheit. Aber sieh es mal von der positiven Seite, Dr. Callie. Selbst wenn du dich ungeschickt mit der Spritze anstellst, kannst du dir von mir nichts einfangen. Genauso wenig wie Willow, selbstverständlich."

„Aber das *Baby* hat es vielleicht", flüsterte Callie und wischte sich die Tränen mit den Handballen weg. „Und du hast nie den Gentest machen lassen? Aber jetzt musst du es. Für Willow."

Er sah zur Decke hoch. „Wenn sie bereits eine Abtreibung hatte, muss ich gar nichts." Er wartete.

Sie gaffte ihn an. „Du bringst mich da in eine unmögliche Position."

„Wirklich? Möchtest du mit mir tauschen?" Darauf sagte sie nichts, also fuhr er fort. „Einmal, als ich noch ein Kind war und vor dem Krankenzimmer meiner Mutter wartete, kam eine ganze Horde Medizinstudenten aus dem Raum. Der Oberarzt hatte sie alle geholt, damit sie sich die Huntington-Patientin ansehen konnten. Weil sie wahrscheinlich noch nie eine gesehen hatten, richtig? Zu bizarr, zu selten. Und einer dieser Studenten sagte zu seinem Freund: 'Das ist die Krankheit, bei der ich sage, egal was mir zustößt, ich komme damit klar. Denn wenigstens muss ich nicht an Huntington sterben.'"

Er sah zu Callie, aber sie starrte ihn nur mit angsterfülltem

Gesicht an. Und dann, ganz langsam, beugte sie sich vor und hob die Kühlbox hoch. „Willow hatte keine…" Sie hielt inne. „Ich denke, du brauchst den Test. Hast du dir mal überlegt, dass es auch eine Erleichterung sein könnte, es mit Sicherheit zu wissen?"

Er konnte den Blick nicht von ihren Händen abwenden, die einen sterilen Schlauch entpackten. Sein Magen zog sich zusammen. „Auf keinen Fall. Ich hätte den Test *niemals* gemacht. Aber Willow zwingt mich dazu."

„Das ist nicht Willows Schuld."

„Doch, irgendwie schon", sagte er, während seine Hände anfingen zu schwitzen. *Lügner. Du hast deine eigene Regel gebrochen.* Er nahm einen zittrigen Atemzug. „Wenigstens hatte ich auch etwas davon. Willow war echt gut im Bett."

Der Ausdruck auf Callies Gesicht hätte in Flaschen abgefüllt und als Brechmittel verkauft werden können. „Ein kleiner Tipp, Dane: Sag solche Sachen nicht zu einer Frau, die kurz davor ist, dir in den Arm zu stechen." Sie zog ein Paar Latexhandschuhe an und riss dann einen Alkoholtupfer auf.

Er streckte ihr den Arm entgegen. „Ich habe ein gebrochenes Bein und eine tödliche Krankheit. Du kannst mir mit dem Ding nicht mehr weh tun, als ich jetzt schon leide." Das hatte hart klingen sollen, aber seine Kehle zog sich bei den Worten zusammen.

Sie wischte ihm mit dem Desinfektionsmittel über den Arm. „Wenn ich mich recht erinnere, stehen deine Chancen, Huntington vererbt zu bekommen, bei fünfzig Prozent", sagte sie. „Was, wenn bei dir alles in Ordnung ist und du ganz umsonst so ein riesen Arschloch bist?"

Dane schüttelte den Kopf. „In meiner Familie machen wir keine halben Sachen", erklärte er.

Sie schloss den Schlauch an die Ampulle an und nahm die Kappe von der Spritze. „Du wirst einen leichten—"

„Mach's einfach", unterbrach er sie. „Ich bekomme jeden

verdammten Monat Blut bei den Dopingtests abgenommen."

Er spürte, wie sein Blut in die Spritze floss, von wo aus es durch den Schlauch in die Ampulle laufen würde.

„Andere Menschen haben auch Probleme, weißt du", sagte die Ärztin sanft.

„Ich fang gleich an zu heulen", sagte er.

Sie seufzte. „Ich vermute mal, du wusstest nicht, dass Willow bei sechs verschiedenen Pflegefamilien gelebt hat, bevor sie achtzehn wurde."

„Ohne Scheiß?", flüsterte er.

„Ohne Scheiß", antwortete die Ärztin. Schweigend wechselte sie die Ampullen.

„Tja, ich schätze, damit hatte sie ihr Pech noch nicht aufgebraucht", sagte er.

„Ich schätze nicht", sagte Callie, deren Stimme vor Wut zitterte.

Und dann war sie fertig. Sie legte die Ampullen auf Eis und klatschte ihm ein Pflaster auf den Arm. „Welchen Namen soll ich da drauf schreiben?"

„Donald Duck", sagte er. „Wenn du meinen echten Namen drauf schreibst, kannst du mich genauso gut direkt umbringen."

Sie ging zwei Schritte auf die Tür zu.

„Ich zahle bar", sagte er. „Sag mir einfach, wo ich das Geld hinschicken soll."

Sie seufzte und drehte sich um. „Weißt du, es kann wahrscheinlich auch in der Gebärmutter getestet werden. Selbst wenn das Ergebnis bei dir positiv…"

„Du wirst Willow davon nichts erzählen. Arztgeheimnis."

Ihre Augen waren feucht. „Wenn Willow nicht wäre, hätte ich dir gesagt, dass du dich zum Teufel scheren kannst."

Dane rückte sein Kissen zurecht. „Das sagen mir alle anderen auch." Er hob die Fernbedienung auf. „Wir brauchen die Ergebnisse vorm Ende des ersten Trimesters", sagte er. „Dann wird die Abtreibung einfacher für sie."

Krachend fiel die Tür hinter Callie ins Schloss.

Sein Trainer kam ein paar Minuten später zurück. „Geht's dir gut?", fragte er.

Dane drehte die Lautstärke des Fernsehers auf. „So gut wie eh und je", sagte er über den Lärm hinweg.

Neunzehn

An einem sehr kalten Abend in der darauffolgenden Woche kochte Willow selbst gemachte Gnocchi zum Abendessen. Sie hatte immer noch Heißhunger auf Kohlenhydrate und ihr Gast, Callie, war willige Mittäterin. Zu den Gnocchi bereitete sie eine langsam köchelnde Bolognesesoße.

„Also, wie läuft's mit deinem griesgrämigen Nachbarn?", fragte Callie.

Willow schüttelte den Kopf. „Seit seiner Fieberattacke habe ich ihn erst ein Mal wiedergesehen. Und das Einzige, worüber er reden wollte, war deine Telefonnummer. Er wollte dich nach Spezialisten im Krankenhaus fragen. Hat er angerufen?"

Callie sah gequält drein. „Ich habe ihn nicht zurückgerufen."

„Das habe ich ihm auch gesagt." Ein paar Minuten lang aßen sie schweigend, aber etwas belastete Willow. „Callie", sagte sie. „Ich will dich etwas fragen. Aber nimm bitte nicht an…" Sie verstummte.

„Was ist denn, Süße?"

Willow legte ihre Gabel beiseite. „Ich will nur sichergehen, dass ich jede Möglichkeit in Betracht gezogen habe, okay? Also würde mich interessieren, was Ärzte von Abtreibungen halten. Wie beeinflusst das Medizinstudium, naja, eure Meinung dazu?"

Ihre Freundin wurde bleich. „Willow… ich dachte, du wolltest…"

„Ich weiß noch nicht, was ich will", sagte ihre Freundin. „Ich bin nur neugierig, okay? Sind die meisten Ärzte nach dem Medizinstudium Abtreibungsbefürworter?"

Callie sah ertappt aus. „Naja… im Medizinstudium lernt man viel über schlimme Geburtsdefekte, also…" Ihre Freundin atmete tief durch.

„Callie?", fragte Willow. „Alles in Ordnung?"

Ihre Freundin schüttelte den Kopf. „Ich kann darüber im Moment wirklich nicht reden", sagte sie. „Es tut mir leid."

Sie hatte Callie noch nie sprachlos erlebt. Willow fragte sich, ob sie ihrer Freundin ungewollt eine Frage gestellt hatte, die viel persönlicher war, als sie angenommen hatte.

„Okay", sagte Willow leise. „Ich habe in den letzten Jahren viele verantwortungslose Entscheidungen gefällt. Ich beschäftige mich nur mit der Idee, weil ich keine weiteren machen möchte."

„Willow, in der wievielten Woche bist du?"

Sie betrachtete Callies Gesicht, welches aus irgendeinem Grund aschfahl war. „In der sechsten. Wieso?"

„Dann hast du noch etwas Zeit, um darüber nachzudenken", sagte Callie. „Nimm dir die Zeit."

„Das werde ich." Willow nahm einen weiteren Bissen. Aber Callie stocherte nur noch in dem Essen auf ihrem Teller herum. „Geht's dir gut, Callie? Du siehst echt müde aus."

„Ich habe nicht viel geschlafen", gab ihre Freundin zu. „Es war eine wirklich harte Woche."

„Tut mir leid, das zu hören", sagte Willow. „Möchtest du

ein Glas Wein? Eine von uns sollte eins haben."

Als Willow am nächsten Tag von der Arbeit nach Hause fuhr, wollte es der Zufall, dass sie einem grünen Jeep die Straße entlang und ihre Auffahrt hoch folgte. Sie parkten nebeneinander, Willow warf einen Blick in das andere Fahrzeug und war erleichtert zu sehen, dass Karl allein darin saß.

„Hi, Karl", sagte sie, als sie ausstieg.

„Willow!", sagte er. „Wie geht es dir?"

„Gut", sagte sie fröhlich, obwohl das gelogen war. Willow bezweifelte immer noch, dass der Trainer ihr beängstigendes kleines Geheimnis kannte. Und sie wollte ihn mit Sicherheit nicht einweihen.

„Willow, ich hasse es, das fragen zu müssen…" Er legte den Kopf schräg.

„Brauchst du irgendwas?"

Mit einem genervten Seufzen öffnete er den Kofferraum. „Wäre es möglich, dass ich bei dir eine Ladung Wäsche waschen kann? Ich hatte keine Ahnung, dass der Waschsalon heute geschlossen ist." Er zog einen Wäschesack und eine Flasche Waschmittel hervor.

„Ach, klar!", sagte sie. Wenn nur alle Probleme im Leben so einfach zu lösen wären. „Mir nach."

„Ich weiß das wirklich zu schätzen", sagte Karl, als er aus Willows Waschküche zurück kam, die Flasche Waschmittel unterm Arm. „Ich bin ziemlich ausgelastet damit, mich um Mr. Griesgram zu kümmern. Kein Mensch hat schlechtere Laune, als ein bettlägeriger Skifahrer während der Rennsaison."

Willow wollte nicht beim Thema Dane landen. „Das Waschprogramm dauert etwa fünfundvierzig Minuten", sagte sie. „Wenn du clever bist, kommst du ein paar Minuten später, gerade rechtzeitig um eins von diesen hier frisch aus dem Ofen zu essen." Sie hatte während sie auf der Arbeit war ein Blech mit Brotteig auf der Küchenanrichte gehen lassen und jetzt stand sie an der Anrichte und formte den Teig zu kleinen Brötchen.

„Na, da freu ich mich schon drauf", sagte er. „In der Zwischenzeit sehe ich mal nach seiner Lordschaft."

Sie konnte nicht anders, Willow musste lachen.

Karl zwinkerte ihr auf seinem Weg nach draußen zu.

***

Als er wieder an die Tür klopfte, holte Willow gerade das erste Blech Brötchen aus dem Ofen. „Herein", rief sie.

„Meine Güte, riecht das gut hier", sagte Karl.

„Schmeiß deine Wäsche in den Trockner und ich bestreiche dir schon mal eins mit Butter", bot sie an.

Als er wieder auftauchte, schob sie ihm einen Teller hin. Das Brötchen darauf dampfte und die Butter verbreitete sich schmelzend auf der Oberfläche. „Kaffee?", fragte sie.

„Ich will keine Umstände machen", sagte er.

Sie winkte ab. „Ich mache mir sowieso einen."

„Dann liebend gerne." Karl setzte sich auf einen Hocker und strahlte sie an. Er hatte ein sehr freundliches Gesicht und eine angenehme Art, bei der es einem leicht fiel, sich in seiner Gegenwart wohlzufühlen. Willow wandte sich der Espressomaschine zu und stopfte Pulver in den Filterhalter. Sich selbst würde sie einen kleinen Kaffee mit viel Milch machen. Es war seltsam, aber sie merkte, dass sie sich in letzter Zeit immer mehr wie eine Schwangere benahm. Ihren Kaffeekonsum hatte sie fast auf Null zurückgeschraubt und sie hatte am letzten Wochenende keine Tabletten gegen die Kopfschmerzen genommen. Ihr Verstand war vielleicht ein Wirbel von Unentschlossenheit, aber sie sorgte gut für ihren schwangeren Körper. Ihr Unterbewusstsein wollte offenbar bei der Entscheidung mitwirken.

„Also, was hat es mit Montagen in Vermont auf sich?",

fragte der Trainer kauend. „Alles ist geschlossen. Dass selbst der Waschsalon zu sein würde, damit hatte ich wirklich nicht gerechnet."

„Das musst du mir nicht erzählen", lächelte Willow. „Bei Restaurants ist es genauso. Ich habe eine Weile gebraucht, das zu begreifen, nachdem ich hierhin gezogen bin. Werde montags bloß nicht hungrig. Ich denke, sie richten sich nach den vielen Touristen aus Connecticut, da wäre es eine schlechte Idee, sonntags dicht zu machen."

„Ah." Karl biss in sein Brötchen. „Wow", sagte er kauend. „Das schmeckt großartig."

„Es gibt nichts besseres als warmes Brot, um die Laune zu heben", stimmte Willow zu. Und sie konnte in der Tat eine Aufmunterung vertragen.

„Also kommst du nicht gebürtig aus Vermont?", fragte Karl.

Willow lachte. „Überhaupt nicht. Ich bin in Philadelphia aufgewachsen."

„Hast du dort noch Familie?", fragte er.

Es war eine unschuldige Frage. Er konnte nicht wissen, wie schwierig dieses Thema für sie wirklich war. „Keine Familie", sagte sie, ohne es weiter auszuführen. Genau genommen konnte Willow nicht sicher sein, ob das stimmte. Aber nachdem der Staat sich eingeschaltet hatte, als die Nachbarn eine Klage wegen Vernachlässigung einreichten, hatte Willow ihre Eltern nie wieder gesehen. Sie hatte nur verwaschene Erinnerungen an ihre Gesichter.

Karl musterte sie. „Ein weiteres Clubmitglied also", sagte er.

„Was für ein Club?" Willow legte den Rest der Brötchen zum Abkühlen auf ein Gitter.

„Dane hat auch keine Familie — so bin ich zu seinem Kindermädchen geworden." Er nahm einen weiteren Bissen. „Bei mir, ich hatte eine Ehefrau. Aber sie ist verstorben."

„Tut mir leid, das zu hören."

„Danke, das ist schon Jahre her. Wie bist du dann in Vermont gelandet?"

Willow war froh über den Themenwechsel, selbst wenn es um dieses Thema ging. „Es gab einen Mann. Er hat mich verlassen. Sowas passiert."

„Das stimmt." Er nippte an seinem Kaffee.

„Also…" Willow lag eine Frage auf der Zunge, die sie beschäftigte. „Das Knie. Wird es wieder ganz heil?" Sie wollte eigentlich kein Gespräch über Dane anfangen, aber sie musste wissen, ob seine Karriere wegen dieses schlimmen Sturzes vorüber war. Und, so eingebildet es auch klang, sie fühlte sich immer noch schuldig.

„Es wird heilen", sagte Karl. „Wir gehen davon aus, dass er im Herbst wieder für die Olympischen Spiele trainieren wird. Es war kein allzu schlimmer Bruch."

„Ah, das sind ja gute Nachrichten", sagte Willow.

„Allerdings", stimmte der Trainer zu. „Sehr gute Nachrichten."

Zwanzig

Willow fuhr ihren Pick-up auf die Tankstelle und sprang mit ihrer Kreditkarte in der Hand ins Freie. Sie schob die Karte in die Zapfsäule und wollte gerade mit der Transaktion über die benötigte Benzinmenge beginnen, als sie aufblickte und bemerkte, dass der Mann, der den Pick-up vor ihr betankte, Travis war. Sie spürte, wie ihr Gesicht rot anlief, während sie die Zapfpistole in die Tanköffnung steckte. Travis hatte ihr zwei Nachrichten hinterlassen, in denen er sie zum Abendessen einlud. Und sie hatte beide ignoriert. Sie fühlte sich zu überfordert, um sich in Gesellschaft zu begeben, besonders mit jemandem, der sich zu ihr hingezogen fühlte.

„Hi", sagte er verhalten. „Wie geht's dir, Willow?"

„Gut, Trav." Sie lächelte und hoffte, dass ihr ein neutrales Gesprächsthema einfallen würde. „Mir geht's bestens."

Das war eine dicke, fette Lüge.

„Ich habe von deinem verletzten Untermieter gehört", kicherte Travis.

„Hast du?", fragte Willow, in der Hoffnung, teilnahmslos zu klingen. Sie fummelte an ihren Handschuhen herum, damit sie ihm nicht in die Augen sehen musste.

„Klar. Die Liftarbeiter reden ständig über ihn. Wie ist es denn so, ein weltbekanntes Arschloch bei dir wohnen zu haben?"

„Das ist nicht so schlimm, weil ich ihn nie sehe", wich Willow aus. Und das stimmte auch.

„Wenigstens werden die Schecks für die Miete nicht platzen." Travis zog die Zapfpistole aus seinem Truck und hängte sie zurück an die Zapfsäule.

„Hey, Travis?", fragte Willow.

„Ja?"

„Wie hast du das an dem Abend gemeint, an dem du sagtest, seine ganze Familie sei verrückt?"

„Ah", sagte Travis und verschränkte die Arme. „Ich glaube nicht, dass er wirklich gefährlich ist oder so." Dann breitete sich ein Grinsen auf seinem Gesicht aus. „Trotz seines Namens. Du weißt schon – `Danger.'" Er schlug sich auf die Schenkel. „Naja, wie auch immer. Als wir noch klein waren, ist seine Mutter immer durch die Stadt getorkelt. Sie schien immer etwas weggetreten zu sein. Und sein Bruder auch. Es ist einfach eine Familie von Trinkern. Das macht dich irgendwann zum Arschloch."

Willows Säule beendete den Zapfvorgang und sie steckte die Zapfpistole zurück in die Halterung. „Ich bin mir ziemlich sicher, dass ich auch aus einer Familie von Trinkern komme", sagte sie und sah Travis schräg an. Sie drehte ihren Tankdeckel fest. Es war eines der wenigen Dinge, die sie durch die behördlichen Unterlagen über ihre Kindheit herausbekommen hatte. Sie wusste beinahe nichts über ihre Eltern, außer dass Alkoholismus zu den Gründen gehörte, wegen denen sie aus ihrem Elternhaus geholt worden war. „Macht mich das zum Arschloch?"

Travis hob beide Hände hoch, wie ein ertappter Dieb. „Komm schon Willow, ich hab doch nur gelabert." Sein Gesicht wurde rot.

Willow wusste, dass sie sich lächerlich benahm. Sie hatte keinen Grund, Dane zu verteidigen und Travis war immer gut zu ihr gewesen. „Tut mir leid", sagte sie schnell.

„Ich muss los", seufzte Travis. „Wir sehen uns, Willow." Er sprang in seinen Pick-up und ließ den Motor an.

Sie setzte sich hinter das Lenkrad ihres Trucks und wurde von ihrem Kummer umhüllt.

***

Am nächsten Tag aßen Willow und Callie zusammen in der Krankenhauscafeteria. „Also, ich habe jetzt einen Termin mit einem Adoptionsberater und einen Säuglingspflegekurs am selben Nachmittag. Und zehn Tage Zeit zu entscheiden, welchen der Termine ich wahrnehme."

„Ich wette, das passiert auch nicht oft", sagte Callie.

„Ehrlich gesagt glaube ich das schon", sagte Willow. „Ich kann nicht die einzige Person sein, der diese Entscheidung so schwer fällt."

Callie legte ihr Sandwich weg. „Du hast natürlich recht. Ich wollte nicht so unbedacht daherreden."

„Ist schon gut. Ich weiß, dass ich mich bald entscheiden muss."

„Du ziehst wirklich jede Möglichkeit in Betracht, nicht wahr?"

„Jede einzelne", sagte Willow.

Es herrschte einen Moment Stille, in dem Callie die Hälfte ihres Sandwichs verputzte. Sie wischte sich die Krümel von den Fingern. „Kann ich dir eine Psychologiefrage stellen?"

„Klar."

„Stell dir vor, da ist ein Gefangener, der lebenslänglich sitzt, ohne Chance auf Begnadigung." Callie fummelte an dem

Strohhalm in ihrem Getränk.

„Nein, du solltest nichts mit ihm anfangen", lachte Willow.

Callie verdrehte die Augen. „Sehr witzig. Aber hör mir zu, okay? Also, dieser Gefangene hat bereits ein Jahrzehnt gesessen, vielleicht zwei. Dann, eines Tages, kommt der Gefängnisdirektor vorbei und sagt: 'Ups, wir haben einen riesen Fehler gemacht. Sie dürfen gehen.' Meine Frage ist: Wie reagiert der Typ wohl?"

Willow schluckte einen Bissen ihres Salats runter. „Nun ja, in Filmen küsst er seine Anwältin und tanzt zum Klang von Trompeten und Violinen aus dem Gefängnis", sagte sie. „Aber im echten Leben würde wahrscheinlich genau das Gegenteil passieren."

„Und wie sieht das Gegenteil aus?", fragte Callie.

„Menschen werden von ihren Erwartungen gesteuert. Und wenn etwas Unerwartetes passiert, selbst wenn es etwas Gutes ist, fällt es ihnen schwer, sich dem anzupassen. Im echten Leben hat der Gefangene wahrscheinlich einen Zusammenbruch. Er schlägt seinen Anwalt, schreit seine Mutter an, trinkt sich bewusstlos. Er kommt vielleicht nie darüber hinweg."

„Ich hatte befürchtet, dass du so etwas sagen würdest." Abwesend sah sie an Willow vorbei.

„Callie? Entlässt du jemanden aus dem Gefängnis?"

Ihre Freundin sah nachdenklich drein. „Wahrscheinlich nicht", sagte sie. „Aber natürlich kann ich darüber nicht reden." Sie hob die andere Hälfte ihres Sandwichs auf.

Einundzwanzig

Dane hatte sich noch nie so allein und gefangen gefühlt.

Natürlich war sein Trainer immer in der Nähe. An den Wochenenden sah er sich die Juniorenrennen in Vermont und New Hampshire an, auf der Suche nach Talenten. Aber Dane führte ein eingeengtes, geradezu klaustrophobisches Leben in dem Apartment. Abgesehen von den Kontrollterminen beim Arzt konnte er nirgendwo hingehen. Er und Karl hatten ein paar Mal versucht, zum Essen auszugehen, aber es war eine wahre Schinderei, ihn in den Jeep zu bekommen – was überhaupt nur funktionierte, wenn man den Beifahrersitz soweit wie möglich nach hinten schob. Zu viel Aufwand, nur um dann in einem Restaurant zu sitzen, wie ein Mann über dem eine dunkle Wolke hing.

Das Einzige, was Dane etwas Freude bereitete, war dieselbe Person, die ihm so viel Schmerz verursachte. An den Nachmittagen, wenn sie von der Arbeit kam, besuchte Willow jedes Mal ihre Hühner. Von einem der zwei Fenster im kleinen Wohnzimmer des Apartments aus, konnte er einen Teil von

Willows Hof sehen, inklusive der Scheunentür. Dane stand jeden Tag auf seine Krücken gebeugt am Fenster und wartete, bis sie wieder raus kam und den Korb mit Eiern schwingend auf ihre Tür zuging.

Es war ein sonniger Tag, die Scheune würde bereits offenstehen. Die Hühner kamen immer wie ein Rudel Welpen angerannt und schwirrten um Willows Knöchel herum. Und jedes Mal setzte sie den Korb ab und nahm eines der Hühner hoch. Dann saß das Hühnchen in ihrer Armbeuge, während Willow ihm über den Rücken streichelte. Danach holte sie stets ein paar Rosinen aus ihrer Tasche und die Mädels flatterten wie verrückt, während sie die Leckerbissen verteilte und mit ihnen redete.

Am liebsten beobachtete er dabei ihren friedlichen Gesichtsausdruck. In diesen Momenten konnte man sich kaum vorstellen, dass sie gerade eine schwere Zeit durchmachte. So viel hatte ihm Callie gesagt. Aber zumindest in den Augenblicken, in denen er zum Fenster heraus spähte, war sie nicht komplett gebrochen. Zumindest noch nicht.

Wenigstens galt dies für einen von ihnen beiden.

<hr>

Wenn es dunkel wurde, ging es Dane am schlimmsten. Die Dunkelheit machte das Apartment – und sein Leben – unglaublich klein, mit niemandem, den er durch das Fenster sehen konnte, außer seinem eigenen hässlichen Spiegelbild, das zurück starrte. An diesem Abend, kaum unterscheidbar von all den anderen, hatte Dane eine halbe Stunde durch die Fernsehkanäle gezappt, doch nichts hielt seine Aufmerksamkeit länger als ein paar Minuten.

Karl begann, in seinem Sessel unruhig zu werden. „Also, was ist das Problem mit Willow?", sagte er.

„Was meinst du?" Dane hielt die Augen auf den Bildschirm gerichtet.

„Was meinst du mit ‚Was meinst du?' Was ist dein

gottverdammtes Problem?" Karl riss Dane die Fernbedienung aus der Hand und schaltete den Fernseher aus. „Ich sehe, wie du sie im Hinterhof beobachtest. Ich habe keine Ahnung, warum du das machst. Aber wenn sie Post zu uns bringt, schaust du nicht mal in ihre Richtung. Es gibt zwölfjährige Jungen, die sich erwachsener verhalten als du."

Dane begann die schwierige Aufgabe, von der Couch runter zu kommen. Die Füße weiterhin auf einen Stuhl hochgelegt, krabbelte er wie eine Krabbe vom Sofa, bis er mit dem Rücken auf dem Boden lag. „Ich weiß, dass dir langweilig ist, Karl. Nur noch ein paar Wochen und dann können wir hier abhauen. Du kannst dir ein neues Wunderkind suchen, das dich stolz macht – für den Fall, dass ich mich vor den Olympischen Spielen nochmal verletze." Mit seiner Hüfte in der Luft drückte sich Dane auf die Fingerspitzen hoch und begann mit einer Reihe Dips, um Brust- und Armmuskulatur zu trainieren.

Karl sah auf seine Bierflasche. „Du benimmst dich wie ein trauriges Arschloch, Dane. Selbst für dich ist das extrem. Verrat es mir – was hat dir das nette Mädchen angetan?"

Dane beendete einen Satz mit dreißig Dips, bevor er seinen Hintern zu Boden ließ. „Du würdest nicht fragen, wenn du es nicht andersherum meinen würdest. Was habe ich *ihr* angetan?"

Sein Trainer beugte sich auf den Ellbogen vor und sah Dane in die Augen. „Na gut. Was hast du ihr angetan?"

„Wenn du es unbedingt wissen willst, ich hab sie geschwängert."

„Scheiße." Karl legte den Kopf in die Hände. „Ihr armen Kinder."

„Warum tue ich dir leid? Sie ist diejenige, die schwanger ist."

Der Ausdruck in Karls Gesicht war der härteste, den er je gesehen hatte. „Rede nicht mit mir, als wäre ich *dumm*, Dane. Nur weil du nicht über deine Probleme redest, heißt das nicht, dass ich sie nicht kenne."

„Du *kennst* sie nicht."

Karls Starren war unerbittlich. „Wenn du es unbedingt so haben willst, bitte.“

„Lass mich in Ruhe, Karl.“

„Ich lasse dich viel zu oft in Ruhe. Wenn du mit mir nicht reden willst, finde ich, du solltest dir woanders Hilfe suchen.“

Dane schnaubte. Er hob seine Hüfte vom Boden und begann einen weiteren Satz.

„Ich habe eine Frage – und wenn du sie beantwortest, fange ich nie wieder davon an.“

Dane sah auf.

„Wenn du aus dem Fenster auf Willow schaust, was siehst du dann?“

Dane spannte die Bauchmuskeln an und entschied sich, diesen Satz bis vierzig durchzuziehen. „Ich sehe jemanden, der mir einen Schlag in die Magengrube verpasst hat“, grunzte er.

„So fühlt sich Liebe an, Junge.“

Dane verlagerte seine Balance, so dass er sich mit einem Arm hochdrücken konnte. Dann griff er nach oben und schnappte sich die Fernbedienung aus der Hand seines Trainers. „Wenn du so weise bist, wie kommt es dann, dass du mit mir in diesem Drecksloch festsitzt?“

Zweiundzwanzig

Enttäuscht sah Callie Willows Pick-up in der Garage stehen, als sie in der Auffahrt des Bauernhauses anhielt. Ihre Freundin kam lächelnd aus der Küche, als sie ihre Wagentür öffnete.

„Callie?", rief Willow. „Was für eine angenehme Überraschung."

Callie war darauf bedacht, sowohl ihre Handtasche als auch die ruhigste Miene, die sie aufsetzen konnte, aus dem Wagen mitzubringen. „Willow, wieso bist du nicht beim Yoga?"

Willow zuckte die Schultern. „Mir war nicht danach. Und du sagtest, du könntest auch nicht kommen."

Callie zuckte zusammen. „Willow, ich muss mit Dane reden. Und ich möchte dich nicht dabei haben."

„Wieso?", flüsterte sie.

„Arztgeheimnis", flüsterte Callie.

Willows Mund klappte auf. „Du machst mir Angst, Callie."

„Hab keine Angst", sagte sie. „Egal wie, *dir* kann nichts

passieren. Bleib hier und setz uns etwas Teewasser auf, okay?"

„Na gut", sagte Willow widerwillig.

Callie drückte die Hand ihrer Freundin und zwang sich dann, sich von Willows angsterfüllten Augen abzuwenden. Sie ging auf die Apartmenttür zu und kramte in ihrer Handtasche nach den Sachen, die sie mitgebracht hatte.

Dane hörte einen Wagen in Willows Auffahrt und dann den Klang zweier Frauenstimmen. Er wappnete sich innerlich gegen das, was auf ihn zukam. Nichtsdestotrotz begannen seine Handflächen zu schwitzen. Es klopfte zweimal an der Tür, dann öffnete sie sich. Callie stand auf der Türschwelle.

Sein Mund wurde trocken.

Karl stand vom Sofa auf. „Ich gehe nach draußen", sagte er, bevor Callie überhaupt fragen konnte.

„Genau genommen…", Callie räusperte sich, „…bräuchte ich Sie in der Nähe."

„Nein, brauchst du nicht", spuckte Dane aus. „Karl, das ist privat." Er wischte die Hände an seinem T-Shirt ab und atmete tief durch die Nase ein. *Bleib ruhig*, mahnte er sich. Was immer die Ärztin sagte, es würde sich nichts ändern. Die Würfel waren vor langer Zeit gefallen.

Trotzdem durchsuchte er Callies steinernes Gesicht nach Anhaltspunkten. Ärzte übermittelten ständig Testresultate, Callie hatte bestimmt viel Erfahrung darin, schlechte Nachrichten zu überbringen. Aber sie hatte keine Ahnung, wie verzweifelt er sich wünschte, der Wahrheit noch etwas länger entkommen zu können. Nur noch ein paar Jahre des Nichtwissens – das war alles, was er wollte. Und jetzt konnte er nicht einmal das haben.

Schneller als es Dane lieb war, zog Karl seinen Mantel an und verschwand. Die Tür schloss er hinter sich.

Callie näherte sich dem Sofa, wo Dane sein gebrochenes Bein auf einem Stuhl hochgelegt hatte. Sie nahm etwas aus ihrer Handtasche und hielt es hoch, um es ihm zu zeigen. Eine Spritze. „Das ist ein Beruhigungsmittel. Wenn du deine Reaktion nicht unter Kontrolle hast, wenn ich denke, dass du einen von uns beiden verletzen könntest, werde ich dich ruhigstellen."

„Das wirst du nicht brauchen. Meine Testresultate werden kaum überraschend sein." Trotz seiner tapferen Worte schnürte sich ihm die Brust zu.

Mit ernstem Gesicht zog Callie ein Blatt Papier aus ihrer Handtasche. *Scheiße.* Er setzte einen sturen Blick auf.

„Deine Testergebnisse sind gekommen, Dane. Du bist negativ auf Huntington getestet worden. Du hast das Gen *nicht.*"

Eine Sekunde verging, dann zwei. Dane, die Kiefer fest aufeinander gebissen, hatte Probleme das Gesagte zu verstehen. Wieder und wieder spielte er ihre Worte im Kopf ab und versuchte, den Sinn darin zu finden. Dann spürte er, wie ihm die Gesichtszüge entglitten und der Raum sich zu drehen begann. „Nein", hörte er sich selbst sagen.

Callie kniete sich hin, um mit ihm auf Augenhöhe zu sein. „Doch. Ich habe die Testergebnisse hier in der Hand." Sie reichte ihm das Blatt. „Du hast es nicht."

Danes Kehle zog sich zusammen, als er es entgegennahm und die Faust so fest darum schloss, dass das Papier zerknitterte. „Die Ergebnisse sind falsch." Das mussten sie sein. Und wann immer er die korrekte Diagnose bekommen würde, würde dieser Moment der Unsicherheit zu ihm zurück kommen und ihn wie mit einem heißen Schürhaken stechen. Er wusste, wie schlimm falsche Hoffnungen einen Mann treffen konnten. Er hatte seine gesamten Teenagerjahre damit verbracht, darauf zu warten, dass ihm jemand sagte, es wäre ein Fehler unterlaufen – dass Finn leben würde.

Aber die Krankheit gewann immer. Er hatte es zu oft gesehen, um jetzt zu glauben, dass es auch anders sein könnte.

Callie griff erneut in ihre Handtasche und zog ein zweites

Blatt hervor. „Ich habe es an zwei verschiedene Labore geschickt, Dane. Zwei Ergebnisse, aus zwei verschiedenen Bundesstaaten. Dieselbe Antwort. Du wirst wie der Rest von uns alt werden müssen."

„Du bist eine Lügnerin", flüsterte er. Es war nicht fair, dass sie ihm das einreden wollte.

Sie schüttelte den Kopf. „Ich lüge nicht."

„Schlampe." Er starrte sie an, auf der Suche nach einem Anzeichen von Schwäche. Nach einem Zucken.

Sie erwiderte sein Starren mit klarem Blick. „Ich habe getan, worum du mich gebeten hast. Jetzt liegt es an dir."

Als er wieder redete, brach seine Stimme. „Du verarschst mich doch nur."

„Nein, das tue ich nicht. Und das bedeutet, jeder dunkle Gedanke den du hattest, jedes Muskelzucken, das waren keine Symptome, okay? Du bist gesund. Jetzt musst du für dich herausfinden, wie du damit leben wirst."

Die Bierflasche zu schmeißen war ein reiner Reflex. Er sah, wie sie an Callies Kopf vorbei pfiff und mit einem lauten Splittern am anderen Ende des Raums landete. Zusammen mit dem Geräusch des zersplitternden Glases hörte er einen Schrei der Frustration aus seinem Mund kommen. Dann flog die Tür auf und sein Trainer kam herein gestürmt. „Lass mich in RUHE!", schrie Dane.

„Dane!", rief Karl und rannte durch den Raum. Er legte eine Hand auf Danes Schulter.

Aber Dane schlug sie weg und schwang sich dann unsicher auf die Füße. Der Raum war zu heiß und es waren zu viele Leute darin. Er konnte nicht denken. Wenn er nur raus könnte, würde die Welt wieder etwas klarer aussehen.

„*Setz* dich", befahl Karl ihm.

„Ich hau ab", sagte Dane, dem das Herz in der Brust galoppierte.

Karl versuchte, ihn wieder auf die Couch zu drücken, aber

das ließ Dane nicht zu. Er rammte ihm den Ellbogen in den Bauch, sodass der alte Mann zurücktaumelte. Aber weil er nur auf einem Bein stand, brachte der Schwung Dane aus dem Gleichgewicht. Er begann zu wackeln.

Dann warf sich Callie auf ihn und drückte seinen Körper zurück aufs Sofa. „Halt ihn!", schrie sie. Karl kam auf sie zugestolpert, stützte sich auf Danes Schultern und hielt ihn so unbeholfen auf der Couch fest.

Und dann war er dort gefangen, wie ein Tier. Sein gebrochenes Knie pochte und Galle kroch seine Kehle hoch. Der Raum drehte sich und er schloss die Augen, um es auszublenden.

„Kann nicht glauben, dass du mich dazu zwingst", zischte Callie. Er hörte Plastik schnappen und dann merkte er, wie ihm eine Hand die Trainingshose am Hintern runter zog. Eine Sekunde später verspürte er einen Stich in der rechten Pobacke.

„Aauuu", röhrte er. „LASST mich." Seine Brust fühlte sich an, als würde sie zerspringen und sein nächster Atemzug verließ ihn als hitziges Schluchzen.

„Du schuldest mir siebenhundert Dollar. Und Willow eine Entschuldigung", murmelte Callie hinter ihm. Ihre warme Hand drückte auf die Einstichstelle. Dane legte einen Arm über sein Gesicht und konzentrierte sich darauf, sich nicht zu übergeben. Seine Glieder begannen, sich seltsam schwer anzufühlen.

⸻ ✳ ⸻

Als sie Schreie hörte, zog Willow hastig ihre Schuhe an und stieß die Küchentür auf. Sie brauchte nur fünf schnelle Schritte bis zur Apartmenttür. Doch als sie ankam, war schwer zu begreifen, was sie dort sah.

Callie hielt eine Spritze in einer Hand, die Plastikabdeckung zwischen den Zähnen. Als Willow ankam, ließ sie Dane gerade los und stülpte die Kappe wieder über die Nadel.

„Was ist hier los?", wollte Willow wissen. Dane lag auf der

Couch, den Kopf unterm Arm vergraben. Seine Brust hob und senkte sich schwer.

„Willow, sieh mich an", sagte Callie. Willow sah in das beruhigende Gesicht ihrer Freundin. „Alles in Ordnung, Süße. Es ist alles *in Ordnung*", wiederholte Callie.

Aber das konnte nicht sein. Denn Karl klaubte ein Blatt Papier vom Boden auf, als ob sein Leben davon abhinge. Nachdem er einen Blick darauf geworfen hatte, sank er auf die Knie und schlug die Hände vors Gesicht. „Mein Gott, ich kann's nicht glauben."

„Karl", warnte Callie. „Sie machen Willow Angst."

Willow kam in den Raum und nahm Karl das Papier aus der Hand. Es war ein Laborbericht, mit einem seltsamen Namen zuoberst. „Wer ist Egon Mane?"

Callie deutete mit dem Daumen auf Dane, der auf der Couch zusammengesackt war. „Ich habe den Namen erfunden…" Callies Kopf fiel herab, als wäre sie plötzlich sehr erschöpft. „Willow? Der Gefangene ist wieder frei. Ich bin mir nicht sicher, was als nächstes passiert. Aber jetzt müssen wir erst einmal zu dir in die Küche gehen. Setz das Wasser auf, ich bin in einer Minute da."

Willow nickte, war aber unfähig, ihre Beine zu bewegen.

„Karl?", fragte Callie, als sie ihre Handtasche aufhob. Er sah mit feuchten Augen zu ihr hoch. „Wussten Sie davon?" Callie ging zu Dane hinüber, um seinen Puls zu kontrollieren.

Karl nickte. „Ich hatte damals so eine Ahnung und habe den Nachruf seiner Mutter ausgegraben."

Callie legte Danes Arm neben seinen Kopf. Dann stützte sie seine Schulter gegen die Couchlehne, damit er nicht runter rollen würde. „Er wird nicht vor morgen aufwachen, okay? Die nächsten Tage werden bestimmt hart." Sie gab ihm ihre Visitenkarte. „Rufen Sie mich an, wenn Sie das Gefühl haben, dass Sie nicht alleine mit ihm klar kommen."

„Danke", flüsterte er.

„Es ist wirklich eine erstaunliche Krankheit, auf eine gewisse Art pervers", sagte Callie ihr. „Dreißig Jahre lang bist du vollkommen gesund – die Symptome sind erst zu erkennen, wenn du längst erwachsen bist. Anfangs hast du Muskelzuckungen und wirst vergesslich", sagte Callie. „Und von da an geht es bergab. Dein Körper versagt, deine Persönlichkeit wird dunkler. Du kannst dein Essen nicht mehr kauen oder reden. Doch deinen Verstand verlierst du erst ganz zum Schluss, also ist sich der Patient über jedes Bisschen Leiden bewusst."

Ihre Teetassen standen unberührt vor ihnen auf dem Tisch. „Oh, mein Gott", sagte Willow.

„Es ist extrem selten. Seine Mutter ist daran gestorben."

„Und sein Bruder auch", sagte Willow. „Letzten Monat."

„Mein Gott", sagte Callie. „Das hat er mir nicht einmal erzählt. Kein Wunder, dass der Typ so durchgeknallt ist. Ich schwöre es dir Willow – der Kerl hätte kein größeres Arschloch zu mir sein können, selbst wenn er es versucht hätte."

„Also…" Willow legte die Hände auf ihren Bauch. „Dachte er, das Baby…"

Callie nickte. „Dane hat sich nie testen lassen, weil er es nicht wissen wollte. Aber dann wurdest du schwanger…" Sie verdrehte die Augen. „Wenn ich mir nicht den ganzen Scheiß von ihm hätte anhören müssen, würde es sogar ganz nobel klingen. Er hat es für dich gemacht, Willow."

„Kein Wunder, dass er so wütend war." Willow vergrub das Gesicht in den Händen. „Ich war wirklich unvorsichtig, Callie. Ich hätte mir eine neue Pille holen müssen und ich hab's einfach aufgeschoben. Ich dachte, es würde schon nichts passieren."

„Nun ja…" Callie räusperte sich. „Eines Tages wird er hierauf zurückblicken und begreifen, dass du ihm einen riesen Gefallen getan hast. Aber es ist schwer zu sagen, wann dieser

Tag sein wird. Zunächst muss er eine ganze Reihe von Problemen bewältigen. Überlebensschuld-Syndrom…"

„Wut", fügte Willow hinzu. „Leugnen, Trauer, Isolation. Selbst seine Probleme haben Probleme."

Callie lächelte. „Wenigstens hast du die Ausbildung um zu verstehen, was er durchmacht."

„Ich *wusste*, dass da irgendwas war, Callie."

„Du bist eben eine sehr begabte Seelenklempnerin."

„Er hat sich selbst als schädlich bezeichnet."

Callie stieß den Atem aus. „Da hat er nicht gelogen. Er hat es wortwörtlich gemeint, was?"

Willow nickte. „Und wenn er deswegen so hartnäckig darauf bestanden hat, dass ich dieses Baby nicht bekomme…" Sie fuhr mit dem Finger über den Rand ihrer Tasse. „Gibt er damit praktisch zu, dass er sich wünscht, nie geboren worden zu sein."

„Das ist die Angst, die aus ihm spricht", sagte Callie.

„Da reden Jahre voller Schmerz. Er… er hat tatsächlich *geweint*. Direkt nachdem wir…" Sie räusperte sich. „Er klang gebrochen."

„Jetzt werd nicht weich, Willow. Ich denke, du solltest ihn jetzt außen vor lassen und selber entscheiden. Was sagt dir dein Bauchgefühl?"

„Mein Bauch macht sich Sorgen ums Geld. Wie könnte ich auch nur ein paar Monate mit einem Neugeborenen überstehen, wenn ich nichts habe? Es ist ja nicht so, als könnte ich bei meinem Aushilfsjob in Mutterschutz gehen."

Callie zuckte zusammen. „Finanziell könnte es eine Weile ziemlich eng werden. Aber wer weiß, mit etwas Glück könntest du in ein paar Jahren eine praktizierende Psychologin mit einem klasse Job sein. Es ist nicht unmöglich."

Willow stützte das Kinn auf ihre Faust. „Wenn ich nur wüsste, wie ich an etwas Glück komme. Das scheint es hier nicht gerade im Überfluss zu geben. Ich will ein Kind. Aber ist es fair, eins zu bekommen, wenn ich weiß, dass ich auf dem Weg zur Sozialhilfe bin?"

„Ich werde dir nicht sagen, was du tun sollst, Willow", sagte Callie vorsichtig. „Aber ich weiß, dass von Sozialhilfe leben nicht unbedingt eine permanente Situation sein muss."

„Ich weiß es einfach nicht", seufzte Willow. „Solltest du irgendwo eine magische Glaskugel rumliegen haben, darfst du sie mir gerne leihen."

„Das würde ich nie tun", lachte Callie. „Ich würde selber reingucken, um zu sehen, ob ich jemals den richtigen Mann finde."

Dreiundzwanzig

Obwohl es März war und der Schnee bereits zu schmelzen begann, stürzten die Außentemperaturen nochmal ab. Auf dem Sofa liegend lauschte Dane dem Heulen des Windes.

Er hatte die letzten Tage in einem Zustand der Benommenheit verbracht und kaum geredet. Nachdem das überaus wirkungsvolle Beruhigungsmittel nachließ, das Callie ihm gespritzt hatte, war er am nächsten Tag zitternd aufgewacht. Karl hatte sich um ihn gekümmert, als hätte er die Grippe, und ihm Suppe und Limo gebracht. Anfangs hatte er sich wirklich genau wie ein Grippepatient gefühlt — er hatte höllische Kopfschmerzen und null Interesse daran, etwas zu essen. Immer wieder schlief er für mehrere Stunden ein.

Aber als die Kälte unter der Tür hindurch kroch, ließ der Schock langsam nach. An diesem Morgen war sein Verstand endlich wieder online gegangen. Er verbrachte den Tag mit dem Versuch, sein Leben aus einem komplett neuen Blickwinkel zu betrachten.

Und es war unerträglich.

Jede Minute in Danes Vergangenheit war von Furcht eingefärbt gewesen. Intellektuell verstand er, dass sein negativer Bluttest das verändern sollte. Wie er jedoch feststellen musste, lag das Problem darin, dass ein paar Wörter auf einem Blatt Papier *ihn* nicht änderten. Zumindest nicht über Nacht. Anstatt Freude, verspürte er Angst. Er hatte noch fünfzig weitere Jahre, statt nur zehn. Aber da er so darauf bedacht gewesen war, Menschen aus seinem Leben zu halten – außer Finn, den es nicht mehr gab – würde es ein ziemlich einsames halbes Jahrhundert werden, sofern er seine Persönlichkeit nicht radikal umkrempelte.

Und vielleicht war es zu spät dafür. Einmal ein Arschloch mit Todeswunsch, immer ein Arschloch mit Todeswunsch?

In wenigen Tagen würde Dane die Erlaubnis bekommen, sein Bein wieder zu belasten und raus in die Welt zu gehen. Er musste eine Physiotherapie beginnen. Er würde Menschen in die Augen sehen müssen. Und er war sich nicht sicher, ob er noch wusste wie.

Eine schwere Wolke voller Selbsthass hing über ihm. Und wann immer er an Willow dachte, zog sich in ihm alles zusammen.

Langsam setzte Dane sich auf. Als er sich in den Stand hochgezogen hatte, wackelten ihm die Knie. *Muskelzucken*, dachte Dane sofort. Ein Herzschlag verging, bevor er sich an die Wahrheit erinnerte. Was für „Muskelzuckungen" er jetzt auch wahrnehmen sollte, sie waren nur ein Zeichen einer leichten Muskelschwäche – die Folge dessen, dass er wie ein Grippepatient nur herumgelegen hatte. Das Wackeln, das er spürte, war *kein* Unheilsbote. Es war kein Zeichen des Todes oder die Vorwarnung einer drohenden Krankheit. Probleme, die er mit seinen Knien haben würde, würden dieselben sein, die jeder andere Athlet auch entwickelte, der sonst in Porsche-Geschwindigkeit Berge hinunter raste.

Der Gedanke war nicht einfach zu schlucken. Dane hatte sich so lange vor der Krankheit gefürchtet, dass er es nicht abstellen konnte, nach Anzeichen in sich hinein zu lauschen.

Er hob seine Krücke auf und hüpfte ans Fenster. Es war zu früh am Tag, um nach Willow Ausschau zu halten. Sie würde noch ein, zwei Stunden auf der Arbeit sein. Aber als er zur Scheune sah, bemerkte er, dass die Scheunentür im Wind wackelte. Ihm fiel auf, dass sich der Türriegel im Wind bewegte und sich bei jedem Windstoß ein paar Zentimeter öffnete und schloss. Ihre Hühner bekamen wahrscheinlich jedes Mal, wenn das passierte, eine kalte Brise ab.

Das konnte nicht gut sein. Und Dane hatte nichts Besseres zu tun, als nach draußen zu gehen und sich das näher anzuschauen.

Als er gerade seinen Mantel anzog, kam sein Trainer aus dem Schlafzimmer und setzte eine Kanne Tee auf. „Wo gehst du hin?", fragte er verblüfft.

„Nach draußen", murmelte Dane. Er war noch nicht bereit, über das ganze Drama zu sprechen, das sich hier in dieser Woche ereignet hatte. Das Gespräch war längst überfällig und irgendwann würde er Karl sagen, wie dankbar er ihm für all die Pflege war. Aber darüber zu reden schien ihm jetzt noch nicht möglich. Er hatte ein Jahrzehnt damit zugebracht, *nicht* darüber zu reden. Er wusste nicht mal, wie er davon anfangen sollte.

Der ältere Mann musterte ihn für einen Moment, sein Blick war fest und freundlich. „Es ist arschkalt da draußen. Zieh dich warm an."

„Ja, Sir", brachte Dane hervor. Auf seinem gesunden Bein hüpfte er zu seinen Stiefeln in der Ecke. Dann zog er Handschuhe und eine Mütze an.

Sein Trainer hatte nicht gelogen – draußen war es eiskalt. Als Dane auf Krücken durch den platt gedrückten Schnee zur Scheune humpelte, gaben seine Stiefel beim Auftreten diesen unverkennbaren knirschenden Ton von sich, der nur bei Minusgraden auftritt.

Als er nah genug war, um einen genaueren Blick drauf zu werfen, war es für Dane ein Leichtes zu erkennen, wo das

Problem an der Scheunentür lag. Der Riegel war kaputt, das alte Metall in der Mitte durchgebrochen. Willow hatte versucht das Problem zu lösen, indem sie die beiden Teile mit einer Schnur verbunden und dann festgezurrt hatte. Aber der Wind war zu stark dafür. Noch ein, zwei Windstöße und der Riegel würde auseinanderbrechen.

Dane zog Willows provisorische Lösung so gut es ging zu. Dann steckte er den Kopf durch die Apartmenttür und überraschte seinen Trainer. „Hast du Lust, mit mir zum Baumarkt zu fahren?"

Karl legte den Sportteil der Zeitung weg und meinte: „Ich habe nichts Besseres vor."

⸻ ※ ⸻

Zwei Stunden später stand Dane wieder in seinem Wohnzimmer und wartete nahe des Fensters. Sie war heute spät dran. Die Sonne ging bereits unter, als Willow über den verkrusteten Schnee trottete, die Hand in der Tasche mit den Rosinen.

Dane sah zu, wie Willow kurz vor der Scheunentür stehen blieb. Zunächst berührte sie die neue Halterung und testete, wie gut der Riegel hindurch glitt. Dann drehte sie sich um.

Dane duckte sich in den Schatten, sodass sie ihn unmöglich sehen konnte.

Einen Moment später wandte sich Willow wieder dem Riegel zu und schob ihn ein paar Mal auf und zu. Schließlich öffnete sie die Scheunentür und ging ins Innere. Bevor sie die Tür hinter sich schließen konnte, erhaschte Dane noch einen Blick auf die flatternde Horde, die sich auf Willows Füße stürzte.

Es war wahrscheinlich der kleinste Gefallen, den ein Mann der angehenden Mutter seines Kindes je getan hatte. Aber es war ein Anfang.

Vierundzwanzig

Willow war nicht sicher, warum sich plötzlich Reparatur-Elfen auf ihrem Grundstück herumtrieben.

Zuerst gab es den neuen Türriegel an der Scheunentür. Die kleine Geste rührte sie und Willow gab sich der romantischen Fantasie hin, dass sich jemand ein wenig um sie kümmern wollte. Aber das war unwahrscheinlich. Der kaputte Riegel hatte die Scheunentür wahrscheinlich den ganzen Tag auf- und zuschlagen lassen und Karl und seinen missmutigen Untermieter in den Wahnsinn getrieben.

Wahrscheinlich war es der Trainer gewesen, der ihn repariert hatte. Dane konnte sowieso nicht fahren. Also war vermutlich der ältere Mann das Helferlein. Sie plante, sich bei ihm zu bedanken, wenn sie ihn das nächste Mal sah.

Aber am nächsten Abend leuchteten ihre Außenlichter auf mysteriöse Weise wieder. In beiden der altmodischen Wandleuchter, die links und rechts ihrer Küchentür hingen, hatten seit einer peinlich langen Zeit die Glühbirnen gefehlt. Doch als sie an diesem Abend vom Yoga nach Hause kam, begrüßte ihr heller Schein sie in der Auffahrt.

Und – und dies war eine kompliziertere Reparatur – der kaputte Teil des Garagentors war instand gesetzt worden. Seit über einem Jahr hatte sich die Holzverkleidung ständig weiter abgespalten und die billige Schaumstoffisolierung im Innern freigelegt. Es verlieh dem Anwesen einen gewissen Ghetto-Charme, auf den Willow gut verzichten konnte. Andererseits hatte sie auch kein Geld übrig, um es für Reparaturen auszugeben, die nicht unbedingt notwendig waren.

Sie brauchte einen Tag, bis es ihr überhaupt auffiel. Eines Nachmittags roch Willow Sägemehl in ihrer Garage, doch da sie an dem Abend das alte Garagentor nicht schloss, entdeckte sie den Ursprung des Geruchs nicht.

Doch an diesem Abend stieg sie um elf Uhr nochmal aus dem Bett, weil sie das Kratzen und Stolpern von jemandem in der Einfahrt hörte. Auf Zehenspitzen schlich sie zum Küchenfenster und sah einen Mann (der auf einem Bein stand) das Garagentor herunterziehen. Selbst im Dämmerlicht erkannte sie das helle Stück, an dem das neue Holz den alten, kaputten Teil ersetzt hatte. Sie hörte die Melodie eines leisen Pfeifens, als die große Gestalt mit lockigen Haaren sich herabbeugte und einen Pinsel in eine Farbdose tauchte.

Willow sah zu, wie er begann, den neuen Teil des Tors zu streichen.

„Wer streicht im Dunkeln?", flüsterte Willow zu sich selbst. Kein normaler Mensch, so viel stand fest. Aber Dane war da draußen, mit seinem lockigen Haar, das unter seiner Strickmütze hervorspross, genau wie am ersten Abend, an dem sie ihm begegnet war.

Wie seltsam.

Sie hatte die letzten Wochen versucht, nicht an Dane zu denken. Aber das war seit Callies großer Offenbarung fast unmöglich gewesen. Danes Leben hatte sich fundamental verändert und sie konnte nicht anders, als sich zu fragen, was das für ihn bedeutete.

Das ist nur die Psychologin in mir, die sich fragt, wie es ihm geht, sagte sie sich.

Ja, klar.

Wie sie so dastand und auf die Gestalt starrte, die im Mondlicht ihr Garagentor strich, war es unmöglich zu leugnen, dass ihr Interesse etwas persönlicher war.

„Ich bin nicht der Typ für eine feste Beziehung", hatte er in der ersten Nacht gesagt, während sie in seinem Jeep auf den Straßenpflug gewartet hatten. Dane war nicht der erste Mann, der einer Frau auf diese Weise eine Abfuhr erteilt hatte. Aber die Worte bekamen einen anderen Klang, jetzt wo sie wusste, was er durchlebt hatte. Dane hatte wahrscheinlich gedacht, dass er nie eine Partnerin haben würde. Dass jede Beziehung, die er begann, nur in großem Kummer enden konnte.

Willows Beziehungen hatten immer mit Kummer geendet, selbst ohne die Hilfe einer tödlichen Krankheit. Andererseits hatten sie alle die *Möglichkeit* eines Happy Ends gehabt. Im Gegensatz dazu musste Dane sich gefühlt haben, als würde er in einer Welt leben, in der alle anderen eine Chance auf ein Happy End bekamen. Alle außer ihm.

Sie musste zittern, wenn sie nur daran dachte.

Es stand eine dünne Mondsichel am Himmel, gerade genug, um vom Schnee reflektiert zu werden. Mit langsamen Pinselstrichen bemalte Dane das Tor. Sie wusste, sie sollte einfach zurück ins Bett gehen, aber es war zu verlockend, seine starken Schultern zu bewundern und sich daran zu erinnern, wie sich sein Haar zwischen ihren Fingern angefühlt hatte.

Ihre Garage mitten in der Nacht zu streichen war eine seltsame Sache. Aber auch irgendwie passend. Denn jede einzelne Interaktion zwischen ihnen war unberechenbar gewesen.

Willow seufzte. Sie brauchte wirklich *langweiligere* Männer in ihrem Leben. Dane war in jeder Hinsicht ein Risiko. Sie wusste das. Also warum war es so schwer, wegzusehen? Sie wurde von ihm wie die Motten vom Licht angezogen, schon bei ihrer ersten gemeinsamen Nacht. Die Anziehung, die sie bei seinem Anblick verspürte, entbehrte jeder Vernunft. Es löste keines ihrer Probleme und tat keinem von beiden gut.

Obwohl Willow das wusste, sah sie ihm weiter zu.

Kurze Zeit später trat Dane einen Schritt zurück, um sein Werk zu begutachten. Er holte eine Taschenlampe aus seiner Jacke und richtete sie auf die Farbe. Er besserte sie an ein paar Stellen aus, bevor er das Licht wieder ausschaltete.

Sie sah ihm so lange zu, bis er fertig war und den Deckel wieder auf die Farbdose drückte. Dann beobachtete sie, wie er wieder im Apartment verschwand.

Willow tapste zurück in ihr Bett. Mit einer Hand auf ihrem noch flachen Bauch schloss sie die Augen und versuchte zu schlafen. Doch selbst dann sah sie ihn auf ihren geschlossenen Augenlidern. Er lächelte sie an. Er machte einen Espresso in ihrer Küche. Er reichte ihr Bier in einem dunklen Auto.

Stopp, befahl sie sich. Er und sein Trainer würden Ende April verschwinden, wenn Karls Mietvertrag auslief. Es spielte keine Rolle, dass sie wissen wollte, was er dachte oder ob er es schaffen würde, das alles hinter sich zu lassen und glücklich zu werden.

Sie war nicht wirklich ein Teil seines Lebens, selbst wenn sie es sein wollte.

Wenigstens konnte sie aufhören an ihn zu denken, wenn er mehrere tausend Meilen entfernt wohnen würde. Und vielleicht hörte sie dann auf, sich so bescheuert zu fühlen.

Fünfundzwanzig

„Da muss ich unsere Preisliste holen", sagte der Typ vom Baumarkt am Telefon zu Dane. „Können Sie kurz dranbleiben?"

„Klar." Danes Stimme war kratzig. Er hatte seit Tagen kaum gesprochen.

Durch den Hörer drang schwache Fahrstuhlmusik an sein Ohr. Dane sah aus dem Fenster und konnte einen Streifen dunklen Himmels erkennen. Angeblich stand noch ein weiterer Wintersturm bevor. Das würde seinen Reparaturplänen einen Dämpfer verpassen.

Er hatte schon einige Projekte abgeschlossen und sich bereits neue ausgedacht. Bei einem alten Haus wie dem von Willow gab es immer etwas zu tun. Hier konnte er sich theoretisch ein Jahrzehnt lang beschäftigen. Das heutige Projekt? Ersatzglas für zwei kleine Fensterscheiben bestellen, die augenscheinlich Sprünge hatten.

Außerdem hoffte er herauszufinden, warum Willows Motor

jedes Mal, wenn sie ihn anließ, so ein klopfendes Geräusch von sich gab. Aber das würde schwierig werden. Denn jedes Mal, wenn Willows Pick-up zu Hause war, war Willow das auch.

Doch er wollte auch nicht um Erlaubnis bitten, sonst hätte er erklären müssen, warum er tat was er tat. Die Wahrheit war, dass alles was er für Willow machte, auf eine Art auch für ihn war. Seit dem Abend, an dem Dr. Callie ihm die unerwartete Nachricht gebracht hatte, hatte er gewaltige Probleme damit, seine Gefühle darüber zu ordnen. Es gab Momente, in denen er Ausbrüche unglaublicher Erleichterung verspürte.

Leider folgten auf die Erleichterung jedes Mal drückende Schuldgefühle. Selbst in diesem Moment, in dem er die Instrumentalversion eines Pearl Jam Songs über das Telefon hörte, fühlte sich Dane, als stünde er nur ein paar Schritte vom Abgrund der Verzweiflung entfernt. Als Finn vor sieben Wochen gestorben war, hatte sich Dane einfach nur taub gefühlt. Aber jetzt war Trauer sein ständiger Begleiter. Es war nicht fair, dass er leben würde, während Finn und seine Mutter sterben mussten.

Er war der Glückliche, aber er hatte sich nie so benommen, als wäre es so. Wie benahm sich eine glückliche Person überhaupt? Konnte er das?

Dane wurde davor bewahrt, diese gigantische Frage zu beantworten, indem der Typ vom Baumarkt zurück ans Telefon kam.

„Okay", sagte der Mann. „Sie brauchen zwei Glasscheiben."

„Genau. Zwei kleine, sie gehören zu zwei alten Sprossenfenstern", sagte er.

„Wie sind die Maße?"

„Die eine ist 25 mal 15 Zentimeter groß", sagte Dane. „Die andere…" Er zögerte.

„Müssen Sie sie noch abmessen?"

Dane kaute auf dem Ende des Stifts, den er in der Hand hielt. „Die andere sieht so aus, als hätte sie dieselben

Abmessungen. Aber das Fenster ist im ersten Stock, also bin ich nicht sicher."

Der Baumarkttyp räusperte sich. „Sie könnten, äh, nach oben gehen und nochmal nachmessen, oder?"

„Die Sache ist die, ich habe keinen Zugang zum Haus", sagte Dane.

„Vielleicht sollten Sie nur die Scheibe bestellen, die Sie bereits gemessen haben", schlug der Typ vor. In seiner Stimme lag eine leichte Ungeduld. Dane konnte es ihm nicht verübeln. Wer bestellte schon Ersatzscheiben für die Fenster eines anderen?

Er. Denn kleine Dinge an Willows Haus zu reparieren gab ihm eine Möglichkeit ihr zu helfen. Und gleichzeitig hatte er etwas, das ihn beschäftigte.

Dane gab dem Baumarkttypen seine Kreditkartennummer durch und legte dann auf.

Am anderen Ende des Raums zog sich sein Trainer gerade die Stiefel an. Dane war dankbar, dass Karl kein einziges Wort über Danes seltsames neues Hobby verloren hatte. „Der Sturm, den sie angekündigt haben, könnte uns dreißig Zentimeter Schnee bringen, also fahre ich los und besorge uns einiges an Lebensmitteln." Karl griff nach seiner Jacke.

„Könntest du..." Er schluckte. „Würdest du kurz nachfragen, ob Willow auch alles hat, was sie braucht?"

Karl legte den Kopf schräg und sah ihn mit sanfter Miene an. „Das würde ich", sagte er. „Aber sie ist nicht zu Hause. Callie hat sie vor ein paar Stunden abgeholt, sie sind zu irgendeinem Termin im Krankenhaus gefahren." Er schnappte sich die Schlüssel vom Nagel bei der Tür. „Ich hoffe, sie schaffen es zurück, bevor der Schneefall noch wilder wird. Wir sehen uns in einer Stunde." Dann ging er zur Tür hinaus.

Stille senkte sich über den Raum und Dane ließ sich die Worte seines Trainers durch den Kopf gehen. *Termin im Krankenhaus.*

Rasch stand er auf, Galle stieg ihm die Kehle hoch. Hatte Willow eine…?

Danes Herz hämmerte gegen seine Rippen. Er hätte sich schon längst persönlich bei ihr entschuldigen sollen. *Verdammt.* Er hätte ihr sagen sollen, dass egal wie sie sich entschied, es für ihn okay war.

Er war so ein Arsch gewesen.

Dane griff sich mit den Händen an den Kopf, der Raum begann sich zu drehen. Er konnte sich immer noch entschuldigen. Er würde sich entschuldigen. Aber was, wenn sie bereits auf ihn gehört hatte? Was, wenn sie glaubte, dass er sie wirklich für eine… all die schrecklichen Dinge hielt, die er ihr an den Kopf geworfen hatte.

Er atmete tief durch und musste sich schütteln.

Der Wind tobte immer lauter und rüttelte am Dach. Dane stand vom Sofa auf. Er hob seine Krücken vom Boden und begab sich ans Fenster. Der Schneefall hatte vor einer Stunde eingesetzt und jetzt sah Dane, dass die Flocken bereits die Flecken von Gras bedeckten, welche das Tauwetter kürzlich erst freigelegt hatte. Durchs Fenster konnte er einen Teil von Willows Hinterhof und der Scheune dahinter sehen. Dane starrte nach draußen. Und wartete.

Callie brachte Willow nach Hause, konnte aber nicht bleiben. „Ich muss nach Hause, bevor die Straßen noch schlimmer werden."

„Vielen Dank, dass du mitgekommen bist!" Willow strahlte ihre Freundin an.

„Das wollte ich nicht verpassen", sagte Callie.

In einer halben Stunde würde es dunkel werden und der Schneefall weiter zunehmen. Also ging Willow nicht direkt ins Haus, sondern in die Garage, wo die Futtersäcke standen. Einen der fünfzig Pfund Säcke hatte sie bereits auf einen Kinderschlitten gehievt. So musste sie ihn nur noch zur

Scheune ziehen.

Willow machte sich auf den Weg über den Hof, der stärker gewordene Wind zerzauste ihr Haar. Als sie die Scheune erreichte, öffnete sie die Tür und zog das Hühnerfutter hinein. „Vorsicht, Mädels", sagte sie, als der Schlitten über die Holzspäne fuhr. Sie rutschte vorwärts, zum Futterkasten.

Der nächste Teil würde knifflig werden.

Willow legte den leeren Futterkasten auf die Seite. Dann schob sie das Vorderteil des Schlittens in dessen Öffnung. Danach stellte sie sich hinter den Schlitten, griff das hintere Ende und versuchte, ihn hochzuhebeln, damit der fünfzig Pfund Sack in den Kasten kippte.

Stattdessen bog sich der Plastikschlitten in der Mitte durch.

„Mist", sagte sie. So würde das nicht klappen. Also ging sie über dem Futtersack in die Hocke und packte ihn von beiden Seiten.

„Brauchst du Hilfe?"

Willow wirbelte herum und sah Dane mit Schnee in den Haaren im Türrahmen lehnen. Er hatte sich einen Bart wachsen lassen, was sein Gesicht etwas älter und ernster wirken ließ. Sein Gesichtsausdruck passte dazu – er war düster und nachdenklich. Doch er war immer noch derselbe Mann, bei dem ihr der Atem stockte, wenn sie ihn ansah. Diese scharfen blauen Augen unter diesen langen Wimpern waren auf sie gerichtet. Dann bewegte er sich auf sie zu und die Gummienden seiner Krücken gruben sich dabei in die Holzspäne.

Zu überrascht, um zu reden, machte Willow ihm Platz.

Dane legte seine Krücken auf den Boden. Dann stellte er den Futterkasten auf, beugte sein gesundes Knie, hob den Futtersack auf und ließ ihn in den Kasten fallen.

„Danke dir", flüsterte sie verunsichert. „Ich versuche, nichts Schweres zu..." Sie hielt inne und presste die Lippen zusammen.

Langsam richtete er sich auf. „*Nichts Schweres zu heben*", sagte er. Dann öffnete und schloss sich sein Mund, wie der eines Fisches.

Oh nein. Sie spürte, dass sie anfing zu zittern.

„Willow", begann er. Dann stützte er sich mit einer Hand an der Scheunenwand ab. „Bekommst du ein Baby?"

Aus Angst vor seiner Reaktion nickte sie nur.

Langsam schloss er die Augen und fasste sich mit der freien Hand an die Schläfe. „Gott, ich bin so erleichtert."

Ein paar Sekunden lang war sie unfähig, etwas zu sagen. „*Bist* du?", stammelte sie.

Er nickte und sah sie unsicher an. „Weil…", sagte er. „Weil ich dich nicht *gebrochen* habe, Willow. Du hast deine eigene Entscheidung getroffen." Mit einem Seufzen legte er den Kopf in den Nacken. „Ich habe schreckliche Dinge zu dir gesagt und du hast dich nicht unterkriegen lassen."

„Es war keine einfache Entscheidung und ich weiß nicht, ob ich das Richtige gemacht habe", sagte sie und merkte, dass sie anfing, unkontrolliert zu plappern. „Aber mein Bauchgefühl sagt mir, dass ich ein Kind will. Das Timing ist zwar furchtbar, aber ich möchte wirklich eins."

Der Ausdruck in seinem Gesicht war so offen, so verletzlich, dass es sie aus der Fassung brachte. „Du bist echt beeindruckend, Willow. Du triffst ständig nur Arschlöcher…" Er schüttelte den Kopf. „Aber niemand zerbricht dich. Nicht der Idiot, der dich verlassen hat, ich nicht, die Penner in der Bar an dem Abend…" Er räusperte sich. „Entschuldige. Eigentlich bin ich gekommen, um dir etwas anderes zu sagen." Er beugte sich nach vorne und hob seine Krücken vom Boden auf. Dann hüpfte er näher zu ihr.

Sie starrte zu ihm hoch. Sie musste sich zusammenreißen, um nicht nach ihm zu greifen und ihn zu berühren, nur um festzustellen, ob er wirklich hier war und mit ihr redete.

„Willow, ich will mich einfach nur entschuldigen. Alles, was ich gesagt habe – ich wünschte, ich könnte es zurücknehmen. Es tut mir so leid, wie herzlos ich zu dir war. Du hast etwas viel Besseres verdient."

In dem Moment ließ ein Windstoß die Scheunentür in ihren Angeln schlagen und die Hühner liefen aufgescheucht davon.

Willows Herz schlug ihr bis zum Hals. „Dane, ein Blizzard ist unterwegs und…", plötzlich wurde ihr schwindelig. Sie hatte auf seine Entschuldigung gewartet, nein, sich *verzweifelt* danach gesehnt. Aber es wirklich zu hören war beängstigend. Die Entscheidung, ihn aus ihrem Leben zu verbannen, war schmerzhaft, aber auch unkompliziert gewesen. Und jetzt stand er mit flehenden Augen vor ihr. Sie wusste nicht, was sie damit anfangen sollte.

„Es gibt noch mehr, das ich loswerden muss, Willow", sagte er leise. „Können wir im Haus weiterreden?"

Sie atmete tief durch. „Gib… gib mir nur eine Minute." Mit klopfendem Herzen wandte sie sich von ihm ab. Der Futterkasten war voll und die Wasserflasche ausreichend gefüllt. „Haltet durch, Mädels", rief Willow. „Wir sehen uns morgen früh." Sie zog sich die Kapuze über den Kopf, dann folgte sie Dane aus der Scheune und schob den brandneuen Türriegel vor.

⁓ ⸭ ⁓

Die Welt draußen war ein dunkles Wirbeln. Schnee bedeckte jede Oberfläche und vor jedem Baumstamm begannen sich kleine Schneewehen zu bilden. Willow ging voraus und öffnete die Küchentür für Dane. Sie streifte ihre Schuhe ab, ließ sich aufs Sofa fallen und schaltete die Tischlampe in der Ecke ein.

An der Küchentür kämpfte Dane noch damit, sich aus seinem schneebedeckten Stiefel zu befreien. Als er endlich auf seinen Krücken zu ihr kam, war sie zwar begeistert, dass er reden wollte, hatte aber gleichzeitig auch Angst vor dem, was er sagen würde.

„Willow", sagte er zögerlich, als er vor ihr stand. „Du musst mich nicht so ansehen, ich werde dir gegenüber kein böses Wort mehr sagen."

Sie nahm einen tiefen Atemzug und stieß ihn langsam wieder aus. „Ich denke, da gab es mildernde Umstände. Callie hat mir davon erzählt. Dass du dachtest, du hättest... diese genetische..."

Er manövrierte sich um den Wohnzimmertisch herum und ließ sich neben sie aufs Sofa nieder. Langsam streckte er die Hand aus und legte sie auf eine ihrer Hände, welche auf einem Kissen zwischen ihnen lag. „Aber ich war so widerlich zu dir, Willow. Ich war zu der einzigen Person gemein, die..." Er führte den Satz nicht zu Ende. „Ich bekomme die Worte nicht aus meinem Kopf."

Sie zog ihre Hand weg, überschlug die Beine und wandte sich ihm zu. „Mir tut es auch leid."

„Was denn?"

„Ich war nicht vorsichtig, obwohl ich behauptet habe, ich wär's."

Er schüttelte den Kopf. „So was passiert. Nur normalerweise nicht Leuten wie uns."

Sie musterte ihn und ihr fiel auf, dass seine Augen ruhig und klar waren. Sie wollte, dass dieser Dane – der neue Dane – in ihrer Nähe blieb. Aber sie war noch nicht so weit, der Sache zu trauen. „Kann ich dir was zeigen, was ich heute bekommen habe?"

„Klar."

Selbst dann zögerte Willow noch. Aber seine blauen Augen waren geduldig, abwartend. Sie stand auf, zog den kleinen Stapel Ultraschallbilder aus ihrer Hosentasche und reichte sie ihm. Willow konnte ihr eigenes Herz schlagen hören, als er auf das erste Bild und dann auf alle weiteren sah.

„Wow", flüsterte er und sah mit Staunen im Gesicht zu ihr hoch. „Ich kann nicht glauben, dass das echt ist."

„So habe ich auch reagiert", gab sie zu.

Er lachte und hielt eines der Bilder näher an den Schein der Lampe. „Ein winziger, skifahrender Hühnerfarmer." Er ließ die Bilder in seinen Schoß fallen. „Ich habe absolut keine Erfahrung mit sowas. Also muss ich fragen – wie kann ich dir helfen?" Er räusperte sich. „Ich muss es wissen. Bevor ich all die kleinen Dinge am Äußeren deines Hauses in Ordnung bringe. Was kann ich *wirklich* tun?"

Die Frage ließ ihr Herz rasen. „Ich... ich habe echt keine Ahnung. Ich habe nie damit gerechnet, dass du fragst."

Dane zuckte zusammen. „Das ist verständlich."

„Ich schätze..." Sie räusperte sich. „Ich bin ganz gut für die nächsten sechs Monate gerüstet."

„Okay." Er seufzte. „Willow, bald brauche ich diese Krücken nicht mehr."

„Das ist gut."

„Klar. Aber in ein paar Wochen sollte ich eigentlich in Richtung Westen aufbrechen."

Oh.

Willow verspürte einen unsagbaren Druck auf ihrer Brust. Ob es eine vernünftige Reaktion war oder nicht, die Vorstellung, dass Dane für immer weggehen würde, machte sie unbeschreiblich traurig. „Ich verstehe." Sie sah auf ihre Hände herab.

„Willow?" Sie sah auf und bemerkte, wie ernst seine Miene geworden war. „Wenn du möchtest, dass ich bleibe, bleibe ich."

Ihr Herz machte einen Sprung, doch sie traute ihren Gefühlen nicht.

Er wirkte nervös. „Ich weiß, dass ich es nicht wirklich verdient habe, aber ich muss fragen, weil ich es sonst für immer bereuen werde. Wäre es möglich, dass ich etwas mehr Zeit mit dir verbringe?"

Hoffnung stieg in ihr auf, doch Willow versuchte, sie zu

unterdrücken. Es gab immer noch so viele Probleme zwischen ihnen. „Aber ich bekomme ein Baby, das du nicht willst."

Er schüttelte den Kopf. „Wer weiß schon, was ich will, Willow? Jahrelang habe ich mir diese Frage nie gestellt. Ich bin eine einzige Katastrophe. Es ist nur… du verzauberst mich, Willow. Jedes Mal, wenn ich dein Gesicht sehe, bin ich glücklich."

„Ich… sowas sagen Menschen nicht zu mir." Sie hatte einen Klos von der Größe New Englands im Hals.

„Das sollten sie. Und ich wünschte, ich hätte es schon früher gesagt. Aber ich… ich habe mich selbst abgeschottet. Ich hatte noch *nie* eine feste Freundin, weil ich dachte, es wäre ihr gegenüber nicht fair. Das heißt, dass ich noch nie einer Frau gesagt habe, dass ich sie liebe. Ich habe noch nicht einmal 'Ich ruf dich morgen an' gesagt. *Gott…*" Er brach ab und verdrehte die Augen. „Ich verkaufe mich hier wirklich gut, was?"

Willow konnte nicht anders – sie musste lächeln. „Ich weiß nicht, was ich sagen soll. Ich habe die letzten drei Monate damit verbracht, über dich hinweg zu kommen. Was willst du von mir, Dane?"

Er legte einen einzelnen Finger auf ihren Handrücken und sie fühlte sich, als würde sie ein Stromstoß durchfahren. „Weißt du, wie manche Menschen eine To-Do-Liste für ihr Leben erstellen? Sie wollen zum Bungeejumping nach Neuseeland oder Sex auf einer Flugzeugtoilette haben?"

„Okay…?"

„Naja, meine To-Do-Liste sieht komplett anders aus. Ich will bei einem Film auf deinem Sofa einschlafen. Ich möchte dir in Werbepausen ein Bier bringen. Ich möchte, dass du deine kalten Füße an meinen wärmst."

„Ich kann kein Bier trinken, ich bin schwanger."

„Würdest du *bitte* hierhin kommen?" Er fuhr mit der Hand über die Stelle neben sich auf dem Sofa.

Mit klopfendem Herzen rutschte Willow zu ihm und legte ihre Füße neben seine auf den Wohnzimmertisch.

Dane schlang die Arme um sie und sie lehnte sich an seine Brust. Sein Körper war warm und kräftig. Er küsste sie auf den Kopf und sie zog seine Arme enger um ihre Taille. „Du hast keine Ahnung, wie glücklich mich das macht", sagte er. „Nur das hier." Er drückte sie sanft.

Sie drehte ihr Kinn und ruhte mit der Wange auf seiner Brust.

„Das wichtigste, was ich dir sagen möchte", sagte Dane mit sanfter Stimme, „ist, dass jedes Mal, wenn ich dich verlassen habe – seit dem ersten Morgen – ich nur gegangen bin, weil ich dachte, ich müsste es. Ich bin damit sehr schlecht umgegangen, aber ich wollte uns beide nur beschützen. Nur gab es keine Möglichkeit, das zu tun."

„Ich fange an zu verstehen", sagte Willow.

Für eine Minute waren sie still, dann sagte er: „Es ist hart für mich, Willow. Selbst jetzt versuche ich, diese kleine Stimme in meinem Kopf zu ignorieren. Die, die sagt: du lässt das Mädchen besser in Ruhe, du bist schädlich." Seine Stimme senkte sich zu einem Flüstern. „Wag es nicht, sie zu lieben."

Willows Herz schlug heftiger. „Wenn du ein Leben haben willst, sag dieser Stimme, dass sie verschwinden soll", flüsterte sie.

„Das will ich ja", sagte er stockend.

Willow hob den Kopf. Ihre Augen waren feucht. Ohne nachzudenken hob sie die Hand und strich ihm über die Wange. „Ich habe versucht mir vorzustellen, wie das für dich war. Mit der Angst zu leben, jung zu sterben."

„Es ist nicht nur das Sterben", sagte er mit brüchiger Stimme. „Es ist *hässlich*, Willow. Eine furchtbare Art dahinzusiechen. Mein Vater ist abgehauen, weil er es nicht länger mit ansehen konnte. Also habe ich mir gesagt – lass nie jemanden zu nah an dich heran. Jahrelang dachte ich, dass ich alles im Griff hätte. Ich hatte ein aufregendes Leben und blieb für mich allein."

„Bis ich deine Strategie versaut habe."

Er umarmte sie fester. „Du hast mich umgehauen, Willow. Als ich dich traf, war es, als hätte ich mich bei 130 Sachen auf die Fresse gelegt."

„Das tut mir leid."

„Mir nicht. Ich bin kaputt und ich bin durcheinander, aber es tut mir nicht leid." Er atmete tief durch die Nase ein.

Stille senkte sich über die beiden, aber es war eine gute Stille. Hier mit ihm zu sitzen war einfacher, als sie gedacht hätte. Draußen heulte der Wind und der Schnee, der in der immer tiefer werdenden Dunkelheit fiel, überdeckte die Fußspuren, die sie zwischen Scheune und Haus hinterlassen hatten. Willow fragte sich, ob die hässlichen Spuren, die sie sich gegenseitig auf ihren Herzen zugefügt hatten, ebenfalls bedeckt werden konnten.

„Was glaubst du, geschieht als nächstes?", fragte Dane leise. „Das ist eine Frage, die ich mir nie gestellt habe. Ich war immer neidisch auf Leute, die eine Zukunft hatten. Ich habe nie gedacht, dass ich mal eine hätte, die so kompliziert ist."

Sie streichelte seine Hand, die auf ihrem Bauch lag. „Einfach einatmen. Und wieder ausatmen. Dann wiederholen", sagte sie.

Er lachte. „Ich kann's versuchen."

Sie drehte den Kopf, um ihn anzusehen. „Also, bei welchem Film möchtest du zuerst einschlafen?"

Ein kleines Lächeln breitete sich langsam auf seinen Lippen aus und wanderte zu seinen Augen. Dann steckte er die Nase in ihr Haar. „Das ist mir egal. Such du einen aus."

„Weißt du", sagte sie, „in letzter Zeit habe ich auch eine kleine Stimme im Kopf."

„Und was sagt sie dir?" Seine Grübchen zeigten sich.

„Sie sagt", dramatisch senkte sie die Stimme auf ein Flüstern, „Popcorn mit extra viel Butter." Sie schob seine Hände von ihrem Bauch und stand auf. Dann reichte sie ihm die Fernbedienung. „Guck du nach, was so läuft."

Sechsundzwanzig

Sie einigten sich auf einen Actionstreifen. Aber Dane konnte sich kaum auf den Fernseher konzentrieren. Er war zu sehr damit beschäftigt, den Erdbeerduft ihrer Haare einzuatmen und die Wärme ihres Rückens auf seiner Brust zu genießen. Als sie bei einer besonders heftigen Schießerei seine Hand fester drückte, schloss er die Augen, um sich voll und ganz auf das Gefühl ihrer Hand konzentrieren zu können. Wann immer sie sich weiter an ihn kuschelte, dehnte sich seine Brust vor Glück aus.

Das Mädchen fühlte sich so gut an. Ihre Nähe war wie eine Therapie.

„Wenn die den Charakter töten, werde ich richtig sauer", sagte sie und zeigte auf den Bildschirm. „Den Biker-Typen."

„Hmm?"

„Er wird am Ende draufgehen", sagte sie.

„Kennst du den Film?", fragte er.

„Nein. Aber diese Nebenrolle ist ein klassischer

Überkompensator. So ein Charakter gehört zu den Typen, die beim großen Finale irgendein fürchterliches Risiko eingehen."

Er kicherte in ihr Haar. Sie griff nach hinten, strich es sich von der Schulter und legte ein cremiges Stück ihres Halses frei. Es war direkt da, direkt unter seiner Nase. Wenn er sich nur zwei Zentimeter nach vorne beugen würde, könnte er daran knabbern, nur ein bisschen.

Hör auf. Mach es nicht kaputt.

Der Plan für heute Abend war, einfach nur bei ihr zu sein. Und es war ein guter Plan. Impulsiver Sex hatte ihnen beiden schon genug Ärger eingehandelt und er war bereit, zu warten. Also ignorierte Dane die Schwellung in seiner Unterhose und lehnte sich auf der Couch zurück. Im Fernsehen kroch der Held durch ein dunkles Parkhaus, nur noch eine Patrone im Magazin. Aus der Dunkelheit erklang das Geräusch eines gespannten Pistolenhahns und der Held erstarrte.

Genau bei dieser spannenden Filmszene rutschte Willow Danes Brust hoch. Nun war ihr Hals noch näher an seinen Lippen. Danes Schwanz drückte gegen seine Hose und er schickte ihm eine stille Warnung nach unten. *Alter, das werden wir heute Abend nicht tun.*

Nachdem dem Actionheld eine weitere wagemutige Flucht geglückt war, neigte Willow ihren Kopf nach hinten und drehte ihr Kinn, sodass ihre Lippen beinahe sein Ohr berührten. Dann atmete sie aus und ihr warmer Atem verwandelte ihn von prall zu steinhart.

„Willow", flüsterte er. „Du machst es einem Typen sehr schwer, sich auf den Film zu konzentrieren."

Sie drehte seine Hand um und malte mit zwei Fingern auf seiner Handfläche. „Sorry", sagte sie.

Dane atmete tief durch und senkte seine Erregung ein wenig.

„Hmm", sinnierte Willow. „Der Nebendarsteller weiß zufällig, wie man einen Hubschrauber fliegt? Wie praktisch." Als der Helikopter den Landeplatz verließ, beugte sie sich vor und Dane schaffte es endlich wieder, sich auf den Bildschirm zu konzentrieren.

In diesem Moment fiel der Strom aus und tauchte den Raum in komplette Finsternis.

Oh, oh.

Einen Moment lang sagte weder Dane noch Willow ein Wort. Doch das Fehlen des Lichts und der Fernsehgeräusche machte es noch offensichtlicher, dass sein Körper in der Dunkelheit an Willow gedrückt war.

Willow stöhnte auf. „Jetzt weiß ich nicht, wie der Film ausgeht."

Sie wandte sich ihm zu, so nah, dass er ihren Atem am Kinn spüren konnte. Zwischen ihnen funkte es dermaßen, dass es den Raum hätte beleuchten können. „Ich könnte dir erzählen wie es ausgeht", sagte er.

Sie griff nach oben und legte ihm die Hand aufs Gesicht, was sich zum Sterben gut anfühlte. „Hast du den Film schon gesehen?"

„Vielleicht."

Sie war still. „Na dann, erzähl schon."

„Okay", sagte er, während die Wärme ihrer Hände in seine Seele sank. „Der Held springt vom Hubschrauber auf den fahrenden Zug und erschießt die bösen Jungs. Dann rettet er seine Familie aus dem Containerwagen."

„Hmm", sagte Willow so nah, dass das Wort an seinem Kinn vibrierte. „Das war leicht vorherzusagen. Aber was ist mit dem Nebendarsteller?"

Zu diesem Zeitpunkt war das meiste Blut in Danes Körper von seinem Gehirn in seine Boxershortsregion geflossen. Es war schwer, nachzudenken. „Der stirbt an einem schlecht gewordenen Eiersalat-Sandwich. Die Eier gehörten wohl nicht zu Vermonts Besten."

Sie zwickte ihn.

„Au", grinste er.

„Du hast den Film noch gar nicht gesehen", warf sie ihm vor.

„Hab ich wohl. Karl liebt den Streifen. Ich möchte nur nicht, dass du wegen des Endes traurig bist."

„Sag's mir", flüsterte sie. „Ich kann's ertragen."

Er drückte seine Stirn an ihre. „Ich vergaß, mit wem ich es hier zu tun habe."

„Der Nebendarsteller beißt ins Gras, oder?"

Dane erlaubte sich, mit der Nase ihr Gesicht zu liebkosen. Es war nur eine hauchfeine Berührung – man konnte sie kaum als Regelverstoß bezeichnen. „Es stellt sich heraus, dass der Terrorist die Bombe im Hubschrauber deponiert hat, nicht im Zug. Also muss der Nebendarsteller den Helikopter in eine Schlucht steuern und geht bei der Explosion drauf. Aber er rettet die Stadt."

„Das ist deprimierend", flüsterte sie nah an seinem Gesicht. „Klingt wie etwas, das du tun würdest."

„Nächstes Mal gucken wir eine Komödie."

Dann küsste Willow ihn und das Gefühl ihres weichen Mundes auf seinem war hinreißend. Einen Moment lang konnte er nichts anderes tun, als einfach nachzugeben und den Kuss zu erwidern. Das sanfte Gleiten ihrer Zunge zwischen seinen Lippen war alles, was er wollte. *Danke dir, Universum.*

Doch schließlich riss er sich zusammen und unterbrach ihren Kuss, indem er das Kinn zur Seite drehte. „Willow?"

„Ja?", säuselte sie.

„Ich habe mir geschworen, das heute Abend nicht zu machen."

Sie war einen Moment still und er hoffte, dass er sie nicht vor den Kopf gestoßen hatte. „Dane", sagte sie leise. „Du stellst eine Menge Regeln für dich auf, nicht wahr?"

„Ja", sagte er. „Und ich hatte nie Probleme, mich daran zu

halten, bis zu der Nacht, in der du mich von der Straße gedrängt hast. Und jetzt kann ich nicht mehr klar denken, sobald wir uns im selben Bundesstaat befinden."

„Also hast du eine neue Regel aufgestellt, dass du mich heute Abend nicht küssen willst."

„Oh, ich *will* dich küssen." *Und noch viel mehr als das.* „Aber ich habe mir gesagt, dass ich das nicht tun werde, weil ich will, dass du mir vertraust. Selbst wenn es eine Weile dauern sollte."

„Hmm", sagte Willow und tippte mit dem Zeigerfinger an seine Lippen. „Könntest du mir dann einen Gefallen tun?"

„Natürlich."

„Versuch, nicht so heiß auszusehen."

Im Dunkeln strich er ihre Haare glatt und versuchte nicht zu registrieren, dass sich ihr Busen an seine Brust drückte. „Ich habe Gesichtsbehaarung und ein Hinkebein. Das sollte helfen."

Sie legte eine Hand auf seinen Bart und ihre Finger malten eine Linie von seinem Gesicht den Hals herab, was ihn innerlich aufjauchzen ließ. „Das reicht nicht aus", sagte sie.

„Es ist stockdunkel", meinte er. „Du kannst mich nicht mal sehen."

Sie rückte von ihm weg und Dane atmete einmal tief durch, um sich zu sammeln. Das nächste Geräusch war das eines sich entzündenden Streichholzes und er sah eine winzige Flamme über dem Couchtisch, als Willow eine Kerze anzündete. Dann wandte sie sich wieder ihm zu und das gelbe Licht flackerte über ihre Haut und ließ ihr Haar golden leuchten.

Er steckte tief, sehr tief in der Tinte.

Sie rollte sich wie eine Katze neben ihm zusammen und sah ihn an. „Zwei Sachen", sagte sie. Und dann hörte er beinahe nicht, was diese beiden Sachen waren, weil sie sich über die Lippen leckte. Das Auftauchen ihrer rosa Zunge, die über ihren perfekten Mund glitt, machte ihn vorübergehend taub. „Die erste Sache", sagte sie, „ist, dass Entschuldigungen sehr sexy sind. Zweitens hast du vorhin eine ganze Rede darüber gehalten, wie gerne du all das tun möchtest, was normale Kerle mit ihren Freundinnen machen. Was glaubst du, tun die wohl, wenn der Strom ausfällt?"

Er legte die Hände auf ihre Taille und zog sie näher zu sich. „Ich würde dir ja eine schlagfertige Antwort geben, aber es fällt mir gerade schwer, in ganzen Sätzen zu denken."

„Dane", sagte sie und jetzt hatte ihr Gesicht seinen neckischen Ausdruck verloren. Sie sah ihn mit solchem Zauber in den Augen an, dass er unmöglich wegsehen konnte. „Mein Leben könnte gerade nicht komplizierter sein. Aber es gibt da eine echte Verbindung zwischen uns. Du kannst so viele Regeln aufstellen, wie du willst, sie wird immer noch da sein." Sie legte den Kopf schräg und betrachtete ihn.

Langsam stieß er einen Atemzug aus. „In der Nacht, in der wir uns getroffen haben, hast du mir von Instinkt erzählt. Das ist etwas, was ich mein ganzes Leben lang bekämpft habe."

„Ich habe auch Angst", sagte Willow. „Ich will nicht, dass du mir das Herz brichst. Aber sich davor zu verstecken, hilft auch nicht."

Er sah sie an. Willow hatte ihn direkt beim ersten Mal, als er sie traf, verzaubert. Und jetzt verstand er, dass sie die einzige Person war, die es schaffen konnte, ihn jeden Tag für den Rest seines Lebens zu verzaubern. „Ich wäre gerne mehr wie du", sagte er. „Du setzt dich mit allem direkt auseinander."

„Das hast du heute auch getan", sagte sie. „Und deswegen kann ich das hier machen." Sie brachte ihr Gesicht nah vor seins und hauchte ihm einen Kuss auf die Lippen.

Er schloss die Augen und hatte das Gefühl zu fallen. An Willow geklammert hörte er, wie ihm tief in seiner Kehle ein Stöhnen entrang. Sie ließ ihn mit ihren Lippen verstummen. Dann küssten sie sich und ihre Münder brachten die Unterhaltung wortlos zu Ende. Er verdiente sie nicht und zeigte es ihr, indem er sanft an ihrer Unterlippe saugte.

Sie wollte ihn trotzdem und zeigte es ihm mit den Fingerspitzen, die seinen Nacken liebkosten, und ihrer Zunge, die sich spielerisch und aufreizend bewegte.

Es tat ihm so leid, dass er ihr weh getan hatte und seine Hände versuchten, ihr dies zu sagen. Seine Finger glitten unter den Stoff ihres Oberteils und strichen entschuldigend über ihre weiche Haut. Als er sie ansah, tanzte das Kerzenlicht über die Wände und flackerte in den dunklen Tiefen ihrer Augen. „Willow", sagte er, nur um ihren Namen über seine Lippen kommen zu hören. Er legte sie vorsichtig auf ihre Seite, sodass ihr Kopf auf seiner Brust ruhte und sie ihn ansehen konnte. Dann schob er ihr Oberteil ein paar Zentimeter hoch und legte ihr eine Hand auf den Bauch. Er ließ sie dort.

Sie legte ihre Hand auf seine. „Man kann noch nichts erkennen", flüsterte sie.

Er streichelte ihr trotzdem über den Bauch. „Fühlst du dich denn anders?"

Willow nickte. „Die Morgenübelkeit sucht mich öfters heim. Und an manchen Tagen bin ich furchtbar müde."

„Das tut mir leid", sagte er.

Sie lächelte. „Mir nicht. Es ist ja nur vorübergehend."

Er malte mit dem Finger über ihren Bauch, gerade so über dem Bund ihrer Jeans. Sie schloss genussvoll die Augen und ihre Beine bewegten sich leicht. Er spürte, wie sein eigener Puls vor Verlangen immer schneller wurde. „Willow, ist es ungefährlich, mit einer schwangeren Frau Liebe zu machen?"

Sie lächelte verspielt. „Wenn es das nicht wäre, würde unsere Spezies aussterben. Ein weiteres Symptom der Schwangerschaft ist, dass man ständig will."

„Gut zu wissen", kicherte er.

„Es hat etwas mit der erhöhten Durchblutung in der Region zu tun." Sie rollte ihren Oberkörper auf seinen und drückte ihren Busen an seine Brust, das Gesicht in seinen Hals vergraben. „Dane?"

„Ja?"

„Ist es ungefährlich, Liebe mit einem Mann mit

gebrochenem Bein zu machen?“

Er streichelte ihr Haar. „Wir könnten eine Möglichkeit finden. Vielleicht nicht auf dem Küchentresen.“

„Ich schätze, der Jeep kommt auch nicht in Frage?“

<hr>

Dane folgte Willow bei flackerndem Kerzenschein ins Schlafzimmer. Vorsichtig ließ er sich auf dem Bett nieder, mit dem Rücken ans Kopfende gelehnt. „Willow“, sagte er mit leiser Stimme. „Hast du ein Kissen, mit dem ich mein Bein hochlegen könnte?“

„Natürlich.“ Sie fand ein Kissen und er hob sein Knie darauf. Sie legte sich zu seiner anderen Seite hin und kuschelte sich an ihn. Doch dann stieß sie einen sorgenschweren Seufzer aus. „Das hier ist der Unfallort“, flüsterte sie.

Ruckartig drehte sich sein Kopf zu ihr. „Sag das nicht, Willow. Das Einzige, was ich bereue, ist so gemein zu dir gewesen zu sein.“

„Okay. Aber es steht mir trotzdem zu, mich ein wenig zu schämen.“

Mit dem Daumen strich er ihr übers Kinn. „Wirklich? Und wenn unser Fehler es schafft, dass ich eine ganz neue Lebensauffassung bekomme? Schämst du dich dann auch noch?“

Ihre Miene wurde nachdenklich. „Das Problem ist nur, dass mich mein Kind eines Tages fragen wird, wo Babys herkommen. Als dir deine Mutter das erklärt hat, was hat sie da gesagt? Meine Pflegemutter sagte: ‘Wenn sich ein Mann und eine Frau ganz doll lieb haben…’“

Er küsste sie auf den Kopf. „Dann habe ich ja noch genug Zeit, um dich zu heiraten“, sagte er. „Denn ich plane, dich sehr doll lieb zu haben – wenn du mich lässt.“

Sie sagte nichts, sondern drückte ihr Gesicht nur fester an ihn.

„Alles in Ordnung?“

Sie stieß einen kleinen Seufzer aus. „Ja. Es ist nur, dass ich förmlich spüren kann, wie mich die ganzen Schwierigkeiten belasten."

Er legte die Hände seitlich auf Willows Brustkorb und hob sie hoch, bis ihr wunderschönes Gesicht auf ihn herab sah. Dann setzte er sie auf seine Brust und schloss die Augen, nachdem er ihre Lippen gefunden hatte.

Ihr Mund wurde für ihn weich, ihre Lippen öffneten sich, um ihn zu empfangen. Mit beiden Händen liebkoste sie seine Brust. „Es ist schwer, sich schlecht zu fühlen, wenn du mich küsst", flüsterte sie.

Mit beiden Händen umfasste er ihr Gesicht. „Sehr gut. Denn ich kann das eine ganze Weile durchhalten." Mit seinem nächsten Kuss wurde er etwas fordernder, seine Lippen hungriger. Seine Zunge ermutigte sie. Schließlich begann sie sich zu entspannen, ihr Körper schmolz auf seinen und ihr weiches Gesicht lag schwer in seinen Händen.

„Hmm", sagte sie, streckte ihr Bein über seinen Körper und setzte sich rittlings auf seine Hüfte. „Ist das okay so?", flüsterte sie und ihr Blick huschte nach hinten zu seinem verletzten Knie.

„Das ist mehr als okay", sagte er. Er nahm den Saum ihres Oberteils in die Hände und zog es ihr über den Kopf. Es war einfach unglaublich, sie wieder zu berühren. Er hatte Wochen damit verbracht, sich nach ihr zu sehnen und war dabei absolut sicher gewesen, nie wieder die Chance dazu zu bekommen. Aber jetzt fanden sie sich hier wieder und seine Finger streichelten über die seidenen Körbchen ihres BHs und ihr Haar glitt über seine Brust.

„Du wunderschönes Ding", sagte er. Er griff um sie herum und öffnete ihren BH. Ihre Brüste sprangen heraus und er keuchte vor Überraschung. „Meine Güte", lachte er. „Die sind ja riesig."

Willow sah auf ihre Brüste herab, welche mit straffen Nippeln sanft und cremig im Kerzenlicht leuchteten. „Ist dir das aufgefallen? Noch ein Nebeneffekt der Schwangerschaft. Mir passt keiner meiner BHs mehr.“

Sie hatte wirklich keine Ahnung, was sie ihm antat. „Ich habe mir deinen Körper *eingeprägt*, Willow. Weil ich mir sicher war, dass ich ihn nie wieder berühren würde.“ Er nahm ihre Brüste in die Hände, doch sie zuckte zusammen. Er hielt still. „Tut das weh?“

„Sie sind empfindlich.“

Er berührte sie so behutsam, dass seine Daumen ihre geschwollene Haut nur touchierten. Er zog sie näher zu sich und reckte den Hals. Seine Zunge strich sachte über ihre Brustwarze, die an der Stelle, wo er sie leckte, steinhart wurde. Dann hob er sie an den Schultern hoch und hielt ihren Oberkörper über seinem. Er öffnete die Lippen und senkte ihre Brust in seinen Mund, wobei er sie weiter hoch hielt, um den Druck zu minimieren. Mit feuchten Brustwarzen stöhnte Willow auf und ließ ihr Gesicht in sein Haar fallen.

Behutsam führte er ihren Körper wieder auf seinen. In letzter Zeit hatte er ausschließlich Sporthosen getragen, weil sie gut über das Stützband an seinem Knie passten. Die lockere Hose beherbergte jetzt außerdem seinen knallharten Ständer, der jetzt genau zwischen Willows Beinen war. Während sie ihn küsste, rieb ihr Körper an seinem. Sie seufzte in seinen Mund und ihre Hände packten ihn am Rücken, am Hals, und fuhren durch seine Haare.

Er fühlte sich wie eine Granate, bei der der Stift gezogen wurde.

Dane ließ eine Hand ihren Rücken herab zu der dehnbaren Yogahose gleiten und packte ihren Hintern. Mit der anderen Hand zog er den Stoff runter und streifte ihre Hose und den Slip gleichzeitig ab. „Weg mit denen“, sagte er.

～※～

Willow rollte sich zur Seite, wobei sie es vermied, sein verletztes Bein zu berühren. Sie zog den Rest ihrer Klamotten aus. „Zieh dein T-Shirt aus", befahl sie und fühlte sich leicht schwummerig, als er es rasch abstreifte. Gott, sah er gut aus. Sie griff nach ihm und liebkoste seine perfekten Brustmuskeln. Sie könnte stundenlang freudig die Geographie seines Oberkörpers entlangwandern.

Dane schob einen Arm unter ihre Knie und schwang sie über seinen Schoß. Als eine seiner großen Hände ihr Brustbein herab wanderte, bekam Willow eine Gänsehaut. Sie wusste, dass sie sich eigentlich verletzlich fühlen sollte, sie war kurz davor, sich ihm wieder hinzugeben. Er war ein Risiko und sie stand an einem beängstigenden Scheideweg in ihrem Leben. Aber sein kräftiger Körper fühlte sich nach Heimat an und die Wärme seiner Haut beschwichtigte ihre Ängste.

Sie vergrub die Finger in seinen Haaren und küsste ihn erneut. Er saugte an ihrer Zunge, während seine Finger über ihren Bauch fuhren und dann zwischen ihre Beine glitten. Als er die tiefe Spur Feuchtigkeit dort fand, stöhnten sie beide auf. Sie keuchte, als er sie mit der ganzen Handfläche streichelte und die Feuchtigkeit überall verteilte.

Verlangen durchflutete sie, Willow klammerte sich an seinen Hals und küsste ihn stürmisch. Dane ließ zwei Finger ihn sie gleiten. Als sein Daumen ihre geschwollene Knospe streichelte, wurde ihr vor Erregung schwindelig und ihre Hüfte zuckte bei jeder seiner Berührungen. Die Hitze, die sich zwischen ihren Beinen ausbreitete, war unerträglich. „Ich will dich", raunte sie.

„Du kannst mich haben", flüsterte er. „Bald."

Aber er hörte nicht auf. Stattdessen fuhr er mit dem Daumen in langen, beharrlichen Strichen über ihre Klitoris. Sie war so scharf, dass jeder Atemzug sie der Ekstase näher brachte. „Oh Dane", sagte sie. „Ich glaube, ich…"

„Komm", sagte er und bedeckte ihren Mund mit seinem. Wieder tauchten seine Finger in sie und seine Hand streichelte sie weiter zum Höhepunkt.

Sie stöhnte und fühlte, wie sich ihr Körper anspannte und ihre Sinne unter seiner Berührung zusammenballten. Willow spürte, wie das Schaudern des Orgasmus begann, und sich dann in Wellen durch ihren Körper brach. Er küsste sie hart, als ihr Körper sich zusammenzog und packte mit den Fingern wie eine Umarmung zu.

Seine kräftigen Arme legten sich um sie und damit auch ein Moment des Déjà vu. Das allererste Mal, das er sie berührt hatte, hatte sich genauso angefühlt – stark, aber verehrend. Von Beginn an hatte die ausgiebige Zärtlichkeit in seinen Berührungen nie nachgelassen. Seine Worte hatten ihr so viel Kummer gebracht, aber sein Körper hatte stets seine wahren Gefühle offenbart. Die Wahrheit lag in seinem ersten Abschiedskuss und selbst im Griff seiner Hände, als er im Fieberwahn war.

Danes Berührungen hatten nie gelogen.

Sie legte den Kopf neben sein Kinn und rang nach Atem. Er wiegte sie sanft in seiner Umarmung. „Du Süße", sagte er. „Dich zu halten macht mich so glücklich."

Ihr Herz schlug schneller, als sie dies hörte. Der Weg, der vor ihnen lag, würde nicht einfach werden. Doch wenn er entschlossen war ihn zu finden, dann könnten sie es vielleicht schaffen.

Siebenundzwanzig

Dane hielt sie weiter fest, während sie sich beruhigte, sich ihr Herzschlag verlangsamte und ihr Gesicht rot wurde. Seine Eier pulsierten, aber zur Abwechslung war das ein großartiges Problem. Denn sie hatten noch die ganze Nacht. Und morgen. Und, wenn er weiter Glück hatte, viele Tage danach. Ihre Haut auf seiner war Balsam für all das, was ihn schmerzte. Die ruhige Zufriedenheit in seiner Brust war etwas vollkommen Neues für ihn.

Irgendwann begann Willow, sich wieder zu rühren. Ihre Lippen strichen über seine Brustmuskeln, ihr Blick grub sich in seinen. Er saugte alles in sich auf und stöhnte, als sie mit den Fingern durch die Linie krauser Haare fuhr, die von seinem Bauchnabel runter wuchs. Dann rollte sie von ihm runter und setzte die Füße auf den Boden neben dem Bett. Sie beugte sich vor und küsste sich ihren Weg von seinem Bauchnabel runter zum Bund seiner Sporthose. Sein Atem stockte, als sie die Finger hineingleiten ließ.

Mit einem Lächeln auf ihren perfekten Lippen sah sie zu

ihm hoch. „Hilf mir das zu machen, ohne dass es dir weh tut", sagte sie.

Dane drückte seine Hüfte vom Bett hoch, damit Willow Hose und Boxershorts über seine Oberschenkel ziehen konnte. Dann schwebte sie über ihm, ihr Haar fiel auf seinen Bauch und verdeckte ihr Gesicht. Er konnte nur spüren, nicht sehen, wie sie ihre Zunge zur Basis seines Penis senkte und dann zur Spitze hoch leckte. „Oh, Fuck", keuchte er. Sie schnalzte mit der Zunge über seine Eichel und das Gefühl schickte ihn fast durch die Decke.

Er keuchte, als sie wieder aufstand und an seiner Hose zog. Dane trat sie von seinem gesunden Bein los und Willow ging zum Bettende, um die Kleidung sorgsam über sein gebrochenes Bein zu ziehen. Ihre nackte Haut glänzte golden im Kerzenlicht. Sie beugte sich vor, um sein Knie zu untersuchen. Die Operationswunde war durch einen Ausschnitt in dem Stützband sichtbar. „Autsch", sagte sie und sah ihm in die Augen.

Er kicherte und lehnte sich an das Kopfbrett. „Momentan verspüre ich keine Schmerzen."

„Dann passen wir auf, dass das so bleibt." Sie glitt aufs Bett und setzte sich vorsichtig auf ihn. Ihre Hände fuhren über seine Brust, ihre Daumen spielten mit seinen Brustwarzen. Sie beugte sich vor und küsste erst seinen Hals, dann entlang seines Barts zu seinem Gesicht hoch. Sie leckte, küsste und knabberte, während Danes Hände begierig ihren Hintern kneteten. Er wollte sie unbedingt.

Sie lehnte sich zurück, das Gesicht ernst. „Kann ich hier sitzen?", fragte sie und drückte mit der Hand oben auf seinen Oberschenkel.

„Versuch's."

Willow setzte sich vorsichtig auf seine Hüfte, ihr Hintern strich über seine Oberschenkel. Erst dann schloss sie die Finger um seinen Schwanz. „Ist das okay?"

„Kein Problem", keuchte er und sie lächelte über seinen

lustvollen Seufzer.

Sie streichelte ihn sanft, aber er wollte so viel mehr. Er sehnte sich danach, seine Hüften vom Bett hoch zu heben, damit sich ihr Streicheln intensivierte. Aber es war nicht nur sein verletztes Knie, das ihn zurückhielt. Er würde das genießen. Ihm bot sich hier nicht nur ein erotischer Abend mit Willow, sondern auch die Chance, etwas viel Schöneres und Dauerhaftes zu bekommen. Es war ein Geschenk und Dane wollte jede Sekunde davon würdigen.

Mit einem Mal setzte sich Willow auf und führte ihn unter ihren Körper. Sie sah ihm tief in die Augen und senkte sich langsam auf ihn herab, Zentimeter um verlockenden Zentimeter. „Oh, Willow", stöhnte er. Das Gefühl war so überwältigend, dass er die Augen schließen musste. Er spürte, wie sie wieder nach oben glitt und sich dann erneut langsam und aufreizend senkte. Der atemberaubende Griff ihres Körpers um seinen ließ ihn keuchen. Jedes einzelne seiner Nervenenden war angespannt. Sie bewegte sich erneut und drückte seinen Schwanz aus dem Innern ihres Körpers. „Gott", sagte er. „Du machst mich fertig."

„Beckenbodengymnastik", sagte sie. „Schwangere Frauen sollen sich damit in Form bringen."

Er legte beide Hände auf ihre Taille und hielt sie fest. „Wow. Warte kurz." Dane warf seinen Kopf zurück ans Kopfbrett. Seit er ein Teenager war, hatte er sich nicht mehr so schießfreudig gefühlt. Aber sie gehorchte nicht und drückte ihn nochmal innerlich.

Gott. Gott. Gott. Er atmete nochmal tief durch.

Willow ergriff seine Hände und führte sie von der Taille zu ihrem Hintern. „Dane, sieh mich an."

Er gehorchte und öffnete die Augen. Sie machte ein Hohlkreuz und hob sich erneut, sodass er einen guten Blick auf die Stelle bekam, an der sein feuchter Schwanz in ihr verschwand. Sie senkte sich wieder und ihre schweren Brüste wackelten, während sie ihn ritt. Er hielt den Atem an und versuchte, sich zusammenzureißen.

Sie hielt inne und beugte sich vor, ihr Haar bedeckte ihre Brüste. „Jetzt muss ich etwas wissen."

Sprachlos sah er zu ihr hoch.

„Was ist besser, das hier oder Skifahren bei frischem Pulverschnee?"

Als sich der Schleier vor seinem Verstand so weit gelüftet hatte, dass er die Frage verarbeiten konnte, lachte er laut auf. Er zog sie auf seine Brust herab und sagte ihr die Wahrheit. „Du gewinnst, du süßer Engel." Er küsste ihr Haar, ihr Gesicht. „Das ist ein ungleicher Kampf." Wie ein Idiot grinsend hielt er sie fest. Einen Moment lagen sie einfach so da und der Humor entspannte ihn.

Der Wind heulte an Willows zugigen alten Fenstern vorbei und ließ die Kerze flackern. Er prägte sich die Schatten an der Decke ein und schwor sich, diesen Moment niemals zu vergessen. Wieder schloss Willow ihre Hände in seinem Nacken zusammen und er hatte sich noch nie so lebendig gefühlt. Sie lächelte auf ihn herab und führte ihren Körper seinen Schaft hoch. Dann fielen ihre Augen zu und als sie sich wieder auf ihn herabsenkte, stieß sie einen tiefen Seufzer aus.

Das Lachen hatte etwas in seiner Brust gelöst und jetzt wärmte dieses unbekannte Gefühl von Freude sein Herz. Er war unbeschreiblich, unvorstellbar glücklich. Er, Dane Hollister, konnte diesen Moment haben und darin schwelgen. Es gab keinen Grund, davor wegzurennen oder Angst zu haben. Er legte die Hände auf Willows Brüste, während sie sich über ihm bewegte. Ihr Körper zelebrierte ihn, hielt ihn fest und ließ seine Sinne singen.

Vorher war Sex für ihn nur eine schnelle Befriedigung gewesen – eine Möglichkeit, ein paar Freudenmomente zu stehlen, bevor er sich wieder der düsteren Wahrheit seines Lebens gegenüber sah. Heute Nacht war etwas vollkommen anderes. Dieser besondere Moment zwischen ihnen könnte eine Brücke zum nächsten Moment bauen. Und zu dem danach.

Doch darüber musste er später nachdenken. Er war gerade dabei, den Verstand zu verlieren.

Ihre nächste tiefe Bewegung ließ sie beide aufstöhnen. Er sah, wie ihr Blick glasig wurde und sich ihre rosa Lippen öffneten. Sie bewegte sich jetzt schneller und rieb über ihn. „Hmm", sagte sie und schloss die Augen. „So gut." Sie begann zu stöhnen und ein konzentrierter Ausdruck erschien auf ihrem süßen Gesicht.

Die Anzeichen ihrer Erregung ließen ihn die Kontrolle verlieren. Er ließ alle Gefühle kommen, spürte Willow überall auf sich. „Oh, Süße", warnte er und spannte sich unter ihr an. Eine köstliche Spannung fuhr sein Rückgrat herab.

Sie keuchte und setzte sich einmal mehr kräftig auf ihn.

„Willow", stöhnte er und endlich begann sein Körper zu explodieren. Er drückte seine Hüften hoch, bockte gegen sie und verlor sich. Stoß um Stoß entlud er sich in ihren Körper.

Willows Mund klappte auf. Sie keuchte, presste sich auf ihn. Für sie drückte er sich noch einmal hoch und spürte, wie ihr Körper seinen ergriff und sich um seinen Schwanz schloss. Eine Sekunde später lag sie stöhnend an seinem Hals, während er ihr mit unbeholfenen Händen über den Rücken strich.

Er konnte nicht reden. Er rutschte nur leicht herum, um sicherzugehen, dass es keine andere Möglichkeit gab, sie noch enger an sich zu drücken. Das vertraute Kribbeln hinter seinen Augen begann wieder. Als die Tränen kamen, griff Dane nach oben und wischte sie mit dem Handrücken weg.

„Weinst du jetzt jedes Mal, wenn du mich berührst?", flüsterte sie und küsste ihn in den Augenwinkel.

„Ist das ein Ausschlusskriterium?", fragte er. „Du hast halt eine außergewöhnliche Wirkung auf mich."

Sie schüttelte den Kopf. „Dass du zum Leben erwachst hat eine außergewöhnliche Wirkung auf dich. Ich lege einfach einen Vorrat an Taschentüchern an."

Dane ließ sich auf das Kopfkissen sinken und streichelte ihre Haare. Er war auf jede erdenkliche Art glücklich. Es war nicht nur das schöne Mädchen, das sich an ihn kuschelte – er hatte einen Sport, den er liebte, er hatte Geld, er hatte die kühle Bergluft. Abgesehen von seinem gebrochenen Bein hatte er sogar seine Gesundheit.

In Wahrheit hatte er schon seit Jahren Glück, doch war zu dumm gewesen, das zu erkennen. Und als Folge seines Selbstmitleids war er zu fast jedem mies gewesen, der das Pech hatte, seinen schmerzerfüllten Weg zu kreuzen.

Aber jetzt, als er mit einer Locke von Willows Haar spielte, fühlte er sich, als würde eine sehr alte Last von ihm genommen. Sie hatte ihm eine zweite Chance gegeben – nicht nur mit ihr, mit allem. Und er würde versuchen, es nicht zu versauen.

—⸻⫘⸻—

„Es ist jetzt ganz schön kalt hier", sagte sie, als sie aus dem Bad zurück kam und wieder zu ihm ins Bett hüpfte. „Der Stromausfall legt leider auch meinen Heizkessel lahm."

„Komm her", sagte Dane. „Ich halte dich warm."

Sie legte sich neben ihn und machte es sich in seiner Armbeuge bequem. Mit zaghaften Fingern wanderte er zu ihrem Bauch und streichelte die Haut dort. Dann legte er seine Hand flach darauf und spreizte die Finger. „Bis jetzt gefällt mir alles, was ich über schwangere Frauen weiß."

Willow seufzte. „Aber schwangere Frauen werden zu Müttern. Mit heulenden Babys."

„Und was ich darüber *nicht* weiß, könnte man bis zum Mount Everest hochstapeln. Aber ich werde nicht davor wegrennen, Willow."

„Morgen", sagte sie schläfrig. „Wir reden morgen darüber."

Morgen. Was für ein verdammt großartiges Konzept. Er kuschelte sich an Willows Körper – so wie er es immer gewollt hatte – und schlief ein.

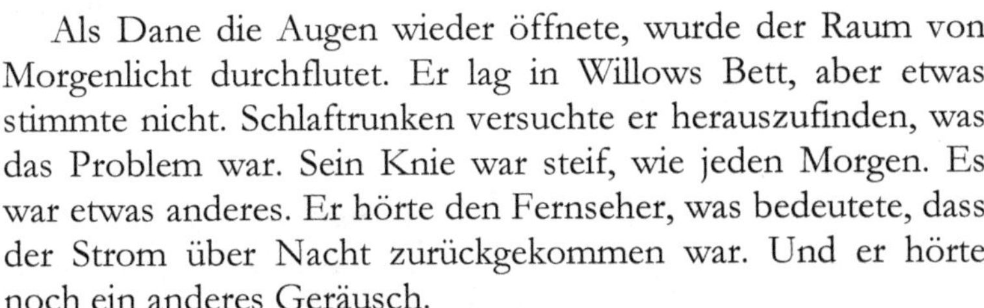

Als Dane die Augen wieder öffnete, wurde der Raum von Morgenlicht durchflutet. Er lag in Willows Bett, aber etwas stimmte nicht. Schlaftrunken versuchte er herauszufinden, was das Problem war. Sein Knie war steif, wie jeden Morgen. Es war etwas anderes. Er hörte den Fernseher, was bedeutete, dass der Strom über Nacht zurückgekommen war. Und er hörte noch ein anderes Geräusch.

Rasch setzte er sich auf. „Willow?" Er schwang die Füße vom Bett, hob seine Krücken vom Boden auf und humpelte ins Badezimmer. Er fand sie vor der Toilette kniend, wo sie versuchte, ihre Haare aus dem Weg zu halten, während sie trocken würgte. „Ach, Süße", sagte er und beugte sich vor, um ihr Haar für sie festzuhalten.

Sie hielt eine Hand hoch. „Du musst nicht... es geht schon."

„Ich habe keine Angst vor ein bisschen Kotze", sagte er, stellte die Krücken in eine Ecke und reichte ihr ein Taschentuch. „Passiert das jeden Morgen?"

Sie nickte, wischte sich den Mund ab und warf das Taschentuch in die Toilette. Sie schloss den Deckel und zog ab. Als sie aufstand, nahm er sie in den Arm. „Vielleicht war's das erstmal", murmelte sie.

„Gibt es irgendwas, das dir hilft, dich besser zu fühlen?", fragte er.

„Es ist verrückt, aber Essen hilft. Zumindest bestimmte Nahrungsmittel. Weißt du übrigens, was ich witzigerweise nicht mehr essen kann?"

„Was?" Sachte rieb er ihr den Rücken.

„Eier..." Sie schüttelte sich. „Ich kann nicht mal im selben Gebäude wie ein Omelette sein. Erzähl's den Mädels nicht."

„Dann gibt's was anderes zum Frühstück. Ich könnte Pfannkuchen machen. Das ist das Einzige, was ich kochen kann."

Willow seufzte an seiner Brust. „Ich habe leider wenig Zeit. Wenn der Schneepflug vorbeigekommen ist, muss ich zur Arbeit.“

„Heute?“, fragte er. Er war sich nicht sicher, ob er sie loslassen konnte.

Sie lachte. „Natürlich. Jeder Dollar zählt.“

Er strich ihr eine Haarsträhne aus dem Gesicht. „Kann ich dich heute Abend zum Essen ausführen? Du müsstest allerdings fahren…“

Sie drückte ihn und er spürte die Berührung bis in seine Seele. „Du und ich zusammen in einem Fahrzeug? Klingt riskant. Aber ich lebe gerne gefährlich.“

***

Während sich Willow die Zähne putzte, sah sich Dane im Schlafzimmer nach seinen Klamotten um. Als das Telefon neben Willows Bett klingelte, nahm er ab. „Hallo?“

Einen Moment war es am anderen Ende der Leitung still. Dann sagte eine Stimme: „Heilige Scheiße. Ich glaub's ja nicht.“

„Guten Morgen, Frau Doktor.“ Er setzte sich aufs Bett.

„Ich hoffe, das geht gut aus“, grummelte Callie ins Telefon.

„Stichst du mir sonst wieder in den Arsch, wenn ich mich nicht benehme?“

„Mindestens.“

„Dann bin ich lieber artig“, sagte er. Willow war zurückgekehrt und stand neben ihm. Sie streckte die Hand nach dem Hörer aus, aber er deutete ihr mit dem universellen Handzeichen *„nur noch eine Sekunde.“* „Ich schulde dir was, Callie. Und damit meine ich nicht nur die Rechnung.“

„Och“, ächzte Callie. „Sei mir doch nicht *direkt* sympathisch“, sagte sie. „So ist das weniger Spaß für mich.“

Willow nahm das Telefon an sich. „Hallo?“, sagte sie gespielt ängstlich und zog eine ulkig erschrockene Grimasse, um Dane zu belustigen.

„*Die* Stimme habe ich heute morgen nicht am Telefon erwartet“, sagte Callie.

„Ehm, ich auch nicht“, gab Willow zu.

„Was ist das nur mit euch beiden und Schneestürmen?“

Willow wurde rot. „Dafür sind die doch da, oder nicht? Und dann wacht man am nächsten Morgen auf und muss erstmal kotzen. Ach, warte – das ist nur bei mir so.“

„Von mir bekommst du kein Mitleid, Willow“, sagte Callie. „Ich habe den Stromausfall im Krankenhaus verbracht und dem Summen der Notstromaggregate gelauscht.“

„Klingt nach 'ner Party.“

„Kommst du morgen zum Yoga? Oder seid ihr beiden… *beschäftigt?*“

Willow lachte. „Ich werde da sein.“

Achtundzwanzig

Sie nahmen den Jeep, der alten Zeiten willen, und parkten an der Hauptstraße.

Während sie Dane im einzigen chinesischen Restaurant der Stadt gegenüber saß, fühlte sie sich sonderbar schüchtern. Als er ihr Reis auf den Teller häufte, ebbte die Unterhaltung ab. Sie hatten alles andersherum gemacht. Sie war knapp drei Monate schwanger und sie waren noch nicht einmal zusammen essen gewesen. Willow fühlte sich, als hätte diese unangenehme Tatsache neben ihnen am Tisch Platz genommen.

„Da das unser erstes Date ist, hätte ich dir wohl den Stuhl vorziehen sollen, oder?", sagte Dane. „Mist, ich hab's falsch gemacht." Er nahm einen Schluck von seinem Tsingtao Bier.

„Dane, wir sitzen in einer Nische, auf einer Bank."

„Puh, dann bin ich damit ja nochmal durchgekommen." Er zwinkerte.

Willow nahm sich eine gefüllte Teigtasche. „Und, hat dein Trainer gestern Nacht eine Suchmannschaft losgeschickt? Du warst mehr als zwölf Stunden verschwunden.“

„Machst du Witze? Karl ist bestimmt durchs Apartment getanzt, glücklich darüber, mal wieder allein zu sein. Er musste sich so lange um meinen jämmerlichen Arsch kümmern…“ Er schüttelte den Kopf. „Ich war echt ein armseliges Arschloch.“

„Dir ist eine Menge zugestoßen.“

„Ich weiß.“ Er sah verlegen drein. „Karl will, dass ich mir *Hilfe suche.*“ Mit den Fingern beschrieb er Anführungszeichen in der Luft. „Aber ich weiß nicht, wie ein Psychologe mir helfen könnte.“

Willow legte ihre Gabel weg. „Naja… die Aufgabe des Psychologen ist es, zuzuhören – die Person zu sein, der du all die angsteinflößenden Dinge in deinem Kopf erzählen kannst. Damit du es nicht an deiner Familie auslässt oder an deinem Trainer oder…“

„…deiner Freundin“, bot Dane an. Er nahm einen tiefen Atemzug. „Okay, das macht einigermaßen Sinn.“

„Das andere, was ein Psychologe tun würde…“ Sie sah in seine blauen Augen. „Du hattest ein traumatisches Erlebnis, das über Jahre angehalten und dein Denken verändert hat. Erinnerst du dich, im Jeep sagtest du ‘Lass uns alle beschissenen Dinge aufzählen, die heute passiert sind?’“

Er nickte.

„Nun, du hast dieses Spiel dein ganzes Leben lang in deinem Kopf gespielt, stimmt’s? Und du gewinnst jede Runde?“

Ein weiteres Nicken.

„Wenn du ein normales Leben führen willst, musst du einen Weg finden, nicht länger zu gewinnen.“

Er sah auf seinen Teller herab.

„Das Ziel ist es, an einen Punkt zu kommen, an dem dir ein Freund sagt: ‘Oh Mann, ich hab einen Splitter in der linken Pobacke‘, und du erwidern kannst: ‘Alter, das ist ja schrecklich!‘ Und es auch wirklich ernst meinst.“

Auf seinem Gesicht breitete sich ein Lächeln aus, obwohl er weiter traurig dreinblickte.

Sie warf die Hände in die Luft. „Tut mir leid. Ich wollte jetzt nicht zu psychologisch werden, aber *das* wäre etwas, wobei ein Psychologe dir helfen könnte."

Er räusperte sich. „Du bist wirklich gut, nicht wahr?"

„Was meinst du?"

„Du bist eine ausgezeichnete Psychologin."

Sie schüttelte den Kopf. „Das könnte ich sein, wenn ich jemals die Chance dazu bekomme."

„Das würde ich wirklich gerne sehen", sagte Dane. Er nahm sich etwas von dem Kung Pao Hühnchen. „Also, wie funktioniert das? Was brauchst du, um deinen Doktortitel zu bekommen?"

„Ich habe da in letzter Zeit oft dran gedacht", sagte sie. „Als erstes müsste ich mich wieder mit meinem Doktorvater in Verbindung setzen. Dann muss ich die Arbeit zu Ende schreiben, was sogar noch der einfache Teil ist. Aber dann muss ich ein Praxisjahr absolvieren und da wird es schwierig. Denn dafür müsste ich in eine Stadt mit einem Ausbildungskrankenhaus, das Studenten in seine Abteilung für Kinderpsychologie lässt."

Er sah sie nachdenklich an. „Das klingt nicht unmöglich."

„Es klingt nicht einfach."

„Was, wenn ich dir dabei helfen könnte?"

Sie sah auf. „Wie?"

„Zunächst einmal mit Geld. Ich habe mein Geld nie für etwas anderes ausgegeben, außer für Finns Pflegeheim."

„Er konnte von Glück sagen, dass er dich hatte", sagte sie sanft. „Es tut mir leid, dass ich ihn nie treffen werde."

„Das tut mir auch leid."

„Ich weiß dein Angebot zu schätzen, aber ich weiß nicht, ob du mir wirklich helfen kannst. Ich habe mir hier ein ziemlich tiefes Loch geschaufelt. Allein aus Vermont weg zu kommen wird mich eine Menge kosten. Das Haus zu verkaufen, mich irgendwo niederzulassen, wo ich mein Studium beenden kann – ich fühle mich schon überfordert, wenn ich nur daran denke."

„Wie hoch bist du denn verschuldet? Falls ich fragen darf."

Sie hob ein Stück Brokkoli mit den Essstäbchen auf. „Nachdem ich eine Maklergebühr bezahlt habe, bestimmt dreißig- oder vierzigtausend Dollar. Gott, das ist so peinlich. Wenigstens habe ich keine weiteren Schulden."

„Willow, das ist nicht allzu übel. Die Olympischen Spiele sind in elf Monaten. Das wird mein bislang bestbezahltes Jahr."

„Wieso das?"

Er stellte seine Bierflasche ab. „Du weißt, dass es da um viel Geld geht, oder?"

„Meinst du für die Athleten auf Cornflakesschachteln?" Willow zuckte die Achseln.

Dane lächelte und sein ganzes Gesicht leuchtete auf. „Das liebe ich an dir."

„Was?"

„Dass du nicht Teil dieses Zirkus bist, dass du dich nicht für mich interessierst, weil du auf diesen ganzen Scheiß abfährst."

„Was für Scheiß?"

Dane zeigte auf das Label seiner Jacke. „Diese Jungs zahlen mir siebzigtausend Dollar im Jahr, damit ich ihren Kram trage."

Willows Kiefer klappte herunter.

„Dann ist da noch das Geld, das meine Ausrüster mir zahlen, und hier und da mache ich Werbung für Uhren, Jeans oder einen Sportdrink. Da kommt schnell was zusammen, zumindest für die Jungs, die es regelmäßig aufs Podium schaffen. Es gibt im Skizirkus allerdings auch noch eine Menge Überlebenskünstler, die ständig darum kämpfen, die Reise- und Frachtkosten zusammen zu bekommen, die man braucht um durch die Welt zu reisen und an den Rennen teilzunehmen." Er drückte ihre Hand. „Zu denen habe ich auch gehört. Bevor ich anfing zu gewinnen."

„Ich würde dich auch als Überlebenskünstler mögen", platzte es aus ihr heraus. Diese blauen Augen und das lockige Haar… selbst jetzt fiel es ihr schwer, ihn nicht anzustarren.

Er nippte an seinem Bier, seine Augen lächelten sie immer noch an. „Ich weiß, dass du das würdest. Aber das Geld liegt auf der Bank. Ich will nicht auf die Stimmung drücken, aber ich dachte, ich spare es für meine Zeit im Pflegeheim auf. Doch jetzt kann ich es stattdessen für dich und das Baby ausgeben. Und wenn ich richtig viel Glück habe, kann ich dabei sogar anwesend sein."

Ihr Herz bebte. Die letzten vierundzwanzig Stunden mit Dane waren wundervoll gewesen. Aber es gab immer noch so viele Schwierigkeiten.

„Sieh mich kurz an, Süße."

Sie hob den Blick.

„Ich weiß, ich bin gerade das Paradebeispiel für jemanden, der erstmal seinen Scheiß geregelt bekommen muss. Aber du hast auch eine schwere Zeit hinter dir. Es kommen große Veränderungen auf dich zu. Und ich möchte nur, dass du weißt, dass ich das verstehe."

Willow spürte, wie ihre Augen feucht wurden. „Es gibt noch eine Menge, über die wir uns klar werden müssen. Und ich weiß, dass du dich auf die Olympischen Spiele vorbereiten musst. Du kannst die Ablenkung nicht gebrauchen."

Er griff nach ihrer Hand. „Vor drei Monaten schienen die Olympischen Spiele das Wichtigste auf der Welt zu sein", sagte Dane. „Aber eigentlich ist es nichts anderes, als ein paar weitere Rennen. Ich weiß, dass das nächste Jahr verrückt wird, aber es könnte eine gute Art von verrückt werden. Du hast es mir ja gesagt: *Einatmen, Ausatmen, Wiederholen.* Also wird das meine neue Strategie. Und vielleicht sollte es auch deine sein."

Sie spielte mit dem Essen auf ihrem Teller. „Aber das Baby wird kommen, egal ob ich dafür bereit bin oder nicht."

„Und deswegen möchte ich helfen. Obwohl, ich bin mir nicht sicher, ob du bereit bist, mit mir große Pläne zu schmieden. Bist du?"

Mit einem leichten Kopfschütteln wich sie seinem Blick aus. „Ich habe mein Herz immer viel zu schnell verschenkt. Ich gebe es direkt her und später bin ich dann geschockt, wenn die Beziehung nicht funktioniert. Ich versuche wirklich, das diesmal nicht wieder zu tun."

Dane rieb mit dem Daumen über ihre Fingerknöchel. „Du brauchst etwas Zeit und ich werde dich nicht drängen. Aber ich habe mich gefragt, ob du dir in zwei Wochen ein paar Tage von der Arbeit frei nehmen könntest?"

„Wahrscheinlich. Wieso?"

„Die US-Meisterschaften sind bald – das letzte große Abfahrtsrennen der Saison. Es ist in Kalifornien. Wir könnten hingehen und du kannst sehen, was ich so mache."

Willow lehnte sich überrascht zurück. Konnte sie das tun? Danes gesamtes Leben war ihr fremd. Und sich gerade wenn sie damit beschäftigt war, ihr Leben auf die Reihe zu bekommen, nach Kalifornien abzusetzen, passte nicht wirklich in ihre Planung. Doch wann hatte sie das letzte Mal Urlaub gehabt? Vor zwei Jahren? Drei? „Ich müsste jemanden finden, der die Mädels füttert", überlegte sie.

„Ich denke, Travis schuldet dir einen Gefallen."

Bei diesem Vorschlag zuckte sie zusammen. „Naja… ich müsste wohl jemand anderen als Travis fragen."

Danes Augenbrauen schossen hoch. „Oh, oh. Was ist passiert?"

„Wir sind noch Freunde. Aber er wollte mehr als das sein und ich nicht. Ich habe mir eingeredet, es läge an meiner Schwangerschaft und dass ich ihn da nicht mit hineinziehen wollte. Doch in Wahrheit habe ich mich einfach nicht mit ihm gesehen. Und ich hatte dich noch nicht überwunden." Sie legte die Stirn in ihre Handfläche. „Obwohl du nicht mal mit mir geredet hast."

„Tut mir leid", sagte er schnell.

„Das weiß ich", flüsterte sie. Jetzt war es an ihr, über den Tisch zu greifen. „Ich finde jemand anderen, der mir helfen kann. Ich würde gerne mit dir nach Kalifornien gehen."

Sein Gesicht leuchtete auf. „Super! Ich gucke direkt morgen nach Flugtickets. Und Hotels. Das wird bestimmt toll."

Die Kellnerin schob die Rechnung auf den Tisch und Willow griff nach ihrer Handtasche. Aber Dane schnappte sich den Beleg. „Du zahlst nicht", sagte er. „Niemals."

Die Hand am Portemonnaie hielt sie inne. „Wieso nicht?"

Er seufzte. „Weil du das schon hast."

Zusammen gingen sie in die Nacht hinaus und ließen sich auf dem Rückweg zum Auto Zeit. Der Schneesturm hatte einen letzten Schwung Touristen in die Stadt gebracht, die noch eine letzte Woche in der Saison Skifahren wollten. Sie und Dane waren nur ein Pärchen in einem Strom glücklicher Gesichter auf der Hauptstraße.

Vor Ruperts Bar und Grill blieb Dane stehen. „Ich schätze, es wäre nicht cool, zusammen auf einen Drink reinzugehen", sagte er.

Willow spähte durch ein Fenster ins Innere. Sie konnte Travis zwar nicht hinter der Bar sehen, aber er war mit großer Sicherheit da. Sie schüttelte den Kopf. „Wirklich zu schade, oder nicht? Die einzig gescheite Bar in der Stadt."

„Kein Ding." Dane zuckte die Schultern. „Ich trinke auch gerne ein Bier bei dir in der Küche."

In dem Moment flog die Tür auf und zwei der betrunkenen Liftarbeiter taumelten vor ihnen auf den Bürgersteig. Travis folgte ihnen auf den Fersen. „Ich lasse mir euren Scheiß schon viel zu lange gefallen", sagte er. „Wenn ich euch hier nochmal sehe, rufe ich die Polizei. Und wenn Annie eine Anzeige wegen Belästigung macht, bin ich der erste, der als Augenzeuge aussagt.“

Unglücklicherweise erschien in diesem Moment der dritte Liftarbeiter hinter Travis. Das Gesicht rot vor betrunkener Wut, holte er mit einer Faust aus, die offenbar Travis‘ Kopf treffen sollte.

„Pass…“ fing Willow an.

Doch Dane war schneller. Er ließ eine Krücke auf den Gehsteig fallen und schlug schnell und hart mit dem Ellbogen auf den erhobenen Arm des Lifttypen.

Der Schlag brachte den betrunkenen Mann aus dem Gleichgewicht und er begann zu wanken. Dane hüpfte zurück und zog Willow mit sich, bevor der Mann auf den Bürgersteig krachte.

Travis wirbelte herum und sah auf seinen am Boden liegenden Angreifer, dann zu Dane und Willow.

„Urgh…“, sagte der gefallene Liftarbeiter. Wacklig kam er wieder auf die Beine und als er ein ganzes Stück aus dem Weg gekrochen war, rief er „Arschloch“ über seine Schulter. Dann rannte er seinen beiden Freunden hinterher.

„Feigling“, rief Dane ihm lachend nach.

Aber Travis hatte die Jungs vom Lift schon vergessen. Willow spürte seinen Blick auf ihr und Danes beschützend um ihre Hüfte gelegten Hand, mit welcher er sie festgehalten hatte, als der Betrunkene an ihnen vorbei torkelte. Langsam beugte sich Travis vor, hob die fallengelassene Krücke vom Gehsteig auf und reichte sie Dane. „Danke für die Hilfe“, sagte er leise.

„Keine Ursache“, sagte Dane.

Travis schloss die Augen und kniff sich in den Nasenrücken. „Ich habe euch beide hier lange nicht mehr gesehen. Ich frage mich, warum?“ Leicht gequält lächelte er Willow an. „Kommt ihr für einen Drink rein, oder was?“

Willow schluckte fest, unsicher, was sie sagen sollte.

Travis hielt die Tür auf. „Kommt schon“, sagte er. „Ich lade euch ein.“

Sie folgten ihm in die Bar. Willow setzte sich zuerst. Und während Dane noch versuchte, es sich auf dem Barhocker bequem zu machen, zog Travis ein Bierglas aus dem Regal. „Also…" Er musterte sie. „Was kann ich für dich in das Glas tun, Wills?"

Sie traf seinen wissenden Blick. „Wie wär's mit einer Cranberryschorle?"

„Alles klar", sagte er mit einem kurzen Nicken.

Nachdem er sich ein paar Schritte von ihrem Platz an der Theke entfernt hatte, deutete Dane mit dem Kopf in Richtung Travis. „Also, wenn sich deine Getränkebestellung ändert, kennt jeder dein Geheimnis? Darüber habe ich noch nie nachgedacht."

„Klar, aber er wusste es sowieso schon. Vor ein paar Wochen hätte ich ihm beinahe auf die Schuhe gekotzt. Da hat er auch angeboten, demjenigen, der dafür verantwortlich ist, etwas Vernunft beizubringen…" Sie räusperte sich.

Dane pfiff anerkennend. „Ich wäre beleidigt, wenn ich es nicht verdient hätte."

Travis kam mit Willows Getränk zurück. Er legte zwei Packungen Cracker daneben. „Die kannst du bunkern", sagte er mit einem Augenzwinkern. „Und was kann ich dir bringen, Kumpel?" Seine Miene war vollkommen freundlich, aber Willow sah, wie sich seine Hände am Tresen festklammerten, als würden sie jemanden erwürgen wollen.

„Ein St. Pauli Girl wäre klasse, danke."

„Kommt sofort."

Als er sich abwandte, lehnte sich Dane schnell vor, um Willow einen verstohlenen Kuss auf die Wange zu drücken. „Das ist mein Lieblingsbier. Du solltest mit mir zu einem Rennen in Deutschland kommen und dir so ein Dirndl wie auf dem Etikett besorgen."

Willow legte lachend den Kopf in den Nacken. „Zurzeit könnte ich das sogar ganz gut ausfüllen. Entschuldige mich kurz, ich muss zum zehnten Mal heute aufs Klo." Es war ein weiteres schrecklich lustiges Symptom der Schwangerschaft, dass sie alle zehn Minuten pinkeln musste. Sie drückte seine Schulter, bevor sie auf die Toilette ging.

Travis warf einen Bierdeckel vor Dane auf den Tresen. Dann stellte er die Bierflasche ab und fixierte ihn mit den Augen. Sein Gesicht brannte vor Feindseligkeit.

„Sag's schon endlich", seufzte Dane.

„Okay, werde ich." Travis schloss die Augen. „Ich weiß nicht, was zwischen euch beiden vorgefallen ist, aber sie war *am Boden zerstört.*" Er schüttelte den Kopf. „Du hast sie nicht verdient."

„Ich bin gerade nicht in der Position, das anfechten zu können", sagte Dane. „Aber ich arbeite daran."

„Sieh zu, dass du das tust. Denn wenn du das versaust, *werde* ich dich umbringen."

Dane nickte. „Wenn ich das versaue, lasse ich dich."

Der Barkeeper lächelte traurig. „Ich meine, *verdammt.* Ich bin normalerweise sehr scharfsinnig." Travis schüttelte den Kopf. „Aber das habe ich echt nicht kommen sehen."

„Sorry, dass ich deinen Lauf beendet habe." Dane nippte an seinem Bier.

Travis trommelte nachdenklich mit den Fingern auf dem Tresen. „Hör zu, ich würde dir gerne sagen wie leid es mir tat, als ich das von deinem Bruder gehört habe. Wirklich. Ich hatte keine Ahnung."

Dane spürte, wie ihm das Blut ins Gesicht schoss und er fragte sich, wie Travis von Finn erfahren hatte und was genau er wusste. *Tief einatmen*, erinnerte Dane sich. Es machte nichts mehr, wenn die Leute die Wahrheit wussten. Der Familienfluch ging zu Ende und an diese Idee musste er sich gewöhnen. „Danke-dir", stotterte er.

„Müssen ein paar harte Monate für dich gewesen

sein." Travis nahm einen Wischlappen und fing an, die hölzerne Oberfläche des Tresens zu putzen.

„Absolut", sagte Dane und nahm einen weiteren Schluck. „Und ich bin jämmerlich damit umgegangen." Er sah, dass Willow von den Toiletten zurück in die Bar kam. „Aber jetzt sieht es besser aus."

„Gute Antwort", lächelte Travis. „Schätze, ich werde dich nicht sofort umbringen." Er entfernte sich zum anderen Ende der Theke.

Dane sah Willow auf sich zukommen und sie einfach nur neben sich Platz nehmen zu sehen, erfüllte ihn schon mit ungeahnter Freude. Er verdiente sie *wirklich* nicht, aber trotzdem war sie hier.

„Alles in Ordnung?", fragte Willow und ihr Blick huschte kurz zu Travis.

Er legte seine Hand auf ihre, erstaunt darüber, wie klein sie war. „Er hat gedroht mich umzubringen, aber wir verstehen uns."

Ihre Augenbrauen verschwanden in ihrem Pony. „Wie das?"

Er nahm ihre Hand vom Tresen und küsste sie. „Das ist eine Sache, die du nur verstehen kannst, wenn du einen Penis hast."

Willow lächelte ihn über den Rand ihres Glases hinweg an und am liebsten hätte er sie direkt mit nach Hause ins Bett genommen.

Neunundzwanzig

Die Lautsprecheranlage über ihnen kündigte an, dass der erste Skifahrer auf der Strecke war.

„Cool", sagte Dane. „Also, sieh die Piste hoch. Denn es dauert länger, sich die Zähne zu putzen, als eine Abfahrtstrecke runter zu fahren. Bei diesem Kurs braucht man nur knapp zwei Minuten."

Willow wartete. Der Himmel über Lake Tahoe war unglaublich blau, sie konnte sehen, wie er sich in Danes Sonnenbrille spiegelte. Aber sie interessierte sich weniger für den Blick auf den See als vielmehr den Anblick des Typen. Er war, wenn man ehrlich war, unglaublich gutaussehend. Sein lockiges Haar leuchtete in der Sonne und sein frisch rasiertes Gesicht lächelte auf sie herab.

Sie hatten in den letzten zwei Wochen viel Zeit miteinander verbracht. Während Willow auf der Arbeit war, verbrachte Dane mörderisch anstrengende Tage im Fitnessstudio oder bei der Physiotherapie. An den Abenden brachte er ihr alle Kartenspiele bei, die er in den Jahren beim Skiweltcup von anderen Fahrern gelernt hatte. Er war witzig und aufmerksam und überraschend entspannt, als ob ihm eine schwere Last vom Herzen genommen worden war. Sie nahm seine Hand und richtete ihre Aufmerksamkeit auf die Piste.

Nach einer Minute hörte Willow immer lauter werdende Anfeuerungsrufe vom Hügel über ihnen, ein Anzeichen dafür, dass der Skifahrer näher kam. Als sie dann zur Hügelkuppe hochsah, kam eine Gestalt mit einem Hocksprung in Sicht geschossen, die Beine bei der Landung so weit auseinander, dass sie eigentlich hätte hinfallen müssen. Doch bevor Willow die Bewegung überhaupt registrieren konnte, hatte der Fahrer die Ski wieder mittig ausgerichtet und raste mit unmenschlicher Geschwindigkeit vorwärts. Eine Sekunde später schoss er unter Jubelrufen über die Ziellinie, die rot in den Schnee gemalt war.

„Meine Güte!", sagte Willow. Der Skifahrer fegte herum und kam vor der Menge zum Stehen. Er riss seine Skibrille runter und starrte auf die elektronische Anzeigetafel. „Das machst du also?" Mit großen Augen wandte sie sich Dane zu.

„Ja, Ma'am. Nur schneller."

„Und eingebildeter", kicherte sie.

„Das auch."

Dane rieb seine Hände aneinander und zeigte auf die Strecke. „Also, die am besten platzierten Fahrer kommen als erstes runter. Im Laufe der Zeit wird die Piste schlechter befahrbar, wenn die Jungs von den hinteren Plätzen runter müssen."

„Das ist aber nicht gerade fair", sagte Willow und starrte den weißen Hügel hoch.

„Ist es auch nicht", sagte er. „Bei den meisten Rennen gibt es daher zwei Durchgänge. Dann drehen sie im zweiten Durchgang die Reihenfolge um. Und dann gibt es noch Qualifikationsrennen, da geht's dann von vorne los…" Er lachte. „Es ist ein Haufen fachspezifischer Schwachsinn. Wir nehmen das alles hin, weil es Spaß macht, schnell einen Berg runter zu rasen." Er ließ den Blick über die Menge unter ihnen schweifen. „Es ist komisch, hier zu sein ohne Ski anzuhaben.“

„Bald“, sagte sie und drückte seine Hand. „Obwohl es mir nichts ausmachen würde, dich in einem dieser engen Rennanzüge zu sehen.“

Er lachte. „Ich kann heute Abend einen für dich anziehen, Baby.“

Die Lautsprecher verkündeten, dass J.P. McCormack als nächstes dran war.

„Hey – der Typ könnte gewinnen. Er startet zwar in der Mitte, aber er fährt eine klasse Saison. Wenn du dich umdrehst, können wir seinen Start sehen.“

Willow sah auf die Videoübertragung bei der Pressetribüne. Auf dem Bildschirm sah man einen Fahrer mit Helm und Skibrille, der mit Hilfe seiner Skistöcke aus seinem Starttor geschossen kam und dann in die Hocke ging.

„Komm schon, J.P.!“ Dane klatschte. Seine Augen waren auf den Bildschirm geheftet. Willow beobachtete, wie sich Danes Körper leicht nach rechts lehnte, als der Fahrer in seine erste Kurve ging, dann nach links, als der Kurs wieder gerade wurde. Es war hinreißend – als würde er das Rennen mit ihm fahren. Der Skifahrer vollführte eine Reihe atemberaubender Wendungen und lehnte seinen Körper unglaublich nah an die Pistenoberfläche.

Als nächstes kam ein Sprung von so ungeheurer Weite, dass Willow den Atem anhielt. „Scheiße“, flüsterte Dane, als die Arme des Läufers in der Luft ruderten.

Die Landung war hart, die Beine des Skifahrers kamen ungünstig auf, ihrer Ansicht nach weiter auseinander, als angenehm sein konnte. Er taumelte nach rechts und Willow hörte, wie Dane scharf den Atem einzog. Aber dann korrigierte er auf wundersame Weise seine Position und ging wieder in die Hocke. „Wie ein Boss!“, rief Dane. „Kann nicht glauben, dass das geklappt hat.“ Sein Blick klebte am Bildschirm. „Nur zwei Zehntel Rückstand bei der Zwischenzeit!“, sagte er. „Er kann es schaffen.“

Eine Minute später kam der Fahrer auf seiner letzten Kurve in Sicht geschossen und raste tief gebeugt aufs Ziel zu. Dane setzte zwei Finger an die Lippen und pfiff. Nur drei Meter von ihnen entfernt kam der Typ mit spritzendem Schnee zum Stehen. Er registrierte seine Fahrtzeit mit einem ruhigen Nicken.

Dane bildete mit den Händen einen Trichter vorm Mund. „J.P.!"

Der Typ sah in ihre Richtung. Als er Danes Gesicht entdeckte, war seine erste Reaktion Überraschung. Dann grinste er. Er trat seine Ski ab, schulterte sie und kam zu ihnen an den Zaun. „Danger! Was verschafft uns die Ehre?"

„Das war 'ne saubere Rettung, Alter. Astrein gemacht."

Jetzt sah der Typ fast schockiert aus. „Na, danke. Mal sehen, ob ich das im zweiten Durchlauf nochmal hinbekomme."

Dane schlug ihm auf den Rücken. „Hör zu, in Italien, als ich sagte…"

J.P. winkte ab. „Ich glaube nicht, dass man für die Dinge verantwortlich ist, die man direkt nach einem Knochenbruch sagt."

„Naja, wie auch immer", Dane räusperte sich. „Guter Lauf."

„Warum war er so überrascht, dass du ihm ein Kompliment gemacht hast?", fragte Willow nachdem J.P. weitergezogen war.

Dane zog eine Grimasse. „Dir entgeht auch nichts, wie?"

„Kommt ihr beiden nicht miteinander aus?"

Dane nahm seine Sonnenbrille ab und sah sie an. Seine blauen Augen wirkten im Winterlicht besonders hell. „Es liegt nicht nur an ihm. Ich bin nicht gerade dafür bekannt, warm und herzlich zu sein."

Willow schlang die Arme um seine Hüfte. „Da bin ich anderer Meinung."

Er packte ihr an den Hintern und zog sie an sich. „Es stimmt aber." Er schloss die Augen und gab ihr einen einzigen, liebevollen Kuss. „Außerdem bin ich nicht dafür bekannt, mit einer Freundin aufzutauchen. Die Männer denken wahrscheinlich, ich bin schwul."

„Oh Mann", sagte sie lachend. „Wieder bin ich anderer Meinung." Sie ließ die Hände in seine Jacke gleiten. „Die Männer denken du bist schwul. Und die Fahrerinnen wissen, dass du es nicht bist?"

Danes Augen weiteten sich überrascht, als wäre er ertappt worden. „Ein paar von ihnen könnten es herausgefunden haben."

„Du solltest jetzt dein Gesicht sehen." Sie waren Nase an Nase. „Du bist süß, wenn du nervös bist." Sie richtete den Blick auf eine Gruppe Frauen, die nahe der Pressetribüne standen und alle dieselben United States Skijacken trugen. „Die starren uns an. Deswegen habe ich überhaupt gefragt."

„Lass sie ruhig starren", sagte Dane. Dann schloss er die Augen und küsste sie erneut und es war ein Kuss, den sie bis in die Zehenspitzen spürte.

Als der nächste Fahrer auf die Strecke kam, vibrierte Willows Handy in ihrer Hosentasche. Sie musste sich aus Danes Umarmung befreien, um es hervorholen zu können. Sie hatte eine Textnachricht von Callie erhalten: *Euer Rumgeknutsche wird gerade im Fernsehen übertragen.*

„Oh Gott!" Willow schlug eine Hand vor den Mund und sah sich um. Tatsächlich waren etwa ein halbes Dutzend Fernsehkameras im Bereich der Zieleinfahrt verteilt. Sie spürte, wie sie rot anlief.

„Was ist los?", fragte er, die Augen auf die Piste gerichtet.

Sie drückte Dane ihr Handy in die Hand, aber er schaffte es erst, darauf zu gucken, als der nächste Fahrer im Ziel war. Als er Callies Nachricht las, lachte er. „In Sachen Sport scheint heute wohl nichts Spannendes zu passieren."

◇

Die Rennen im zweiten Durchgang schienen noch schneller

und nervenaufreibender als im ersten zu sein. Und als ob nicht genug Spannung in der Luft läge, baute ein Fahrer im oberen Teil der Strecke einen schlimmen Unfall. Willow sah mit Entsetzen auf den Bildschirm, während der junge Mann sich überschlug und mit den Skiern in der Luft in den Fangzaun flog. Dann krachte sein Körper in den Schnee und Skier und Stöcke flogen in alle Richtungen davon. Willow vergrub das Gesicht in Danes Schulter.

Kichernd legte er einen Arm um sie. „Den hat's ganz schön gelegt. Aber schau, er steht wieder auf."

Sie spähte zum Bildschirm und sah, wie der Fahrer mit hängendem Kopf seine Ausrüstung einsammelte.

„Er kann es nächstes Jahr wieder versuchen", sagte Dane.

„Autsch", sagte Willow.

„So ist der Sport, Willow. Manchmal bist du die Windschutzscheibe, manchmal das Insekt." Er hielt sie in einem Arm, die Augen auf die Anzeigetafel mit den Führenden geheftet. „J.P. ist als nächstes dran", sagte er. Er beugte sich vor, als sein Teamkamerad auf dem Bildschirm im Starthäuschen auftauchte. Die Menge klatschte und johlte Anfeuerungsrufe, ungeachtet der Tatsache, dass der Fahrer sie unmöglich hören konnte.

Willow hielt den Atem an, als er sich mit seinen Stöcken aus dem Starthaus katapultierte, in die Hocke ging und die Form einer menschlichen Kugel annahm. Die ersten beiden Kurven liefen großartig, seine langen Beine streckten sich wie die eines Frosches, um den perfekten Halt im Schnee zu haben, während er bergab raste. „Jetzt kommt der Sprung", sagte Dane, während er sich mit weißen Fingerknöcheln am Zaun festhielt. „Jawoll!" rief er, als J.P. geschmeidig nach vorne flog und sauber landete.

Eineinhalb Minuten später war alles vorbei, J.P. kam über die Ziellinie geschossen und wirbelte herum, um seine Zeit zu sehen. Er lag mit einer dreiviertel Sekunde in Führung. „Ist das genug?", fragte Willow.

„Könnte sein", sagte Dane und strich sich übers Kinn. „Jetzt muss er es aussitzen."

———— ⚔ ————

Am Ende konnte niemand ihn schlagen. Willow sah J.P. zu, wie er freudestrahlend aufs Podium hoch stieg, um seine Goldmedaille entgegenzunehmen. Als Willow und Dane sich durch den Schnee auf den Rückweg machten, kam J.P. in seinen Skischuhen vorbeigestapft und hielt an, um Dane auf die Schulter zu klopfen. „Wir schmeißen eine Après Ski Party in der Cliff Lounge", sagte er. „Du weißt schon, nachdem der ganze Quatsch mit der Presse erledigt ist. Sehen wir uns da?"

„Ja, ich denke schon", sagte Dane nach kurzem Zögern. „Danke, Mann." Nachdem J.P. weiter gegangen war, wandte er sich an Willow. „Das macht dir nichts aus, oder? Ein paar Bier mit dem Team?"

„Wieso sollte es mir etwas ausmachen?", fragte sie. „Klingt nach 'ner coolen Sache. Ich bleibe allerdings bei Mineralwasser."

„Okay. Ich bin mit diesen Leuten nicht besonders eng befreundet, also wenn du keinen Spaß hast, gehen wir einfach wieder. Ihre Partys können ziemlich krass werden."

„Krasse Partys machen mir nichts", sagte sie. „Aber wir sollten wohl ein Zeichen vereinbaren. Wir haben noch keins."

„Ein was?"

Willow schüttelte den Kopf. „Ich vergesse immer wieder, dass du ein Außerirdischer bist. Alle Pärchen haben ein Zeichen – einen Weg dem anderen zu zeigen, dass man gerettet werden muss, oder dass es Zeit ist, zu gehen."

„Hm", sagte Dane. „Was zum Beispiel?"

„Es könnte etwas körperliches sein, zum Beispiel ein Griff ans Handgelenk." Willow packte sich demonstrativ fest ans Handgelenk. „Es kann auch ein Wort sein. Etwas, das du nicht ständig sagen würdest."

„Wie… Schnabeltier", schlug Dane vor.

„Es dürfte etwas schwierig werden, das unauffällig in einem Satz unterzubringen", sagte Willow. „Wir bleiben besser beim Handgelenk."

„Ich muss mich kurz strecken", sagte Dane. „Durch das ganze Rumstehen bin ich ein wenig verspannt." Er beugte sich vor und rieb sein Knie.

„Autsch", fühlte Willow mit ihm. Die Sonne stand jetzt viel tiefer am Himmel, doch ihre letzten Strahlen auf dem Gesicht zu spüren war herrlich. „Ohh", zeigte sie. „Guck mal." Auf der Anfängerpiste vor der Berghütte hatte eine Handvoll Kinder gerade eine Skistunde. Die Kinder waren ziemlich klein, vielleicht drei oder vier Jahre alt. Es war schwer zu erkennen bei der ganzen Skiausrüstung. „Sie sehen wie kleine, süße Käfer aus. Durch die Helme wirken ihre Köpfe riesig", sagte sie.

Dane legte einen Arm um ihre Taille und sah still zu. Die Hände auf die Knie gestützt folgten die Kinder dem Lehrer den Hügel hinab und hinterließen S-förmige Spuren im Schnee. „Das ist verdammt niedlich", sagte er schließlich. Er küsste sie auf die Wange. „Ich habe mir nie Gedanken darüber gemacht, wie viel Spaß es machen würde, einem kleinen Floh das Skifahren beizubringen."

„Ich weiß, dass du noch dabei bist, dich an die Idee zu gewöhnen", sagte sie.

„Ich bin ungebildet, aber lernwillig", sagte er. „Ich dachte nie, dass ich Kinder haben könnte, also habe ich ihnen keine Beachtung geschenkt. Also, überhaupt keine."

„Ich weiß", sagte sie. „Ein Schritt nach dem andern."

Als sie weiter gingen, bemerkte sie, dass Dane immer noch den Kopf gedreht hatte und die Kinder beobachtete. „Das sind echt kleine Kinder", sagte er und hielt die Hände etwa einen halben Meter auseinander. Dann lachte er. „Abgefahren."

<hr>

Die Cliff Lounge verfügte über wunderschöne, spitz zulaufende Decken, offene Dachbalken und einen ausgestopften Elchskopf an der Wand. Willow saß mit Dane auf einem Ledersofa, J.P. und ein paar anderen Leute belegten die Sitzmöbel um sie herum, tranken Bier und ließen Dampf ab.

„Lass mich mal dein Knie sehen", sagte Willow und klopfte auf ihren Schoß. Sie griff nach unten an seinen Knöchel und legte sein verletztes Bein über ihre Knie, damit sie es gut erreichen konnte. „Sag mir, wenn ich zu doll drücke", sagte sie.

Dane schloss die Augen, als sie begann, seinen Quadrizeps zu massieren. „Oh Gott. Du bist ein übernatürliches Wesen und ich bin deiner Güte nicht würdig."

„So verspannt, ja?"

Er zog eine Grimasse und nickte.

„Danger!", rief eine ruppige Stimme. Ein riesiger Kerl mit rotem Bart stellte sich vor sie. Dane streckte die Faust für einen Fist Bump aus. „Folger, da hast du aber ʻnen kranken Wind bei deinem Sprung erwischt."

Folger gab einen Lacher von sich, der so riesig war wie sein Kopf. Er ließ sich auf das Sofa neben Willow fallen. „Da hab' ich ein bisschen zu hoch gepokert. Hat mich zwei Zehntelsekunden gekostet, die ich mir nicht leisten konnte." Er hielt Willow die Hand hin. „Ich bin Folger. Du musst Willow sein."

„Schön, dich kennenzulernen", sagte sie, unterbrach Danes Massage und sah ihre Hand in Folgers haariger Pranke verschwinden.

„Wir sind alle extremst neugierig, was dich betrifft." Folger schüttelte ihre Hand. „Wir fragen uns, wer zur Hölle das ist, der es länger als eine halbe Stunde mit Danger aushält."

Willow sah auf ihre Uhr. „Wir sind erst ein paar Minuten hier. Man kann nie wissen." Die ganze Gruppe quittierte diese Antwort mit schallendem Lachen.

„Wenn du die Schnauze von ihm voll haben solltest, ich bin Single", bot Folger an. „Heute Abend sind nicht viele Frauen am Start, weil ihr Wettkampf erst morgen stattfindet.“

„Such dir eine eigene Freundin, Arschloch“, sagte Dane. Aber er lächelte amüsiert.

„Ah, da ist der Danger, den wir kennen“, sagte J.P. und legte die Füße auf einen Couchtisch. „Ich glaube, wir könnten eine neue Runde Bier vertragen“, sagte er. „Folger braucht ein Bier. Und Willow auch.“

Sie schüttelte den Kopf. „Ich passe.“

„Ich hoffe, du hast keinen Anfall von Höhenkrankheit“, sagte er und winkte der Kellnerin. „Wenn das dein erster Ausflug nach Tahoe ist, kann das schon unangenehm sein.“

„Nee“, sagte Dane. „Sie hat einen Anfall von Schwangerschaft.“

„Whoa!“ Überraschte Aufschreie brachen aus den Männern hervor. „Saubere Arbeit!“, rief jemand von irgendwo.

Doch Willow keuchte und ihr Gesicht lief rot an. „Du“, sie zeigte auf Dane, „findest besser eine höflichere Art und Weise, das anzukündigen.“

„Nimm’s ihm nicht übel“, sagte Folger. „Der Mann ist halt stolz auf sich. Seine Schwimmer haben es aufs Podium geschafft.“

„In dieser Mannschaft sind wir nicht gerade bekannt dafür, höflich zu sein“, sagte J.P.. „Aber wenn du ihm eine Lektion erteilen willst, versteck seine Krücken.“

„Gute Idee“, sagte sie und streckte ihr Wasserglas aus, um mit J.P.s Bierflasche anzustoßen.

Vorsichtig setzte Dane sein Bein wieder auf den Boden. Dann legte er einen Arm um sie und zog sie näher an sich. Seine Lippen an ihrem Ohr sagte er: „Tut mir leid, falls ich dich in Verlegenheit gebracht habe.“

Sie lächelte ihm flüchtig zu. „Es ist etwas zu früh, um es anderen zu erzählen.“

„Das weißt du bestimmt am besten“, sagte er leise. „Es ist nur so, dass ich langsam echt begeistert deswegen bin.“

Sie spürte, dass ihre Augen feucht wurden, als sie seinen Blick erwiderte. An seiner Miene und den warmen Augen konnte sie sehen, dass er die Wahrheit sagte.

Er beugte sich zu ihr und flüsterte: „Als Finn starb, dachte ich, ich würde nie wieder eine Familie haben. Aber ich lag falsch." Er küsste sie und seine weichen Lippen füllten ihr Herz mit unverhofftem Glück.

„Du heilige Scheiße!", rief Folger. „Aliens haben Danger entführt und durch den Typen hier ersetzt."

Lange bevor der Kuss vorbei war, hielt Dane Folger den Mittelfinger ins Gesicht.

„Okay, vielleicht ist er's doch noch", korrigierte Folger sich. „Wie geht's eigentlich dem Knie?"

„Ganz gut." Dane griff nach seinem Bier. „Du kennst das ja – viel nervtötende Physiotherapie. Aber ich freu mich schon drauf, die Krücken loszuwerden."

Folgers überdimensionaler Kopf nickte. „Das ist ätzend, oder? Wenn man wochenlang nicht selber Auto fahren kann."

„Moment – verbringen alle von euch Zeit auf Krücken?", fragte Willow.

„Scheiße, ja", warf J.P. ein. „Aber bei uns ist es nicht so schlimm wie bei den Freestyle-Jungs. Guck dir mal ein Buckelpistenrennen im Fernsehen an – die Kommentatoren reden die Hälfte der Zeit darüber, wer als letztes eine Operation an den Bändern hatte."

„Krücken sind echt die Hölle", fuhr Folger fort. „Man kann nichts in den Händen tragen. Ich bin in meinem eigenen verdammten Haus mit einem Rucksack rumgelaufen. Am Ende ist man begeistert davon, sich wie ein normaler Mensch bewegen zu können. Ich konnte es gar nicht abwarten, meine Freundin auf den Rücken zu legen, auf sie zu steigen und ordentlich zu bumsen. Hab ich recht?"

Das brachte ihm jaulende Lacher aus der Gruppe ein.

„Hab ich recht?", fragte Folger erneut und griff hinter

Willows Rücken her, um Dane auf den Kopf zu schlagen. „Obwohl, wenn ein Baby unterwegs ist, habt ihr beiden das ja anscheinend hinbekommen."

„Alter, ich glaube die Auszeit bekommt Danger ganz gut", sagte J.P. und leerte seine Bierflasche. „Ich habe ihn noch nie zweimal an einem Tag lächeln sehen."

„Ich habe sie mir nur aufgespart", sagte Dane, während er sein verletztes Bein anders zurechtlegte.

J.P. schüttelte den Kopf. „Weißt du, ich bin nie richtig schlau aus dir geworden."

„Was gibt's denn da zu verstehen?"

J.P. zeigte mit der Bierflasche auf Dane. „Du hast die ganze Welt an deinem Schwanz hängen, aber du scheinst es nie zu genießen."

„Hah", sagte Dane und drückte Willows Hand. „Hier ist wohl jeder ein Seelenklempner."

Sie drückte zurück.

„Wisst ihr, dass Danger ein Kind bekommt ist wirklich eine großartige Nachricht", sagte Folger und strich sich über den Kinnbart. „Der gesamte Skizirkus wird begeistert sein."

„Dem Zirkus ist das scheißegal", sagte Dane.

„Au contraire, mon frère", sagte Folger. „Wenn du eine Freundin und ein Kind hast, wird dein Todeswunsch in der nächsten Saison vielleicht nicht ganz so ausgeprägt sein. Ein Mann, der etwas hat, wofür es sich zu leben lohnt, sollte leichter zu schlagen sein."

Dane schnaubte. „Viel Spaß bei dem Versuch."

„Der Trashtalk vor der Saison beginnt dieses Jahr etwas früher!", gab J.P. bekannt.

„Legt ruhig los!", lachte Dane.

„Ich hab dir gesagt, die Jungs sind krass", sagte Dane, während er im Hotelzimmer seine Sachen auszog. Willow lag bereits im Bett, das Haar über ihr Kissen ausgebreitet sah sie aus wie ein Engel. Jede Nacht, die sie zusammen verbrachten, fühlte er sich glücklicher als die davor.

„Die waren lustig", sagte sie und griff nach ihm, als er unter die Bettdecke glitt. „Ich hatte keinen Drang, mein Handgelenk zu drücken oder dich daran zu erinnern, das Schnabeltier zu füttern. Dieser Folger hat echt ein Schandmaul."

Er legte sich auf die Seite, die Lippen auf Willows Stirn. „Davon werde ich nie genug bekommen", sagte er.

„Wovon?"

„Am Ende des Tages ins Bett zu gehen und dir zuzuhören."

„Achso. Ich dachte du meintest vielleicht den Hotelzimmersex."

„Der ist auch ziemlich gut", sagte er und streichelte ihre nackte Schulter. Persönlich hielt er Hotelzimmersex für überbewertet. Willows Bett bei ihr zu Hause war der erotischste Ort, den er je erlebt hatte.

„Diese Reise ist echt toll", sagte sie, während sie mit dem Finger verträumte Kreise auf seinen Bauch malte. „Ich mag es, deine kleine, verrückte Welt zu besuchen."

Dane beugte sich herab und bedeckte ihre perfekten rosa Lippen mit seinen. Sein Kuss war tief und langsam, die Art Kuss für die man Zeit hat, wenn man für immer mit dem Mädchen zusammen sein will. Dann sagte er: „Ich kann dich gerne zu einer ständigen Bewohnerin meiner kleinen, verrückten Welt machen, wenn du mich lässt. Ich habe da ein paar Ideen."

Willow drehte eine Locke seines Haars um ihren Finger. „Erzähl mir mehr."

„Ich hätte gerne, dass du diesen Sommer mit mir in den Westen kommst." Er stützte seinen Kopf auf einer Hand ab. „Gibt es in Salt Lake City alles, was du brauchst, um deinen Abschluss zu machen? Ich könnte dich unterstützen, dir den Druck nehmen, damit du dich auf dein Ding konzentrieren kannst. Und wenn es so weit ist, können wir uns beide ums Baby kümmern.“

Überrascht stieß sie den Atem aus. „Wow. Wirklich?“

„Wirklich. Das Timing ist etwas ungünstig, aber so ist das im Leben.“

„Wieso?“, fragte sie.

„Dein Entbindungstermin ist der fünfzehnte September. Da beginnt gerade das Abfahrtstraining in Chile.“ Er kicherte. „Coach Harvey wird begeistert sein, wenn ich das sausen lasse. Ich kann’s nicht erwarten, sein Gesicht zu sehen.“

„Das klingt nach einem Problem“, sagte Willow vorsichtig.

Er schüttelte den Kopf. „Ist es nicht. Die haben schon schlechtere Ausreden von mir serviert bekommen.“ Er legte eine Hand auf ihren Bauch und streichelte ihre nackte Haut. „Das werde ich nicht verpassen, Willow. Wenn du nicht mit mir nach Utah kommst, bleibe ich in der Vorsaison halt bei dir in Vermont. Und das werde ich, selbst wenn sie androhen sollten, mich aus dem Team zu schmeißen.“

Alarmiert hob sie den Kopf. „Was?“

„Shhh“, sagte er, die Fingerspitzen auf ihrem Bauch. „Keine Panik. Ich bitte dich nur, dir zu überlegen, mit nach Westen zu kommen. Wir müssten meine Wohnung dort etwas aufpeppen, die sieht noch sehr nach einer Junggesellenbude aus. Das Bücherregal ist ein Brett auf zwei Bierkästen.“

Willow lag einen Moment still. „Das ist eine große Sache, Dane. Bist du dir sicher, dass du dafür bereit bist? Ich mache mir Sorgen, dass du nie in Ruhe darüber nachdenken konntest, neben welcher Frau du jeden Morgen aufwachen willst. Ich möchte nicht, dass du denkst, du hättest keine andere Wahl gehabt.“

„Hör zu“, lächelte er. „Es gibt nur einen Weg, ein Abfahrtsrennen zu gewinnen. Direkt wenn man aus dem Tor kommt, muss man seine Linie suchen. Dann beschleunigt man auf hundertdreißig oder hundertvierzig Sachen und hinterfragt sich nicht. Keine Zweifel. Ich weiß mehr über Bindungen, als du denkst.“

Er hielt inne, um sie nochmals zu küssen und wurde mit zwei warmen Händen belohnt, die über seine Brust fuhren. „Denn warum sollte ich jemals eine andere Frau wollen? Irgendeine Fremde mit einer App auf ihrem Smartphone, mit der sie den Wert meiner Werbeverträge ausrechnen kann? Du und ich sind zusammen durch dick und dünn gegangen und jetzt haben wir endlich die Chance, zusammen glücklich zu sein.“ Er hauchte ihr einen Kuss auf die Lippen. „Du und Karl seid die einzigen beiden Menschen, die mich wirklich kennen. Und Karl finde ich nicht besonders attraktiv.“

Selbst im Dämmerlicht konnte er sie lächeln sehen. „Du *hast* darüber nachgedacht.“

„Jeden Tag denke ich daran.“ Behutsam rollte sich Dane auf sie und setzte sein Knie vorsichtig auf die Bettdecke. „Du hast dich gut um mich gekümmert. Ich würde mich gerne revanchieren“, sagte er. Er nahm einen tiefen Atemzug. „Ich liebe dich, Süße. Sag, dass du mit mir zusammenziehst.“

Unter ihm stieß sie einen zittrigen Seufzer aus. „Okay, Dane. Ich will, dass wir eine echte Chance zusammen haben.“

Dane bewegte die Hüfte und manövrierte seine Erektion zwischen ihre Beine. „Wie sollen wir feiern?“, flüsterte er. Er küsste sie innig, unfähig einen versuchsweisen Stoß mit der Hüfte zu unterlassen. Sein Knie schien mit der Position keine Probleme zu haben.

„Hat Folger dich inspiriert?“, fragte Willow.

„Er hat nur meine Gedanken gelesen. Darüber denke ich auch jeden Tag nach.“

„Mmm“, sagte sie und streichelte seinen Hintern. „Du fühlst dich großartig an. Sei nur vorsichtig da oben.“

„Ich riskiere gerne eine erneute Verletzung“, er knabberte an ihrem Hals, „um es richtig zu machen.“

Sie lachte, bis er sie wieder küsste. Und dann gab es kein

Gerede mehr – nur noch Küsse und Seufzer. Als sie die Arme um ihn legte, hoffte er, dass sie ihn nie wieder loslassen würde.

Ende

Danke

Besucht <u>sarinabowen.com/harterfall</u> um das erste Kapitel vom nächsten Buch in dieser Reihe zu lesen!

Über die Autorin

Sarina Bowen ist Bestsellerautorin, Gewinnerin des RITA Awards für zeitgenössische Liebesromane und hat bereits ein Dutzend romantischer Romane geschrieben. Sie lebt in Vermont, zusammen mit ihrer Familie, zehn Hühnern und viel zu viel Ski- und Eishockeyausrüstung.

Andere Bücher von Sarina Bowen

Bevor wir fallen
Him - Mit ihm allein
Us - Du und ich für immer